U0164021

詩經
研究史概要

夏傳才⊙著

臺灣版前言

《詩經》是中華文化的代表性典籍，《詩經》學是古代中國的顯學，現代世界漢學研究的熱點。清理《詩經》學的發展過程，繼往開來，加强海內外的學術交流和合作，是發展現代《詩經》學的必要條件。《詩經研究史概要》撰述的目的，是試圖爲《詩經》學史梳理出一個線索，勾勒出一個輪廓，初步評述主要的學派和名著，從而拋磚引玉，把這方面的研究推進一步。

本書原於一九八二年由中州書畫社出版，初版只印行四千四百册。據著者所知，日本的書店一次就購進五百册，再購時已銷售一空了。十年來，大陸的許多書刊對這本書作了評介和推薦，各大學的研究生作爲必讀書。但是，大陸的圖書發行陷進一個怪圈，學術著作的出版和重印都十分艱難，這本書一直未重印。聽說海內外需要此書的學人竟輾轉相託複印，使著者深感惶惑不安。

著者的惶惑是因爲對本書並不滿意，其理由有三：一是本書從收集資料、思考問題，到起草部分篇章，是在六十和七十年代，那時著者的「本職」是種地或飼馬，正像一位老友的贈詩：「不使才力付流水，獨抱經騷苦鑽研」，可是資料實難完備，內容難免有所空闕；海峽對岸和世界各國的新成果，更難以吸取；二是《詩經》學包括文學、語言學、史學、社會文化學、博物學等方面，是全方位，多層面的複雜的系統工程，本書評述的內容遠遠不足；三是本書於八十年代初整理、充實和定稿時，著者雖已回大學執教，大陸尚未改革開放，執筆行文，不能不帶著那個時代的烙印。所以，著者一直認爲本書應該寫得比現在的成書要好一些，它並沒有多大的成績，其所以受到一點推許，只不過是這個課題本身具有重要價值罷了。

幾十年來，台灣和世界各國都有《詩經》研究的新成果。台灣學者治《詩經》學史的論著，質與量都處於領先地位。可惜兩岸長期隔阻，彼此很少交流。台北《國文天地》社決定重排《詩經研究史概要》出版台灣版本，在大陸以外地區發行，是推動學術交流的一項極有意義的工作。藉這個機會，著者也得便將本書作了適當的修訂。爲此，謹表謝忱。

著者在《詩經語言藝術》台灣版序言中曾說：「弘揚中華民族文化是炎黃子孫的共同任務，台灣與大陸更應該進行學術交流。」願我們學術界同仁加强聯繫，增進友誼，經常往來，選擇適當的項目開展文化合作，把我們共同祖先留給我們的文化遺產發揚光大，把現代《詩經》學提高到新水平。

夏傳才

一九九三年三月

序

《詩經》是我國古代偉大的文學作品，又是重要的社會史料和文化史料，研究《詩經》，在我國已有二千餘年的歷史。

一定的觀念形態的文化，是一定的經濟、政治的集中反映；而每一種社會形式和思想形式，都有它的特殊的矛盾和特殊的本質。在每一科學部門中都有一定的材料，這些材料是從以前的各代人的思維中獨立形成的，並且在這些世代相繼的人們的頭腦中經過了自己的獨立的發展道路。經歷了許多世代的《詩經》研究，也有自己的材料，自己獨立發展的歷史。

任何科學研究，都必然繼承前代的研究資料。《詩經》經過不同時代的人們，從不同的方面進行研究。經學家利用它發揮封建政治倫理思想，作爲鞏固封建制度的教科書。政治改革家通過它宣傳社會改良主張，作爲鼓吹政治改革的武器。文學家總結它的創作經驗和藝術表現方法，推動文學的發展。史學家注重它的史料內容，用來考察古代社會生活及社會意識形態的演變。語言學家研究它的文字、音韻、訓詁，寫出一本又一本古代語言學著作。考古學家考證它的名物、典制，博物學家也沒有忘記在這裡留下痕跡的那些遙遠年代的草木蟲魚，研究它們在各門科學史上應該占據的位置。兩千多年積累下的豐富的研究資料，是我們的一份重要的文化遺產。

《詩經》在長期封建社會中被推崇爲經典，關於它的內容和關屬的問題，各個時代各個學派的學者，都依據自己所掌握的資料，按照自己的哲學觀點、政治觀點和藝術觀點，提出自己的見解。因而過去的《詩經》研究，著述多至汗牛充棟，內容廣至包羅萬象，各家之說歧異紛雜，爭論難決。面對這浩如烟海的研究資料，初研讀《詩經》的人，常感無從著手。

對《詩經》研究史進行研究，是非常重要的。清理它的發展過程，去僞存眞，去粗取精，由此及彼，由表及裡，掌握發展的線索，批判地繼承一切有益的養料，吸取其精華，剔除其糟粕，是建立當代新《詩經》學的必要條件。很遺憾，過去只有經學史中提供過一些零散的記載，近代胡樸安的《詩經學》就是初步綜合這些材料的一本書，並沒有超出經學的範圍。此外，還沒有見到別的專著。近幾十年《詩經》研究，取得很大進步，但對《詩經》研究史的系統研究，基本上還是空白。

《詩經》是儒家的經典，在長期封建社會中，國家規定爲政治倫理教科書，因此《詩經》研究以經學爲主體。經學自然以宣揚儒家教義爲基本內容，不能不嚴重地掩蓋《詩經》的本來面目。但是，隨著社會的發展，經學經過幾次重大的變革，各個時代的學術思潮有所變化。在各個學派的鬥爭中，新起的學派爲了駁倒舊的學派，最初也以一定的求實精神，對《詩經》的某些方面，作出一些符合實際或接近實際的解釋，積累了一些不無可取的訓詁、考證等材料。經學發展的幾個階段，和中國文化發展的階段是密切聯繫的，所以我們也按照這條主線，把《詩經》研究史分爲五個階段：

一、**先秦時期**。春秋時三百篇最初流傳、應用和編訂，孔子創始儒家詩教。他的詩教理論，以及後來戰國時孟子提出的方法論、荀子創立的儒家文學（學術文化）觀，奠定了後世《詩經》研究的理論基礎。

二、**漢學時期**（**漢至唐**）。漢初，《詩》成爲「經」。魯、齊、韓、毛四家傳詩，反映漢學內部今文經學與古文經學的鬥爭。以毛詩爲本，兼採三家的鄭玄的《毛詩傳箋》，實現今文、古文合流，是《詩經》研究的第一個里程碑。魏晋南北朝時，漢學內部發展爲鄭學王學之爭、南學北學之爭。唐初孔穎達的《毛詩正義》，完成了漢學各派的統一，成爲《詩經》研究的第二個里程碑。

應該注意的是：六朝文學創作繁榮，文學理論批評發展，以《文心雕龍》、《詩品》爲代表的文學理論著作，開始用文學的眼光來研究《詩經》，總結其創作經驗，探討其藝術表現方法。唐代自《毛詩正義》後，漢學的訓詁、篇義僵化，唐代詩人們則繼續著六朝對《詩經》進行文學研究的傳統。

三、宋學時期（宋至明）。宋人爲解決後期封建社會的矛盾而改造儒學，興起自由研究、注重實證的思辨學風，對漢學《詩經》之學提出批評和論爭，壓倒了漢學。朱熹的《詩集傳》是宋學《詩經》研究的集大成著作。它以理學爲思想基礎，集中宋人訓詁、考據的研究成果，又初步地注意到《詩經》的文學特點，是《詩經》研究的第三個里程碑。

元、明是宋學的繼續。《詩集傳》在幾百年中具有必須信從的權威地位，宋學末流僵化而空疏。到了明代後期，在《詩經》音韻學和名物考證上，取得一些成績。明人詩話中也有對《詩經》的文學研究。

四、新漢學時期（清代）。清人提倡復興漢學，是以復古爲解放，要求脫離宋明理學的桎梏。清初疏釋《詩經》的著作宋學漢學通學，經過鬥爭，漢學壓倒宋學。乾嘉時期的政治高壓，產生了以古文經學爲本的考據學派，對《詩經》的文字、音韻、訓詁、名物進行了浩繁的考證。道咸以後的社會危機，又產生了今文學派，他們搜輯研究三家詩遺說，通過發揮微言大義，來宣傳社會改良主義。新漢學內部又展開今文學與古文學的鬥爭。超出宋學、漢學以及清今文、清古文各派鬥爭之外的，還有姚際恆、崔述、方玉潤的獨立思考派。

隨著中國社會迅速地向半封建半殖民地轉化，封建社會解體，清古文學、清今文學、宋學的殘餘，都在近代民主和科學思想的衝擊下，一齊衰亡下去。清人的詩話，如《姜齋詩話》、《隨園詩話》中對《詩經》藝術形式的分析，卻有較久的生命力。

五、「五四」及以後的時期。早在「五四」以前，以魯迅爲代表的民主革命派就以愛國主義、革命民主主義思想來研究《詩經》。「五四」運動猛烈地掃蕩封建文化，資產階級在批判封建經學、恢復《詩經》本來面目的鬥爭中，起過戰鬥的作用。胡適是現代資產階級《詩經》研究的開山人。古史辨派對揭示《詩經》的眞相，作出了一定的貢獻。隨著馬克思主義在中國的傳播，魯迅、郭沫若都是馬克思主義《詩經》研究的奠基人。郭沫若是《詩經》今譯的創始者，並且提出一個把《詩經》運用於古代史研究的科學研究體系。三十和四十年代的聞一多，在研究《詩經》的豐富著作中提出許多新穎的見解，把民俗學的方法、文學分析的方法和考據的方法結合起來，揭示《詩經》的內容和藝術性，並且創始了《詩經》新訓詁學。

從以上簡略的發展輪廓可以看到，二千餘年的《詩經》研究；主要集中於四個方面：一、關於《詩經》的性質、時代、編訂、體制、傳授流派和研究流派的研究；二、對於各篇內容和藝術形式的研究；三、對於其中史料的研究；四、文字、音韻、訓詁、名物的考證研究以及校勘、輯佚等研究資料的研究。在這四個方面，過去都積累了豐富的研究資料。從孔夫子到聞一多，我們都應該給予科學的總結，批判地繼承，把《詩經》研究提到我們時代最新的水平。

在《詩經》研究史上，每個里程碑都是集幾百年各派研究之大成，並且反映它們時代學術研究的新水平。朱熹的《詩集傳》到現在，又是八百年了。這八百年中，《詩經》研究的上述四個方面，都有遠遠超過前人的進步。淸代學者也有過集成性著作，那主要是限於一個學派的。「五四」至當代，《詩經》研究在各方面都有重大的突破，尤其是當代在歷史學、語言學、考古學、文藝學、文學史等研究領域，都有重大的科學成就，使我們能夠在科學的基礎上，綜合所有的成就，集中人力，分工合作，完成一部新的集大成著作，建立我們時代的新的里程碑。

對《詩經》研究史的研究，是建立新《詩經》學的重要條件之一，當然也非一時一人之力所可完成。胡適曾經說，兩千年的《詩經》研究是一本令人望而生畏的「爛帳簿」，讀者「如墮煙海」，越搞越糊塗。這個論點，至今在國內外還有影響。如前所述，我則認爲線索分明，有規律可尋，儘管卷帙浩繁又歧義紛紜，而各個時代都有各家各派的代表著作，可以作出適當的評述。這本書是初步的嘗試，希望能夠對開始研究《詩經》的青年同志略有幫助，面對那一架架《詩經》研究資料不致於茫無頭緒，從而節約一部分時間和精力。

關於這本書的成書，還需要作一點說明。

青年時代，我是寫詩的，比較喜歡《國風》純樸無華又眞摯感人的抒情風格。我認爲要學習借鑒它的表現手法，最好的方法莫過於練習把它翻譯爲新詩，於是就開始試譯。戰爭年代，炮火紛飛，試譯就停止了。教書後，沒開這門課，也只能在課餘斷斷續續譯一點。五十年代後期，我被流放到內蒙古草原，度過了漫長的歲月。在那與現實鬥爭隔離的日子裡，我才能夠集中精力學《詩》譯《詩》。「禍兮福所倚」，這也是我一生中研究《詩經》研究史的最難得的時間。任何科學研究，都必須批判地繼承前代的資料，了解本學科的專門史，掌握相關學科的基本理論。不熟悉《詩經》研究史及其豐富的資料，缺乏古代社會史和文化史的知識，沒有對文字、訓詁、名物的科學考證，憑臆斷來譯《詩經》，常常無異於畫夢。所以，我開始學習古代史，研究《詩經》研究史，零零碎碎寫出一些札記。這本書的前九篇文章，初稿都是在那個時期寫的。我恢復工作以後，除了本職工作，我又先後開了《詩經研究》選修課和《古代文論》專題課，結合編印講義，把過去的殘篇充實整理成文，又補寫了後面的五篇。其中幾篇已分別在幾個刊物發表，現在結集成書。

這本書名爲「概要」，是說這十四篇文章按時代先後排列，可以看到發展的大概輪廓，評述了其中的主要著作和一些重要問題。因爲最初是當一篇篇獨立的文章寫的，結集成書時，雖對幾篇發表過的文章作了刪補或改寫，仍難免闕漏或略有重複之處。在《詩經》研究史上，有許多問題歷代意見分歧，也有一些問題學術界尚未曾論述，限於個人水平，難免述評失當或引注失察，歡迎批評。

在京與老友王亞平重聚，讀他的詩「二十二年歸隊來」，一片赤心，我深有同感。去年他書七律一首寄贈：

渭北初識正華年，首都近聚額紋添。

文山詩海探索遠，雪地風天行路難。
不使才力付流水，獨抱經騷苦鑽研。
忽見窗外曙色現，颯然躍馬向中原。

「渭北初識」指一九四一年在西北共事時，我那時開始試譯《詩經》，於今四十年矣。歲月蹉跎，治學無成，感慨繫之，因錄舊作《長相思》一闋奉答：

血滿衣，淚滿衣，
五更闌珊夢依稀，
肝膽有誰知？
窮不息，病不息，
眼底江山鏡裡絲，
時聞戰馬嘶。

寫詩，需要沸騰的生活；治學，需要安靜的書齋。兩年來，事務纏身，風塵僕僕，詩興索然，學業荒疏，倘詩文俱廢，如何是好？謹將這本書奉獻給學苑，請專家們批評指正，鞭策我勿忘長進。

夏傳才

一九八二年二月

目錄

關於《詩經》研究的基本問題

關於《詩經》的幾個基本概念

我國古代文化遺產極爲豐富。《詩經》就是一部有重大價值的古代詩歌選集。

研究文化遺產，必須有正確的歷史觀點和科學的方法。

歷史不外是各個世代的依次交替。每一代都利用以前各代遺留下來的材料、資金和生產力；由於這個緣故，每一代一方面在完全改變了的條件下繼續從事先輩的活動，另一方面又通過完全改變了的活動來改變舊的條件。歷史思想家在每一科學部門中都有一定的材料，這些材料是從以前的各代人的思維中獨立形成的，並且在這些世代相繼的人們的頭腦中經過了自己的獨立的發展道路。

中國的長期封建社會中，創造了燦爛的古代文化。清理古代文化發展的過程，剔除其封建性的糟粕，吸取其民主性的精華，是發展民族新文化提高民族自信心的必要條件；中國現時的新文化是從古代的舊文化發展而來的，因此，我們必須尊重自己的歷史，絕不能割斷歷史。但是這種尊重，是給歷史以一定的科學的地位，而不是頌古非今，不是兼收並蓄或讚揚任何封建的毒素。

這是我們處理文化遺產的「綱」，也是《詩經》研究的指導思想。

研究《詩經》，首先要明確關於《詩經》的幾個基本的概念。

要明確的第一個基本概念是：《詩經》不是一部經書，而是最古的一部詩歌選集。這部詩集結集二千五百年前約五百年間的詩歌創作三百零五篇，舉其整數，省稱詩三百。它們產生的時代是從西周初期至春秋中期，所以都是周詩。據先秦史籍的大量材料，《左傳》《國語》凡引詩，通稱「《詩》曰」、「《詩》云」，《論語》記孔子稱《詩》或《詩三百》。戰國諸子著作中也通稱如上述。可見，《詩》或《詩三百》是這部詩集的本名，它原本就是一部文學作品。

它被稱作「經」，是由於孔子曾經把它和《書》、《易》、《禮》、《樂》、《春秋》一起當作傳授弟子的教本，以後的儒家學派把它們稱作六經。隨著封建社會的發展和儒家學派地位的變化，漢代以後，孔子被尊奉爲神聖的偶像，儒家學說變成「儒教」、「國教」，儒家的五經（六經中的《樂》經亡佚）被尊爲神聖的經典。一部古代的詩歌創作就被歪曲爲宣揚封建禮義的聖經。

什麼叫經?經字釋義約十四種，約略可取者:有人釋經爲常，即常道，也就是正常不可改變的道理;有人釋經爲直線，五經講的都是至理;有人釋經爲規範、原則，五經講的都是思想道德的標準;這都不夠具體明確。古時這些典籍寫在二尺四寸長的竹簡上用繩穿起來，稱爲經;解釋經義的文字寫在較小的竹簡或木板上，稱爲傳。這樣的分別是表示前者的重要性。經名的最初由來，和後來的封建統治階級把它們演變爲「聖經賢傳」，作爲最高的思想道德標準來統治人民，已經大不相同了。我們現在還叫它《詩經》，只是按照習慣，沿用已經兩千年的舊稱。對它的思想內容和藝術形式都不當作什麼典範。

要明確的第二個基本的概念是:《詩經》不是一人的創作，也不是一時一人所編集，它是約五百年長的時期中的集體創作，並在更長的時期中，經過無數人的採錄、輯集和不斷加工。

今本《詩經》各篇，最早的產生於西周初期，最晚的創作於東周春秋中期。產生的地域，一半在王畿，一半在現在黃河流域的大部和江漢流域的一部。從內容來看，有宗廟祭祀詩、朝會和典禮詩、貴族階級的抒情詩和各國民歌。顯然，包括年代長遠、地域遼闊、內容繁多的這些詩篇，絕無可能是個人或少數人的創作。民歌自然是人民羣衆的詩歌創作，它歷來無法流傳作者，即使王官樂師製作的樂歌和貴族階級的抒情詩，在長期流傳中也經過人們不斷修改加工，也已經具有羣衆性創作的性質，其中幾篇有作者署名，像家父、寺人孟子、吉甫，但我們對他們的情況無法了解，仍然和無名氏一樣。所以，我們現在只能從各篇作品的內容，來大致確定各篇作者的階級屬性，不可能也不必考定各篇的作者究竟是誰。舊解說各篇是某些王公聖賢的傳世之言，多是欺人之談。三百篇詩是各代的王官樂師逐漸採集積累起來的，編集和整理也非孔子一人之力。孔子只是在前人已經輯集的基礎上，進行一次重要的整理刊訂，後人又進行過一些加工。我們現在看到的這本集子，是自漢代以後傳下來的定本。

但是，這部詩集雖然長期中經過很多人的刪訂加工，基本上還是保存了它原來的面貌。這由於它在最初輯集時就已經在社會上流傳。詩本來有格律、音韻的限制，在漢代以後，又由於語言的發展變化，詞匯、語法、語音都有變異，到漢代時，先秦史籍已經成了古文，三百篇無人能夠盡通，只有保存原貌。因此，它基本上是一部可靠的古代文獻。

要明確的第三個基本的概念是：古人對《詩經》的許多注疏像重重疊疊的瓦礫，掩埋了這些詩篇的眞正意義。舊時對三百篇的章句訓詁，尤其是詩義的題解，大多是不可靠的。周代貴族階級以及孔子及其門人，由於他們的階級偏見和政治需要而利用這些詩篇，他們不可能對人民羣衆的民歌創作和大量的政治諷刺詩作出正確的解釋。到了漢代，它眞的變成了經典，像古代希伯萊民歌被收進《舊約全書》變成聖經，歐洲中古時代的教會學者附會許多迂腐穿鑿的解說，中國的經師也用封建教義給《詩經》加上種種附會和曲解。中國長期封建社會對

《詩經》許多篇章的注疏，是以封建統治階級的立場來歪曲各篇的內容和意義的。不掃除這些瓦礫，不撥開這些迷霧，我們便認識不到各篇的眞正面目。

但是，我們又必須看到：兩千年來的萬千學者，在訓詁上下了畢生的苦功，我們如果不參考前人的解釋，首先就無法排除文字的障礙，《詩經》在我們面前只是一串串不可理解的上古文字。因此，儘管舊的注疏和研究是站在封建階級的立場上，運用的是唯心論和形而上學的方法，但畢竟不可能完全抹煞，對有些詩義的解釋，還有可取之處；文字和名物的訓詁，也有一些正確和有用的部分。離開了它們，我們就會一無依傍。任何學術的進展都是在無數前人研究的基礎上點滴積累起來的，只有愚蠢的人才會一概排斥前人的研究成果而回到黑暗中去摸索。

要明確的第四個概念是：我們閱讀和研究《詩經》的目的和意義，與過去傳《詩》不同，因此方法也不同。

總的說，過去對《詩經》有三種讀法：經學的、歷史的、文學的。

經學的：它被列爲儒家五經之一，封建社會國定教科書，封建教化的重要工具，傳《詩》的目的「以是經夫婦，成孝敬，厚人倫，美教化，移風俗」（《毛詩序》），「人事浹於下，天道備於上，而無一理之不具也……則修身及家，平均天下之道，其欲不待他求而得之於此矣。」（《詩集傳序》）強加給《詩》以封建倫理道德思想，作爲政治思想教育和道德修養的必修科目，這是封建社會傳《詩》的主要目的。

歷史的：明、清人已經明確提出古代經典的史學價值。明王陽明說：「五經皆史。」清章學誠作了具體的論述：「六經皆史也。六經皆先王之政典也。六經皆先王得位行道，經緯世宙之跡，而非托於空言。」這就跳出經學的圈子，把這幾部古籍看成古史材料。關於詩歌的史料價值，他又說：「詩類今之文選耳，而得與史相終始何哉？土風殊異，人事興廢，紀傳所不及詳，編年所不能錄，而參互考驗，其合於是中者，如《鴟鴞》之於《金縢》，《乘舟》之於《左傳》之類。其出於是外者，如《七月》追述周先，《周頌》兼及異代之類。豈非文章史事，固相終始者歟！」①

文學的：《詩經》本來是詩歌創作，歷代也有詩人學者把它當作文學作品來欣賞和學習。從荀卿作《佹詩》，到《楚辭》、漢代樂府民歌、繁盛的唐詩，或從眞樸深厚的抒情，或從反映現實的精神，或從比、興、賦的詩歌表現手法，或從修辭技巧和結構形式，都不同程度地明顯地受到《詩經》的影響。李白：「大雅久不作，吾衰竟誰陳？」「大雅思文王，頌聲久崩淪。安得郢中質，一揮成風斤。」②杜甫：「未及前賢更勿疑，遞相祖述復先誰？別裁僞體親風雅，轉益多師是汝師。」③白居易在《與元九書》中强調風、雅反映現實的優良傳統，高度評價了三百篇，反覆闡明詩歌應該發揮其補察時政，洩導人情的功用，積極反映和干預社會生活④。他的《讀張籍古樂府》詩：「爲詩義如何？六藝互鋪陳。風雅比興外，未嘗著空文。」這些歷史上的偉大詩人都提倡繼承《詩經》以詩歌創作批評政治、爲改革社會現實服務的現實主義傳統。

上面三種讀法，在長期封建社會中以直接爲封建統治服務的經學爲主。我們研究《詩經》這一份文化遺產，則是爲了吸取其精華，爲發展繁榮現代的新文化服務。我們也有三個目的、三種讀法，即：文學的、歷史的、經學批判的。

第一，我們認爲《詩經》是我國古代一部優秀的詩歌創作，表現了上古時代我們民族光輝的藝術成就，是我們民族寶貴的精神財富。當世界大多數民族還處於野蠻蒙昧時代，我們的物質文化和精神生產已達到高度的文明。通過對這些詩篇的文學欣賞，我們能夠形象地了解古代社會的廣泛圖景以及人民的生活、思想和感情。這些詩篇又標誌著中國文學史的光輝起點，是我國現實主義文學的源頭，它直接爲改革政治、爲揭露社會弊病、爲反映人民的生活和思想感情而創作的現實主義精神，以及一些優良的藝術經驗，對中國文學二千餘年的發展有著深刻的影響。因而，對這部文學名著我們應該運用新的觀點進行學習和研究，至少應該閱讀並熟悉其中的名篇。

第二，《詩經》是研究我國古代史的一部比較完整可靠的重要史料，具有高度眞實性的歷史學價值。《詩經》中的史料，較之其他古籍要眞實可靠。它雖然也有脫簡錯簡之處，但基本上完整地保存下來；而且更可貴的是其中很少後人的僞作。梁啓超《要籍解題及其讀法》說：

「現存先秦古籍，眞膺雜揉，幾乎無一書無問題；其精金美玉、字字可信可寶者，《詩經》其首也。」《詩經》和《尙書》是同時代的，二者都經過秦火，《尙書》損傷很大，《詩經》却依靠記誦而得以比較完整地保存。如《漢書．藝文志》所說：「遭秦而全者，以其諷誦不獨在竹帛故也。」《詩經》當然不一定「字字可信可寶」，在先秦也經過儒家的删訂潤色，但是《詩經》仍是我們研究周代社會和文化必須依靠的最重要的史料，不僅對於研究周代的經濟、政治、階級鬥爭、部族鬥爭、人類生活和意識形態有豐富的材料，對於考古學、民俗學、語言學也必不可少。事實上，《詩經》中的各種材料已經廣泛地被引用在各種史學著作中。

第三，經學是中國封建社會的上層建築，對整個封建時代的政治生活和精神生活居於指導的地位，對中國封建制度的鞏固和延長起著重要作用。儒家的五經是中國封建社會的統治思想，闡述和研究這些儒家經典的學問稱爲經學。范文瀾說：「幾部經典，流傳到現在，已經二千多年，經學本身起了多次變化並產生了各種派別，每一變化和派別，都或大或小地影響到文化的各個方面。所以不了解經學和儒家派別，很難了解中國文化的重要部分。」⑤封建社會的《詩經》研究，則是兩千多年來經學中的一個重要部門。我們需要了解這些研究的基本情況和主要的著作、它發展的簡明歷史和存在的主要問題。

清代學者皮錫瑞在其《經學通論》中有兩個專題：《論詩比他經尤難明其難明者有八》、《論詩有正義有旁義即古義亦未盡可信》⑥。他說了八條兩大篇，歸納起來，主要只是說明一個意見：詩是採用諷喻的方法，不是直言本義，因而明瞭詩義比較困難。

近代學者王國維在《與友人論詩書中成語書》中論到《詩》《書》難解的問題時，說：「《詩》《書》爲人人誦習之書，然於六藝中最難讀。以弟之愚暗，於《書》所不能解者殆十之五，於《詩》亦十之一二。此非獨弟所不能解也，漢魏以來諸大師未嘗不强爲之說，然其說終不可通，以是知先儒亦不能解也。其難解之故有三：訛闕，一也；古語與今語不同，二也；古人頗用成語，其成語之意義，與其中單語之意義又不同，三也。」即使深有造詣享有盛望的大師，在對《詩經》的解釋中，無論是解釋詩義或解釋詞句。都難免有錯誤。

前人的困難，對我們來說依然存在。如果我們不能讀通原詩和正確地理解詩義，也就無從進一步用之於文學的和史學的研究。所以我們第一步的具體工作，仍然是要注意訓詁和解題。

訓詁，就是對古書字句的解釋。我認爲舊有箋疏是前人給我們留下的一份重要貢獻，沒有前人對於文句字詞的注釋，我們今天閱讀《詩經》還要困難萬倍。但是，兩千年間《詩經》的注釋極多，各家注疏歧義互出，一字一詞的解釋，有時有多種甚至十幾種，因而一句一章意義的分歧也就很大，眞是「二千餘年紛紛無定解」（方玉潤《詩經原始》），自古「詩無達詁」；而且，詩有異文訛字，注釋也就產生意義的分歧。有鑒於此，我們的態度應該是既不抹殺古人，又不迷信古人，盡可能多參考自漢以來的各種舊解，加以審愼的抉擇或建立新說。

我們進行審愼的抉擇或建立新說，必須採用科學的方法，有根有據，從詞語、語法、音韻、名物、校勘各方面繼續研究，從點滴入手，編集一部集大成的、比較完備的新的《詩經》注疏著作。

解題，就是說明每一篇詩的主題。兩千多年的《詩經》研究，在這個問題上搞得最亂，錯誤也最多，可以說在舊的序傳中比比皆是。但是，也要承認舊的序傳在說明歷史背景方面，有時也有可資借鑒之處，有些學者所作的訓詁和解題，也能提出一些獨到的見識，儘管大多仍是破而未立，對於我們還是有幫助的。這就要求我們認眞加以辨訂，從了解《詩經》的時代入手，通過切實的訓詁，在讀懂原詩的基礎上，根據詩篇本身的藝術形象和抒寫，去探求各篇的主題和內容，然後進行文學的分析，或作爲史料運用於歷史的研究。

三百篇產生的時代和地域

我們現在已無法考證三百篇各篇的創作年代，只能大致論定其中最早的創作於西周初期，最晚的創作於東周的春秋中葉，全部作品產生於西元前十一世紀至西元前五世紀之間約五百多年的時間中。

這三百○五篇詩分風、雅、頌三類。

風：一百六十篇，包括《周南》、《召南》、《邶》、《鄘》、《衛》、《王》、《鄭》、《齊》、《魏》、《唐》、《秦》、《陳》、《檜》、《曹》、《豳》，又稱十五國風。

雅：一百○五篇，包括《小雅》七十四篇、《大雅》三十一篇，又稱二雅。

頌：四十篇，包括《周頌》三十一篇、《魯頌》四篇、《商頌》五篇，合稱三頌。

三頌的時代

《周頌》是西周王室的廟堂祭祀樂歌，主要產生在西周初期奴隸社會的興盛時期。《史記·周本紀》：成王「既絀殷命、夷淮夷……興正禮樂，而民和睦，頌聲興。」商、周之世奴隸主的戰爭中，戰勝的奴隸主對戰敗覆滅的奴隸主仍保存其祭祀，可見上古時代對祭祀的重視。西周政治安定，經濟興旺，爲鞏固和發展這種興盛局面，大興禮樂，爲此製作祭祀的樂歌。在整個「成康盛世」，這些樂歌已積累不少，昭王時又繼續補充修訂。從這些詩所祭祀的先王和所反映的史實來看，可以相信《周頌》大部分製作在西元前一○五八年以後的七八十年之間⑦。

據說，《周頌》中最早的詩，是武王伐紂勝利回朝祭祀文王時製作的《大武舞歌》六篇，在今本《詩經》中比較可信的尚保存其中的《武》、《賚》、《桓》三篇⑧。最晚的詩是昭王初年祭祀武、成、康三王的《執競》。這些都無法確考，我們只能大致推斷它們產生在西周初期不到一個世紀之間。

《周頌》的製作，大約出自史官和太師（樂官）的手筆，當然是在鎬京。這些詩篇記述先王的功業，歌頌功德，難免誇張揄揚；祭祀宗廟、祈福神明，又帶有嚴肅古板和宗教玄秘的色彩。在寫作上偏記事，少抒情，無韻律，缺文采，文學藝術價值不高。但是它們保存了周初奴隸社會興盛時期的階級狀況、政治史實、經濟發展、典章制度、社會意識形態的一部分確鑿史料，因而具有極重要的歷史學價值，是研究我國奴隸社會的可靠的詩史。

《魯頌》比《周頌》晚幾個世紀，是春秋時期魯國的宗廟祭祀樂歌。魯是周的後裔封地，在今山東一帶。成王封周公長子伯禽於魯。關於《魯頌》的來源，朱熹《詩集傳》說：「成王以周公有大勛勞於天下，故賜伯禽以天子之禮樂，魯於是乎有頌，以爲廟樂。其後又自作詩以美其君，亦謂之頌。」這個說法是可信的。魏源《詩古微》卷六《魯頌詩發微》：「僖四年，經書：公會齊侯、宋公等侵蔡，蔡潰；遂伐楚，次於召陵。此中夏攘楚第一舉；故魯僖、宋襄，舊侈闕績，各作頌詩，荐之祭廟。」齊桓公率八國之師伐楚時是魯僖公四年即西元前六五六年，所以現存《魯頌》四篇是魯僖公時的作品，其中《閟宮》一篇作者署名奚斯，是魯大夫公子。

《商頌》是宋國（都今河南商丘）的宗廟祭祀樂歌。宋國是殷商的後裔，「商爲武王所滅，封其庶兄微子啓於宋，修其禮樂以奉商后」⑨。現存《商頌》五篇的內容，有的是歌頌宋襄公與齊、魯合兵伐楚事，當與《魯頌》同時期；有的是記述殷商先祖功業，可能是先世留傳或後世所追述。五篇《商頌》產生的時間很長，其製作時間，學術界尚有爭議。

二雅的時代

《大雅》全部是西周的作品，它們主要是朝會樂歌。其中一部分頌詩的內容與祭祀詩沒有多大區別。因爲它們應用於諸侯朝聘、貴族享宴等朝會典禮，比較只用於宗廟的樂歌，內容較爲擴充。《大雅》的頌詩，有歌頌幾位先王功德的題材，有追懷傳說中周人先祖和開國英雄的題材，有讚美廊廟功臣的題材。這些對我們了解周初社會的政治經濟以及遠古傳說和開國歷史，有較多的史料價值。這些詩大多產生在西周前半期和宣王「中興」時期，有的出自史官、太師的手筆，有的有作者署名，可以證明是公卿列士的獻詩。在創作上因爲不像廟堂樂歌那樣受到音樂舞蹈等形式的束縛，也比較地具有了一些藝術性。

西周盛世並不長，七八十年就衰落了。穆、夷以後，政治腐敗，社會危機，貪殘昏暗的厲王更弄得民怨沸騰，外患嚴重，他在民不堪命的暴動中被「國人」放逐。宣王號稱「中興賢王」，實行開明政治，容許對王政得失提出批評。可是由於外禦戎狄，戰爭頻繁，剝削加重，又加深了社會危機，國勢已蹶而難振。幽王又是一個暴虐的昏君，西周終於滅亡。《大雅》中還有一部分諷諫詩，就產生在厲、幽兩代。這些詩直陳時弊，批評王政和大臣，暴露了統治階級的內部矛盾，反映了社會的混亂和人民的怨恨，是《大雅》裡的重要篇章。

《小雅》七十四篇，基本上是西周後期的作品。其中也有一部分是朝會和貴族享宴的樂歌，與《大雅》沒有多大區別，主要是宣王時代所製作。宣王「中興」圖治，修禮興樂，公卿列士就製作一些詩歌緬懷先王和記述宣王的文治武功，應用範圍又從朝會擴延到貴族社會的各種典禮和宴會。這類詩反映著一定的歷史面貌，包括貴族階級的生活、習俗和倫理。其中四篇農事詩和《周頌》中的五篇農事詩，同是研究周代農業經濟的重要史料。

西周後期社會危機深化，貴族階級激烈分化，一部分士大夫寫了一些諷諫詩，而沒落的貴族階級下層，則寫了許多不滿現實、感嘆身世、發抒悲怨的怨刺詩。這些諷諫怨刺之作，占了《小雅》的大部分，它們都針砭時政，揭露社會政治的不合理現象。厲幽二世昏暗混亂的現實，使貴族階級的下層也經歷著社會動蕩的痛苦，他們的沒落地位使他們比較地接近人民，因而也在一定程度上反映了人民的困苦。《小雅》中的這些詩人，大膽揭露，言詞激切，感情深沉，抒寫動人，具有較高的藝術性，是《詩經》中的優秀作品。

《國風》的時代和地域

《國風》是東周時期收集的十五個國家和地區的民間詩歌。這些國家和地區的地理位置，在現在的陝西、山西、河南、河北、山東和湖北北部，包括當時中國的全部地域，主要在黃河流域，向南擴展到江漢流域。這廣闊的區域，是我國古代文化的搖籃。

《國風》一百六十篇，其篇幅數量占《詩經》全部作品的大半，就總體來說，其中內容也是《詩經》中的精華。

西周末年，國內危機嚴重，戎族入侵，幽王被殺，西元前七七〇年平王東遷洛邑，是爲東周。東周王室衰微，諸侯爭霸，整個社會的經濟和政治，處於更大的動蕩和變革之中。歷史上把西元前七七〇年至西元前四七六年劃爲春秋時代，《國風》的絕大部分是春秋初期至中期的詩，一小部分是西周後期的詩。所以就其大多數而言，是西元前七七〇年至西元前六〇〇年約一百七十年之間的創作。

關於《國風》的時代和地域，歷來發生爭論最多的是《豳風》和二南的問題。

《豳風》的時代問題至今尚難解決。豳國在今陝西彬縣、旬邑一帶，是西周的故國。傳統的經注說《豳風》是西周初年的詩，產生於成王時代。後人又認爲可能是西周後期的詩。除這兩派外，近人郭沫若析釋《七月》，提出新見，認爲「確實是春秋中葉以後的作品」⑩。有人同意郭說，進而提出《豳風》全是春秋時期的作品。近人還有一種意見，認爲十五國風中沒有《魯風》，《豳風》就是《魯風》，因而提出「《豳風》不是西周的詩，應是春秋時代的魯詩」⑪。諸說均爲推論，因無法得到確鑿的材料，尚待繼續研究。

對於二南的解釋，舊說雖然紛歧，當代却已取得了基本一致的正確論證。五四以後至當代的學術界，在清代學者研究的基礎上進一步研究，認爲：周南、召南原是地域名稱，由古南國而得名，周南在今陝縣以南汝、漢、長江一帶，湖北、河南之間，召南在周南之西，包括陝西南部和湖北一部分。郭沫若《甲骨文字研究・釋南》考證，原有一種樂器名「南」，這種樂器的使用，可能是南國音樂的特色。《周南》《召南》就是南國地區的民歌，配合南國樂器所奏出的樂調。

二南產生的時代，大部分和其他國風一樣，是春秋時代的作品，最晚不能遲於周釐王之世（西元前六八一年至西元前六七七年），《左傳・僖公二十八年》記：「漢陽之姬，楚盡實之。」經過楚伐隨、伐申、伐蔡、伐鄧等戰爭，江、漢、汝一帶姬姓小國全部滅亡。所以二南詩的編採當在這些小國滅亡前的春秋初期。二南中也有一部分詩是西周後期流傳下來的民歌，是否有的詩還要早一些，還無法確定。我們現在只能就其總體而言，二南的時代在西周末年到春秋初期這一段時間。

近人胡適、陸侃如等提出：二南產生的時代最晚，二南就是《楚風》。論據不充分，我們沒有採取。

綜上所述，可以得出如下結論：《詩經》是西元前十一世紀至前六世紀我國奴隸社會兩周時代的詩歌。其中《周頌》最早，大多產生於西周初期，是廟堂祭祀的樂歌。《大雅》次之，大多是西周中期的作品，一部分是西周後期的作品。《小雅》又次之，大多是西周後期的作品，一部分遲至東遷。二雅是朝會和貴族享宴樂歌。《國風》、《魯頌》、《商頌》產生時代較晚，大多在春秋前半期。《魯頌》、《商頌》是魯、宋兩國的廟堂祭祀樂歌，《國風》則大部分是民歌，也有一部分貴族階級的詩歌。

《雅》《周頌》產生的地域在周都（西周都鎬，東周都洛邑）。《魯頌》在魯國，《商頌》在宋國。《國風》產生於十五個國家和地域，各從其名稱明確地反映出來。

以上只是就總體而言，《周頌》與《大雅》產生的時代不能截然分開，《小雅》與《國風》不能截然分開。不過，《國風》與《周頌》是完全能夠分清的。總之，我們雖然不可能考證三百篇各篇產生的具體年代，但就各類詩及各篇的內容和特點，能夠大體上看出它們產生的歷史階段，這也有助於我們進行文學的和歷史學的研究。

三百篇各篇的作者，除少數幾篇以外，我們只能就各類各篇的內容和特點，大概指出雅、頌是貴族階級的作品，《國風》一部分是人民羣衆的詩歌創作，一部分出自貴族階級；說《國風》全部是民歌，是不確切的。

詩、樂合一和風、雅、頌分類

笙詩問題

《詩經》實際保存的詩三百〇五篇，而篇目却是三百十一篇。原來在《小雅》部分，有六篇有目無詞。這六個篇目是：《南陔》、《白華》、《華黍》、《由庚》、《崇丘》、《由儀》；它們被稱爲笙詩。笙詩是用笙這種樂器吹奏的樂曲。

關於笙詩，過去有兩種不同的解釋。

「有義亡辭說」是漢學的論點。《毛詩傳》：「有其義而亡其辭」，「《南陔》孝子相戒以養也。《白華》孝子之絜白也。《華黍》時和歲豐宜黍稷也。《由庚》萬物得由其道也。《崇丘》萬物得其高大也。《由儀》萬物之生各得其時也。」⑫鄭箋孔疏因襲這個說法，其不同之處只是辭亡在孔子之前或孔子之後。但是，既早已亡其辭，又何以知其義？難免附會假說。亡於孔前孔後，不過是撒謊撒法的不同罷了。宋王質批駁較爲有力：「毛氏不曉笙歌而一概觀之。大率歌者，有辭有調者也；笙者，管者，有腔無辭者也。後世間也有如此清樂，至唐仍有六十三曲。」「有其義者以題推之也，亡其詞者莫知其中謂何也……所謂有其義者也，皆漢儒之學也。」⑬

「有聲無辭說」是宋學的論點。宋學反漢學，以朱熹爲代表，說笙詩只是貴族宴會典禮中演唱詩歌時插入的清樂，原本無辭。《詩集傳》：據《鄉飲酒禮》和《燕禮》，演奏「《鹿鳴》、《四牡》、《皇皇者華》諸篇稱歌，《南陔》、《白華》、《華黍》諸篇曰笙、曰樂、曰奏，而不言歌，則有聲無詞明矣，所以知其篇第在此者，意古經篇題下，必有譜焉」⑭。

後來相信朱熹說的人較多。二說雖一直難予統一，但也有一致的地方；姑勿論其原本有詞無詞，都承認笙詩是用笙吹奏的樂曲，而且是和其他許多詩歌一起演奏的，由此可以說明：《詩經》各篇的詩是與音樂密切結合的。

《儀禮》十七篇是《禮經》三禮的主要部分，是最可靠的先秦史籍，記載周代各種禮節和儀式。其中《鄉飲酒禮》這一篇，記載貴族卿大夫宴會典禮次序：

> 衆賓序升，即席。……樂正先升，立於西階東。工入，升自西階，北面坐。相者東面坐，遂授瑟，乃降。工歌《鹿鳴》、《四牡》、《皇皇者華》。……笙入堂下，磬南北面立，樂《南陔》、《白華》、《華黍》。前樂既畢，乃間歌《魚麗》，笙《由庚》；歌《南有嘉魚》，笙《崇丘》；歌《南山有台》，笙《由儀》。乃合樂《周南》：《關雎》、《葛覃》、《卷耳》；《召南》：《鵲巢》、《采蘩》、《采蘋》。工告於樂工曰：「正歌備」。樂工告於賓乃降。主人請徹俎……衆賓皆降，脫

屨，揖讓如初，升坐，乃羞。無算爵，無算樂。賓出，奏《陔》。

從這段記載中可以看到：貴族宴會有規定的典禮儀式，樂歌是重要內容，而清樂和樂歌在典禮中相間進行，時而吹奏一曲，歌唱一詩，歌詩有器樂伴奏，《小雅》和二南，都是當時應用的樂歌。我國古代詩歌合一，並不僅僅笙詩是樂曲，三百篇中的詩也配有樂曲。

詩入樂說和風雅正變

三百篇全是樂歌，古時本已有定論。先秦兩漢史籍有大量記載：

《論語．子罕篇》：「吾自衛反（返）魯，然後樂正，《雅》《頌》各得其所。」

《史記．孔子世家》：「三百五篇，孔子皆弦歌之，以求合韶武雅頌之音。」

《墨子．公孟篇》：「誦詩三百，弦詩三百，歌詩三百，舞詩三百。」

《左傳．襄公二十九年》：「吳公子札來聘……請觀於周樂。使工爲之歌《周南》、《召南》。爲之歌《邶》、《鄘》、《衛》。爲之歌《王》。爲之歌《鄭》。爲之歌《齊》。爲之歌《豳》。爲之歌《秦》。爲之歌《魏》。爲之歌《唐》。爲之歌《陳》。爲之歌《檜》。爲之歌《小雅》。爲之歌《大雅》。爲之歌《頌》。」（有删節，删節號略）

《漢書·食貨志》：「行人振木鐸徇於路以採詩，獻之太師，比其音律。」

以上史料，只是擧其要者。「詩爲樂章」，自漢至唐，並無異見，都以爲《詩經》所錄全是樂歌。

宋儒治經不尊漢說。南宋程大昌《詩論》十七篇⑮，首先提出「詩有入樂不入樂之分」。他說：「蓋南、雅、頌，樂名也，若入樂曲之在某宮者也。……若夫邶、鄘、衛、王、鄭、齊、魏、唐、秦、陳、檜、曹、豳，此十三國者，詩皆可採，而聲不入樂，則直以徒詩著之本土。」本來，程大昌的根據是不可靠的，而朱熹、顧炎武等繼而附會以所謂「風雅正變」，提出「變風變雅都不入樂」。

所謂「風雅正變」一詞，最初見於《毛詩序》，東漢的鄭玄著《詩譜》加以發揮，把歌頌周室先王和西周盛世的詩，稱爲「詩之正經」，而把那些衆多的產生於衰亂之世的諷刺詩和愛情詩，稱爲「變風」、「變雅」。「變」是不正的意思，指不合詩的正統。朱熹附會「風雅正變」說解釋詩樂問題，提出：「二南，正風，房中之樂也，鄉樂也。二雅之正雅，宮廷之樂也。商周之《頌》，宗廟之樂也。至變雅則衰周卿士之作，以言時之得失，而《邶》《鄘》以下，則太師所陳以觀民風者耳，非宗廟之所用也。」明末顧炎武《日知錄・卷三》說得更明白：「夫二南也，《豳》之《七月》也，《小雅》正十六篇，《大雅》正十八篇，《頌》也，詩之入樂者也。《邶》以下十二國之附於二南之後而謂之變風，《鴟鴞》以下六篇之附於《豳》而亦謂之《豳》，《六月》以下五十八篇之附於《小雅》，《民勞》以下十三篇之附於《大雅》而謂之變雅，詩之不入樂也。」⑯

按照他們的立論，全部《詩經》只有一百篇詩入樂，一百三十四篇風詩和七十一篇二雅，共二百〇五篇詩是「變風」、「變雅」，不是「詩之正經」，因而也不配入樂。他們所說的「正統」，自然是指合於封建教化思想而言。他們只承認歌功頌德和宣揚封建教化的樂教，認爲那些政治諷刺詩、愛情詩，都是衰世變音，不能登入「大雅之堂」。這實際是貶低人民羣衆的詩歌創作和具有人民性的詩歌創作。古時已有許多學者認爲「風雅正變」說立論無據，矛盾百出，不可採取，因而棄而不論。建築在這個錯誤觀點上的「變風變雅不入樂」說，也就失去了理論上的支柱。

「詩全入樂」和「詩有入樂不入樂之分」兩說，進行過長期的熱烈爭論。清代有些著名的學者都同意前說。如馬瑞辰《毛詩傳箋通釋・卷一・詩入樂》從詩歌的起源來論證，「在心爲志，發言爲詩，言之不足，故嗟嘆之，嗟嘆之不足，故詠歌之。」皮錫瑞《論詩無不入樂史漢與左氏傳可證》一方面說明「謂詩不入樂，與史漢皆不合，亦無解於左氏之文」，一方面從中國文學史來說明古樂府、唐詩、宋詞、元曲最初皆入樂。俞正燮《癸巳存稿．詩入樂》、康有爲《新學僞經考．漢書藝文志辨僞》也先後舉出有力的證明，指出所謂的變風變雅，從漢時至魏晉仍傳有樂歌。

近人顧頡剛等除了辨訂以上諸說，又對《詩經》的形式進行研究，從章段的複疊、詞句的重沓等樂歌特點，說明三百篇全是樂歌，有的是按照已有的樂譜寫歌詞，也有的是採自民間的歌謠再經樂工配樂；有些樂歌（正歌）是規定在典禮時使用的，有些樂歌（無算樂）則是禮畢坐宴和慰勞司正時用的[17]。三百篇全入樂，已是不可移易的定論。

《風》、《雅》、《頌》的分類

關於對《風》、《雅》、《頌》名稱的解釋及其分類，兩千年來，也是重要的聚訟的問題。首先對《風》有不同的解釋。有人列舉自古以來對「風」的解釋有十三種之多。我們把那些煩瑣紛歧的定義歸納起來，大致是五種：

(1)最早是《詩序》的解釋：「風，風也，教也；風以動之，教以化之。……上以風化下，下以風刺上，主文而譎諫，言之者無罪，聞之者足以戒，故曰風。……是以一國之事繫一人之本，謂之風」[18]。這裡一口氣下了風動、風行、風教、風化、風刺、風俗六個定義，含混不清，不得正解，是以封建政治道德的教化作用來强作解釋。

(2)鄭樵、朱熹的解釋：《風》是風土之音，民俗歌謠之詩。鄭樵《六經奧論》：「《風》者出於風土，大概小夫賤隸婦人女子之言。其意雖遠，其言則淺近重複，故謂之風。」朱熹《詩集傳》：「國者諸侯所封之域，而風者民俗歌謠之詩也。」其《楚辭集注》：「風則閭巷風土，男女情思之詞。」此說比較明確，有其正確部分。但《風》詩一百六十篇，有一部分「民俗歌謠」，還有一部分是貴族階級的作品；有一部分「男女情思之詞」，還有一部分反映了社會政治內容。所以這個定義並不全面，不是「風」名的本義。

(3)崔述、梁啓超的解釋：風是詩體。崔述《讀風偶識》：「《風》《雅》之分，分於詩體。」⑲梁啓超贊同此說：「《南》《風》《雅》《頌》是四種詩體。」他們擺脫序傳的傳統觀念，從詩體來進行解釋，是一個突破。但《風》詩的章段結構、語言音韻等形式與《雅》《頌》的形式並無多大區別，因而他們的詩體說並不確切。

(4)近人章太炎等的解釋：《風》是吟詠和背誦的詩。章太炎《國學概論演講》：「風空爲氣之激蕩，氣自口出，故曰風。當時之所謂風者，只是口中所謳唱罷了。」梁啓超《釋四詩名義》：「風即諷字，但要訓諷誦之諷，不是訓諷刺之諷。《周禮．大司樂》注說，倍文曰諷，《瞽矇》疏引作背文曰風。然則背誦文詞，實風之本義」⑳。這個定義把《國風》說成全是口頭吟詠的徒詩，忽略了《國風》本來全是樂歌這一事實。

(5)據《詩經》內證和《左傳》記事：風是樂調。《大雅．嵩高》：「吉甫作誦，其詩孔碩，其風肆好」，可見風是樂調。《左傳．成公九年》記晉侯見楚囚鍾儀，「使與之琴，操南音……文子曰：楚囚，君子也。言稱先職，不背本也；樂操土風，不忘舊也。」這裡說的「土風」，顯然是地方樂調。近人顧頡剛對此作了詳細考訂，贊同說風名的本義就是樂調，「所謂《國風》，猶之乎說『土樂』」㉑。

關於「雅」名的本義，古時釋「雅」為「正」，古時「雅」「夏」二字通用，周王畿一帶原是夏人的舊地，周人有時也自稱夏人，其地稱為夏地，王畿為政治中心，其言稱為正聲。孔子：「詩、書、執禮，皆雅言也」㉒。雅言就是標準話，宮廷和貴族用的樂歌要用這種正聲。當時有雅樂，就是宮廷和貴族的「正樂」。《雅》是正樂，古說大體一致。

《大雅》《小雅》之分，說法未能統一，歸納衆說，主要有政治道德內容之分和音樂之分兩種：

(1)政治道德內容之分：《毛詩序》從政治內容來區分，把雅字引用為政，「雅者，正也，言王政之所由興廢也。政有大小，故有《小雅》焉，有《大雅》焉。」鄭玄和蘇轍又主張從道德內容來區分。鄭玄認為：「雅者正也，言今之正者，以為後世法」；蘇轍認為《小雅》有美惡，《大雅》有美無惡，《大雅》是「文王之德」，《小雅》是「周德之衰」㉓。這些解釋過去都有很大影響，實則附會曲解。

(2)音樂之分：最早孔穎達就曾提出：「詩體既異，音樂亦殊。」程大昌《詩論》：「音既同，又自別爲大小，則聲度必有豐殺廉肉，亦如十二律然，既有大呂，又有小呂也」㉔。鄭樵《六經奧論》：「《小雅》《大雅》者，特隨其音而寫之律耳。律有小呂大呂，則歌《大雅》《小雅》，宮有別也。」清代學者大多同意這個說法。

根據我們現代的考證，古時原來就有一種名叫「雅」的樂器㉕，爲正樂所用，雅樂由此得名。「雅樂」原來只有一種，無大小，後來有新的雅樂產生，便叫舊的爲大雅，新的爲小雅。孔子曾大聲疾呼：「惡鄭聲之亂雅樂也」。古人說《小雅》「雜乎風之體」，就是說它受到各國土樂的影響，音樂發生了變化。從詩的形式來看，雖然二雅基本上都是四言詩，但《大雅》句法韻律變化較少，《小雅》就顯得靈活和諧，有的詩已不是四言詩，如《祈父》一篇十二句，其中十句二、三、五、六言雜之。詩樂不可分，音樂確已發生明顯的變化。原來的樂器碩大而笨重，在發展過程中也必然吸收新樂而改進其結構，使之小巧而靈活，這與《大雅》《小雅》之分也可能有關。只是古樂早已失傳，我們已無法具體考證了。

關於《頌》，前人解釋都在一定程度上符合實際。

從內容上說明《頌》的特點：「頌者美盛德之形容，以其成功告於神明者也」（《序》）。「頌之言容，天子之德，光被四表」（《箋》）。「若夫雅頌之篇，則皆成周之世，朝廷郊廟樂歌之辭，其語和而莊，其義寬而密」（《集傳》）。這些都說明《頌》是王廷宗廟祭祀祖先、祈禱神明的樂歌。

《頌》是舞、樂合一的樂歌。《頌》字古訓「容」字，「容」也就是現在的「樣」字。阮元《研經室集．釋頌》：「所謂《商頌》《周頌》《魯頌》者，若曰商之樣子，周之樣子，魯之樣子而已。……三頌各章，皆是舞容，故稱爲頌。若元以後之戲曲，歌者舞者與樂器全動作也。」這說明了《頌》是有舞蹈配合的樂歌。

《頌》的樂調特點：「頌」「庸」古寫通假。「庸」即「鏞」字，是一種大鐘。鐘聲緩慢，其音莊重，餘音裊裊，至今宗教儀式還用鐘這種樂器伴奏。《頌》的篇章簡短，多無韻，不分章，不疊句，也證明它是由大鐘伴奏、聲調緩慢、配合舞蹈的宗教性祭祀舞歌。

由以上敍述，可以知道：《詩經》的編排體制，是以《風》《雅》《頌》三類不同的樂歌來分類的。這種編排方法，在最初有它的實用性和科學性。因爲時代古遠，社會變遷，古樂全部失傳，只保存下三百篇歌詞，人們對它的編排體制便不容易明白了。

因此，我們不能同意近代有的研究工作者認爲《詩經》這種編排方法沒有根據，甚至提出打亂原來的體制而重新分類。我們認爲，爲了保存這部古老詩集的本來面貌，發揚我國古代詩歌詩樂合一的優良傳統，還應該保持它原來的編排體制。

三百篇最初的編訂、流傳和應用

《詩經》最初的編訂、流傳和應用，也是《詩經》研究中有歧見的問題。

採詩說

據說周代還保存著由上古時代傳下來的一種制度：王朝派出專門官員到各地去採集民間歌謠。這種官員在各種書上有不同的名稱，如「行人」、「遒人」、「輶車使者」、「逌人使者」等等。採詩的目的是爲了知民情、觀風俗。

採詩之制，先秦書中沒有明確記載。漢代有王官採詩和各國獻詩兩說。

班固《漢書．食貨志》：「孟春之月，羣居者將散，行人振木鐸徇於路以採詩，獻於太師，比其音律以聞於天子。」同書《藝文志》：「古有採詩之官，王者所以觀風俗，知得失，自考正也。」這是說王官下至各國採詩。

何休注《公羊傳．宣公十五年》：「男女有所怨恨，相從而歌，飢者歌其食，勞者歌其事。男子六十、女子五十無子者，官衣食之，使之民間求詩。鄉移於邑，邑移於國，國以聞於天子。故王者不出牖戶，盡知天下所苦。」這是說不是專責的王官下來採詩，是由各國自採以獻於天子的。

不同意王官采詩說的人認爲：先秦的書並沒有說春秋時有採詩之官，《左傳》「遒人以木鐸徇於路」一句中的「遒人」是宣令之官㉖，下至各國是爲巡查民情宣布政令，不必是爲採詩。《春秋》對王官至魯皆有記載，並無王官至魯采詩記載。春秋時代分崩離析，王室衰微，派王官遍行各國採詩，勢所難能。由此所見，王官采詩並無定制。

不同意各國獻詩說的人認爲，十五國風實際是十五個地方的土樂，「周南」、「召南」、「唐」、「豳」、「王」五者是指地域，不是指國名，說是各國所獻就講不通。再者，列國若各獻詩，何以沒有宋風、魯風、楚風，東遷後沒有滅亡的一些小國也沒有獻詩。由此可見，各國獻詩也無定制。

近世學者又提出太師（樂官）搜集整理之說。古代設樂官是有定制的，至漢代依然沿襲。《漢書．郊祀志》：「乃立樂府，采詩夜誦，有趙、代、秦、楚之謳，以李延年爲協律都尉，多舉司馬相如等造爲詩賦，略論律呂，以合八音之調，作十九章之歌。」《國語．魯語》：「正考父校商之名頌十二篇於周太師」㉗。《禮記．王制》：「天子五年一巡守。歲二月東巡守……命太師陳風以觀民俗。」這些記載都說明周太師有采詩陳詩等使命。

因爲史無明據，古無定制，對《詩經》中民間詩歌採集的具體情況，誰也無法作出確定的答案。我們可以不拘泥於一說。王官採詩可能有，是否設專職官員遍至各國去採詩倒不一定，即使是宣令之官，也未嘗不可以順帶收集點民歌以觀民俗。各國獻詩也可能有，諸侯向天子進獻女樂和貴族之間互贈女樂，本來是各國各地音樂傳播的一種渠道。當然可能有進獻的也有不進獻的，也不一定凡進獻的都能保存下來，樂官採集和整理也是可信的。因爲他們的專責就是採集、製作和演出。總之，三百篇的編採集中可以經過各種渠道，最後都在樂官那裡集中進行整理加工，製作成合樂的樂歌。

陳詩和諷諫

二雅詩篇是貴族階級的作品，有一些是歌功頌德、宴享酬應的，但還有一些是抨擊時政、揭露社會弊病，以及傾訴個人怨恨和不平的。這些詩篇爲什麼能夠編採入樂呢？

據說周代有過公卿列士可以陳詩進諫的制度。《左傳．襄公四年》：「昔周辛甲之爲大史也，命百官，官箴王闕。」《左傳．昭公十二年》：「昔穆王欲肆其心，周行天下，將皆必有車轍馬跡焉。祭公謀父作《祈招》之詩，以止王心，王是以獲，沒有祇宮……其詩曰：「祈招之愔愔，式昭德音。」《大雅．民勞》：「王欲玉女，是用大諫。」《大雅．板》：「猶之未遠，是用大諫。」《小雅．節南山》：「家父作誦，以究王訩。式訛爾心，以畜萬邦。」上諸例可見，西周各代確有公卿列士向國王陳詩進諫的事實。《國語．周語上》記述召公諫弭謗，說明奴隸主階級的政治家也認識到，爲了維護統治階級的利益，應該容許某些批評，並從這些批評中吸取意見來鞏固統治。在中國長期封建社會中保留著這種諷諫制度，不過以後多用奏章或廷諫。當然，這種制度並沒有認眞實行過，所以歷史上不乏死諫的「忠臣」，很少納諫的「明君」。然而這種古老的諷諫制度，畢竟有一定的歷史和社會基礎。周厲王時「國人莫敢言，道路以目」，三年後「國人」推翻厲王統治。宣王「中興」圖治，接受正反兩面經驗教訓，恢復進諫的制度。二雅中大量針砭時政、言詞激切無忌的諷刺詩於是產生。

當然，周代這種開放批評的制度，只用於貴族階級內部和平民中的上層，不會貫徹到奴隸中間去。但是，這一部分貴族和知識分子所寫的以政治諷喩和怨刺爲內容的詩篇，比較眞實地反映了厲幽兩朝昏暗動亂的社會政治生活，其感情憤懣、言詞激切，較之後代的政治詩較少忌諱，表抒大膽率直，藝術上也是優秀之作，是我國古代文學的一部分精華。

三百篇在春秋時代的應用

三百篇或由王廷樂官製作，或由公卿列士獻詩，或由十五個國家和地域採集，集中到樂官，又經過整理加工，書寫於簡片，習演於樂工，經過漫長時間中無數人的工作而得以保存和流傳，自然有其實用的目的。歸納散見於先秦書籍中的材料，它們的應用範圍是廣泛的。

一是應用於各種典禮儀式，與貴族生活密不可分。三百篇中有些詩歌創作的直接目的，就是爲了應用於王廷和貴族的各種典禮儀式。諸如祭祀（宗廟、郊天）、朝會（諸侯覲見、使聘、享宴、出征、凱旋等），都有繁富的禮儀，要按規定依次演奏一些適應的樂歌。《周頌・有瞽》、《商頌・那》描寫了祭祀典禮的奏樂狀況；《小雅・楚茨》描寫了祭祀典禮逐次演奏樂歌的全過程；《大雅・崧高》、《小雅・出車》是朝會慶功的樂歌。

貴族的宴會（喜慶、婚嫁、迎賓等）也有繁富的禮節。《儀禮・鄉飲酒札》就是按貴族宴會的禮儀演奏樂歌程序的記載。《小雅・鹿鳴》、《小雅・白駒》都是宴賓的樂歌。《周南・關雎》、《周南・桃夭》都是婚嫁的樂歌。

據《儀禮・鄉飲酒禮》所記，除典禮上有「正樂」，還有「無算樂」助酒盡歡。《禮記》中《射義》《投壺》諸篇，記載習射和投壺遊藝時也間奏樂歌。可見除了莊嚴鄭重的樂歌外，還應用一些比較輕鬆和諧、帶有娛樂性的樂歌。我們從許多文獻可以看到，這些詩歌已經成爲貴族階級文化生活的一部分。

二是應用於歌頌和諷刺，包含有統治階級內部政治教育的目的。一些詩篇的創作本來就是以美刺爲直接目的。朱熹站在封建衛道的立場上作過一段總結：「皆夫雅頌之篇，則皆成周之世，朝廷郊廟樂歌之辭，其語和而莊，其義寬而密，其作者往往聖人之徒，固所以爲萬世法程而不可易者也。至於雅之變者，亦皆一時賢人君子閔時病俗之所爲，而聖人取之，其忠厚惻怛之心，陳善閉邪之意，尤非後世能言之士所能及之。」（《詩集傳序》）三百篇中採集的民俗歌謠，統治階級則用以「觀風俗，知民情」，考察政治之得失，被作爲政治的檢溫計。

三是賦詩言志，應用於社會政治交往。在春秋時期，三百篇已經相當廣泛地流傳，它們的應用範圍，超越了它們最初製作和採集的目的。春秋時列國人士已經進一步應用這些詩的言辭於社會政治生活的各個方面，賦詩言志，在當時非常普遍，《詩》成爲社會交往中經常應用的表情達意的工具。

《左傳》和《國語》記載了大量賦詩言志的事實。據淸代趙翼統計：《國語》引詩三十一條，其中三百篇中的詩三十條；《左傳》引詩二百十七條，其中記列國公卿引詩一百○一條（內逸詩五條），左丘明自引詩及轉述孔子之言所引詩四十八條（內逸詩三條）[28]。所謂賦詩言志，並不是自己創作詩篇誦唱，而是點出現成的詩篇由樂工演唱，借而表明自己的立場、觀點和情意。

《左傳．襄公二十六年》記晉侯囚衛侯，齊侯鄭伯往晉排解糾紛。在宴會上，晉侯先賦《大雅．嘉樂》，作爲歡迎曲，表示對兩國君的歡迎和讚頌。齊國的國景子答賦《小雅．蓼蕭》，贊頌晉侯恩澤遍及於諸侯；鄭國的子展答賦《鄭風．緇衣》，表示鄭不背晉。這些都是通過賦詩互相表示友好的情意。接著商談救衛侯的問題，國景子賦《轡之柔矣》（逸詩），以駕馭馬要用柔轡作比喻，勸晉侯對小國要寬大；子展賦《鄭風．將仲子》，取詩中「人之多言，亦所畏也」一句，暗喻要考慮到各國輿論。於是晉侯放衛侯歸。

《左傳·定公四年》記楚遭吳侵略，「申包胥如秦乞師曰：『吳爲封豕長蛇，以荐食上國，虐始於楚。寡君失守社稷，越在草莽，使下臣告急……。』秦伯使辭焉，曰：『寡人聞命矣，子姑就館，將圖而告』。對曰：『寡君越在草莽，未獲所伏，下臣何敢即安？』立，依於庭牆而哭，日夜不絕聲，勺飲不入口，七日。秦哀公爲之賦《無衣》，九頓首而坐，秦師乃出。」

列國間辦外交，往往通過賦詩言志，用比喻或暗示的方法，表達彼此的立場和意見。賦詩成爲外交官員所必須具備的一種才能。在外交場合，不懂得《詩》，便會丟臉。《左傳·襄公二十七年》記齊國的慶封往魯國行聘，在宴會上失儀，人家讓樂工賦《相鼠》，他不懂；第二年他又去，還是失儀，人家又讓樂工賦《茅鴟》（逸詩），他還不懂。這種人當然辦不成什麼交涉。那時，賦錯了詩，甚至會鬧出事來。《襄公十六年》：晋侯會諸侯，各國大夫賦詩，齊國的高厚賦詩不得體，激怒了晋國君臣，高厚逃歸，各國大夫聯合起來要「同討不庭」。因此，辦理外交事務必須選擇掌握詩辭文采的人才。《僖公二十三年》：晋公子重耳逃亡到秦國，爲了出席秦穆公的一次重要宴會，重耳的主要謀臣孤偃說：「吾不如衰之文也，請使衰從。」推荐能夠運用詩辭文采的趙衰隨重耳前去辦理這次外交事務。

除在政治外交場合賦詩應對，公卿士大夫在談話中也常常隨口引用詩句，借以加强語言的表達力。這就從通過樂歌賦詩言志，擴大於談話中直接引用，從音樂的範圍擴大到語言的範圍。這是由詩的特質所決定的，詩的語言精煉而富有表現力，把它們適當地雜用在講話中，就使語言豐富和生動。

由以上敍述可以知道：一、三百篇在春秋時期已廣泛流傳，其應用範圍已超越其本來製作的目的，成爲政治外交場合表情達意的一種普遍應用的特殊工具；二、許多詩句離開了音樂，雜用到人們直接交往的談話中，從而逐漸豐富了語言的文采和表現力；三、賦詩和引詩不一定符合全詩原意，而大多是採取斷章取義的方法，即採用一首詩中一章或一句兩句的形象和意義，按照賦者和引者所要表達的意思來運用它們。四是作爲貴族學習的教材。當時流行的《詩》，既有典禮、政治、外交、美化語言等實際效用，貴族士大夫不能不學習掌握它們。

三百篇的流傳應用大約早於孔子創辦私學約二百年，所以它的傳習只能是在貴族的公學。貴族子弟集中學習，傳授者是太史（史官）和大司樂（樂官總管），教學的主要科目是詩和樂。貴族階級重視學詩，有下列記載：

《左傳．僖公二十七年》：「（晋）謀元帥。趙衰曰：『郤穀可。臣亟聞其言矣，說禮樂而敦《詩》《書》。《詩》《書》，義之府也；禮樂，德之則也；德義，利之本也。』」趙衰推荐郤穀爲帥，認爲他學習《詩》《書》成績優異，因而道德、修養和知識、言辭都可勝任。

《國語．楚語上》：楚莊王操心太子的教育問題，大夫申叔時對教育內容提出的建議中有

「敎之《詩》，則爲之導廣顯德，以耀明其志。」他認爲太子學《詩》可以擴大眼界，增長知識，明白道理，樹立宏大的志向，這說明當時把《詩》作爲貴族子弟的必修科目。從這些事實可以說明，春秋時代，《詩》已經廣泛地在貴族社會流傳和應用。出身於貴族階級的孔子，早年正生活在這樣的時代。

春秋時代貴族社會日趨崩潰，經過到處進行的財產和權力再分配的社會動亂，沒落的貴族階級已經或正在失去自己的天堂，對《詩》的應用逐漸稀少。孟子說：「王者之跡熄而《詩》亡。」孔子的政治理想是恢復西周的「盛世」，他充分重視《詩》《樂》的社會教化作用，因此對已經被冷落了的《詩》，又重新進行了整理、刪定和正樂的工作，並作爲他所創辦的私學的重要教本。從此，《詩》在它的發展史上，進入了一個新的階段。

---

①《文史通義．易敎上》，嘉業堂本《章氏遺書》。

②前兩句見《古風》之一，後四句見《古風》之三十五。李白與陳子昂等反對六朝以來詩歌浮艷的形式主義傾向，提出復古，即恢復風騷的現實主義精神的主張。

③《戲爲六絕句》之六，《分門集注杜工部詩》卷十六。

④《白氏長慶集》卷四十五。

⑤《中國通史簡編》修訂本，第一編。一四四頁。

⑥皮錫瑞：《經學通論．詩經》一—三頁，中華書局一九六四年重版本。

⑦西周從武王滅商（西元前一〇六四年）到幽王亡國，凡十一代十二王，據《竹書紀年》說共二五七年。中國歷史有確實紀年，從西元前八四一年即共和元年開始，共和以前年代都不甚可靠。武王滅商後二年死，其弟周公旦攝政七年，《尚書大傳》：周公「五年營成周，六年制禮樂，七年還政。」故其開始制禮興樂在西元前一〇五八年，《周頌》的大部分當製作在這個時期。

⑧近人王國維《大武樂章考》提出今本《詩經》中的《昊天有成命》、《般》爲《大舞樂歌》的首尾兩章（見《觀堂集林》卷二，一九四〇年商務版《海寧王靜安先生遺書》第二册）。近又有人提出《酌》也是《大舞樂歌》之一（見孫作雲《從讀史的方面談談〈詩經〉的時代和地域性》，一九五九年人民文學出版社《詩經研究論文集》）。二說均難定確否。如所說可立，《大武樂歌》就全部保存下來了。

⑨朱熹《詩集傳》。

⑩郭沫若《由周代農事詩論到古代社會》，《青銅時代》人民出版社一九五四年版。

⑪徐中舒《豳風說》，《歷史語言研究所集刊》㈥一九三六年版：徐中舒，常正光《論豳風應爲魯詩》，《歷史教學》一九八〇年第四期。

⑫引自宋呂祖謙《呂氏家塾讀詩記》卷十八，商務版，《叢書集成初編》一七一九册。

⑬王質《詩總聞》卷十，《叢書集成初編》一七一三册。

⑭朱熹《詩集傳》卷九《南陔》、《華黍》、《魚麗》題解。

⑮程大昌《詩論》，《叢書集成初編》一七一一册，商務版。

⑯俱見皮錫瑞《經學通論．詩經》五五頁，中華書局本，一九五四年。

⑰顧頡剛《論詩經所錄全爲樂歌》，《古史辨》第三冊。

⑱《毛詩序》，阮元刻《十三經注疏本毛詩正義》卷一。

⑲崔述《讀風偶識》，《叢書集成初編》一七四七冊。

⑳章、梁文引見陳子展《國風選譯》導言，春明出版社一九五五年版。

㉑顧頡剛《論詩經所錄全爲樂歌》，《古史辨》第三冊。

㉒《論語．述而》。

㉓參見蘇轍《詩集傳》，《四庫全書總目提要經部詩類一》。

㉔程大昌《詩論》，《叢書集成初編》一七一一冊。

㉕章炳麟（太炎）《大疋小疋說上》引鄭司農說《笙師》：「雅狀如漆筩而弇口，大二圍，長五尺六寸，以羊臺輓之，有兩紐疏畫。」

㉖「遒人以木鐸徇於路」句，見《左傳．襄公十四年》師曠引《夏書》，孔安國注古文《尚書．胤征》：遒爲宣令之官。

㉗王國維：《觀堂集林》卷一《說頌》。

㉘趙翼《陔餘叢考》的這個統計和近人夏承燾的統計不同。夏文《採詩和賦詩》說：「《左傳》引詩共一百三四十處，其中關於卿大夫賦《詩》的共三十一處。這種差別在於趙文把逸詩和在語辭中雜用詩句的都記算在內。夏文載《中華文史論叢》第一輯，一九六二年。

《詩經》和孔子的關係

從西周初期到春秋中期陸續結集和流傳的三百多篇詩歌，在春秋末期和孔子發生了密切的關係。從此，一部包含多方面的社會內容，並且包括許多民間詩歌的文學創作，經歷著獨特的幸運，同時也遭到無端的厄運。它的幸運和厄運，都和孔子有關係。然而《詩經》和孔子的關係究竟如何？二千多年來，還沒有得到認識一致的說明。探討這個問題，有助於研究《詩經》這部文學遺產，也有助於研究孔子的思想和中國文化史。本文試圖概略地總結前人對這個問題的研究，再根據孔子的思想和當時的社會歷史條件，進行一些探討。

一部詩歌選集的幸運和厄運

中國長期封建社會中被尊奉爲「至聖先師」、「大成至聖文宣王」的孔子，不是眞正的孔子。「四人幫」要打倒的「反革命兩面派」、「虛僞狡猾的政治騙子」、「凶狠殘暴的大惡霸」[1]的孔子，也不是眞正的孔子。

孔子整理過的詩三百篇，被歷代封建統治階級附以種種解說，規定爲「萬世典則」的神聖經書，完全不是這部詩集眞實的價值。「四人幫」和有些人辱罵《詩經》是「復辟經」，是「奴隸主貴族的文學」，批判《國風》「主要反映沒落奴隸主的思想感情，貫穿著一條復辟倒退的黑線」[2]等等，也完全不是《詩經》眞實的性質。

讓我們來探討歷史的實際面目吧。

春秋時期已經存在著一部從古代流傳下來的樂歌結集，本名爲《詩》，包括西周以來的廟堂祭祀詩、朝會燕享詩、古老的傳說以及迄於東周的各國民歌。春秋末期，思想家、教育家的孔子，創辦了規模很大的中國第一所私立學校。他收集大量的古代文獻，整理出《易》、《書》、《詩》、《禮》、《樂》、《春秋》六種典籍，作爲傳授弟子的教本；當時稱爲「六藝」。孔門弟子先後有三千人，「通六藝者，七十有二人」，後來形成了在社會上有影響的儒家學派。戰國時期的儒家學派仍採用這六種教本，統稱「六經」。

隨著封建社會的發展，儒家學派地位的變化，儒家的「六經」遭到不同的命運。秦始皇時，除《易》外都要燒毀，「言《詩》《書》者棄市」（《史記．始皇本紀》）。《詩》遭到一場幾瀕滅亡的大浩劫。到了漢代，武帝「罷黜百家，獨尊儒術」，定五經，立博士，孔子的亡靈被抬出來打扮成統治人民思想的偶像，五經被定爲指導人們一切思想和行爲的聖經，《詩經》又交上前所未有的幸運和厄運。

所謂幸運，是說古代文獻保存不易，又歷經時代的變遷和動亂，許多寶貴的典籍都亡逸或散亂不全，《詩經》由於被置於特別重要的地位，得以比較完整地保存和流傳。同時，它長時期地經過無數人的研究，積累了極其豐富的研究資料，尤其在訓詁和考據方面，對後人有不少正確或可以利用的解釋。因爲這種幸運，才使它今天能夠成爲人民的寶貴遺產。

所謂厄運，是說兩千年來它爲封建統治階級所利用，被當作宣傳聖道王化的愚民工具；爲此，歷代經師對它的內容進行了無數歪曲和謬誤的解釋，掩蓋了它眞正的面目。因此，我們要發掘這一份珍貴的遺產，還要進行大量的撥亂反正，正本清源的工作。

關於孔子刪詩之說的爭論

研究《詩經》與孔子的關係，歷代爭論的主要問題，是孔子刪詩之說。

關於孔子如何整理《詩經》，孔子自己只有非常簡略的敍述：「吾自衛返魯，然後樂正，《雅》《頌》各得其所。」（《論語．子罕》）就是說他在六十九歲回魯國後，對《詩》進行了一番編訂和正樂的工作。此外，先秦古籍中沒有關於這個問題的其他可靠材料。

司馬遷作《史記．孔子世家》，才有比較具體一點的敍述：「古者詩三千餘篇，及至孔子，去其重，取可施於禮義，上採契、后稷，中述殷周之盛，至幽、厲之缺，始於衽席……三百五篇，孔子皆弦歌之。以求合韶武雅頌之音。」這就是刪詩說的起始。這個說法和當時提倡五經的理論相一致，《史記》又是權威性史書，故漢人相傳不疑。唐代孔穎達爲五經作疏，發現司馬遷的敍述與先秦史籍關於詩歌流傳情況的記載不吻合，開始提出懷疑：「書傳所引之詩，見在者多，亡逸者少，則孔子所錄，不容十分去九。司馬遷言古詩三千餘篇，未可信也。」③孔穎達對《史記》記述的懷疑，給後來的非刪詩說開了個頭。宋代興起懷疑學風，對孔子刪詩之說，提出了大膽的懷疑。從此關於孔子刪詩說與非刪詩說的論戰，繼續八百多年，各個時代有重大影響的學者、經師，都捲進了戰團，一直聚訟紛紜。

非刪詩說的論點有人歸納爲九點④，爲求簡明，可就其主要的歸納爲五點：(1)先秦各種史籍的引詩，大多仍見於今本《詩經》，據王士貞《古詩選》、沈德潛《古詩源》所輯逸詩，不過五十首，司馬遷說古詩三千餘篇爲孔子刪去十分之九，是不可信的。《史記》記述失實，是因爲司馬遷寫書時爲當時漢儒的傳說所誤。(2)《詩經》中有大批「淫詩」，並不符合禮義標準。這些傷風敗俗的詩沒有刪掉，可見並無孔子按禮義標準刪詩之事。(3)《左傳．襄公二十九年》記吳公子季札在魯國觀周樂，演奏十五國風和《雅》《頌》各部分，編次和今本《詩經》大體相同。孔子當時只有八歲，可見孔子以前已經有了和今天《詩經》的編次、篇數大體相同的傳本。(4)《詩》在當時已廣泛流傳和應用，郊祀、朝會、燕享，列國大夫賦詩，小學大學教誦，孔子當時並無尊崇地位，以一人之見而刪改，這樣行不通的事，孔子不會做。(5)孔子自己只說「正樂」，沒有說刪詩。

刪詩說的主要論點可以歸納四點：(1)古詩何止三千。古國一千八百，一國陳一詩，也有一千八百篇。今本《國風》，有的經歷十個、二十個國君才採錄一篇，難道一國歷經若干世只有一詩嗎？可見古詩本來很多，只是沒有採錄。(2)漢去古未遠，司馬遷見到的材料自然比後來的人多，《史記》是權威性史書，可以相信。(3)對照書傳引的詩，在《詩經》中有全篇未錄的，有錄而章句不同的。所謂刪詩，不一定全篇刪去，或篇刪其章，章刪其句，句刪其字。(4)書傳所引《詩經》中未錄的詩，確有與今本中已錄的詩有重複者，所以「去其重」之說也是可信的。

兩派的論點都有一些道理，但雙方都沒有可以確立己說的充分論據和圓滿的論證，又都力圓己說而排斥對方的觀點，摻雜著師法門戶的宗派偏見。他們都先把孔子當聖人，把《詩經》當聖經，跳不出「捍聖衛道」的圈子，因此不能從社會背景以及孔子實際的思想和人格來探討。可以說，罩在孔子頭上的王冕和靈光不剝掉，附在《詩經》上的封建經學不掃除，只能產生偏見，不能產生科學。

「五四」以後的民主主義者猛烈地掃蕩封建舊禮教。他們響亮地提出「打倒孔子，廢棄經學」的戰鬥口號。二十年代興起的古史辨學派，是這場戰鬥在學術領域的深入發展。這個學派的主要學者錢玄同、顧頡剛等人，繼續淸代地主階級改革派求實證、重考據、自由研究的學風，站在反封建的立場上，進行了浩繁的新的古史考辨。他們指出「《詩經》是古代詩歌總集，包含著大量的民間創作」，從而推翻過去的封建經說，開始顯現《詩經》的眞實面目。在《詩經》與孔子的關係這個主要問題上，胡適、馮友蘭等都說「孔子並沒有刪詩」⑤。顧頡剛認爲「孔子只與《詩經》有關係，但也只勸人學《詩》，並沒有自己刪詩」⑥。錢玄同說得更明白：「我以爲不把六經與孔丘分家，『孔教』總不容易打倒的」，所以他乾脆說：《詩經》「這書的編纂和孔老頭兒也全不相干」⑦。這就失之過偏了。古史辨學派對於推倒經書的權威地位，用大量考據辨僞的材料幫助人們認識眞相，是有成績的，但他們的非刪詩說，卻是片面和武斷的，未能對問題作出客觀的、全面的、實事求是的說明。

從三十年代開始，一部分學者以馬克思主義歷史唯物論觀點研究古史。郭沫若、范文瀾對《詩經》及其時代的研究，都有所建樹。在孔子刪詩問題上，范氏對《史記》的記述持存疑態度：「孔子自三千篇詩中刪成三百〇五篇去其十分之九。這一說法不可靠……春秋時應用的詩不過三百多篇」⑧；同時又肯定孔子搜集古代文獻整理出六種教本，「保持原來的文辭，刪去蕪雜的篇章」，一些「有重大歷史意義的最古詩篇，因孔子選詩而得保存。」⑨郭氏從《詩經》創作年代綿長，產生地域遼闊，並以其形式音韻的統一性作爲內證，說明《詩經》經過一道總的編訂加工，「古人說孔子刪《詩》，雖然不一定就是孔子，也不一定就是孔子一個人，但《詩》是經過刪改的東西。」⑩

現代的《詩經》學者，對於孔子刪詩問題，有的繼續古史辨學派顧頡剛等非刪詩的論點；多數人接受范、郭二氏闕疑的說法，並漸趨一致地認爲孔子整理和刪定過《詩經》。但孔子時代究竟有多少古詩流傳，孔子如何刪削整理，因爲古人沒有留下具體的資料，誰也無法作出直接的說明。我認爲，如果我們只是糾纏於古詩的數量，追究刪詩的直接細節，停留於分辨過去刪詩說非刪詩說各種論點的是非，在沒有發掘出新史料的情況下，那就再爭論八百年，也是搞不清楚的。現在我們應該超越刪詩說與非刪詩說的爭論，考察孔子整理六經時的社會歷史條件、孔子的思想、其整理古籍的基本方法及其詩教，從而探討《詩經》和孔子的關係，才能得到較全面的和本質的認識。

孔子整理《詩經》的時代背景及其思想和方法

孔子生活的春秋時代，奴隸制度瓦解，王室衰微，諸侯兼併，禮壞樂崩，社會動亂。東遷後的東周王室，地小貢少，不能養活衆官，有專門知識與技術的王官百工，陸續分散到各侯國。周王室長期積累和保存的文化典籍，也隨之移入各國。孔子生在當時三個文化中心之一的魯國。《論語》記載他十分留心三代典章，搜集魯、周、宋、杞等故國文獻，博學多聞、闕疑好問、醉心於西周盛世文化，幾乎入了迷：「郁郁乎文哉！吾從周。」（《論語．八佾》）他十分愛好「樂」，「子在齊聞《韶》，三月不知肉味，曰：不圖為樂之至於斯也。」（《論語．衛靈公》）春秋時期，「弒君三十六，亡國七十二」。舊制度崩潰，貴族階級沒落。「三年不為禮，禮必壞；三年不為樂，樂必崩。」（《論語．陽貨》）拿魯國來說：「太師摯適齊，亞飯干適楚，三飯繚適蔡，四飯缺適秦，鼓方叔入於河，播鼗武入於漢，少師陰、擊磬襄入於海。」（《論語．微子》）樂師一一走散，逃亡四方。從《左傳》來看，西元前五〇六年即孔子四十六歲以後，即不見列國公卿賦《詩》的記載。先前已經流行的《詩》漸漸散佚。孟子後來說的「王者之跡熄而《詩》亡」（《孟子．離婁下》），指的就是孔子當時面對的禮壞樂崩、文籍逸散、動蕩離亂的時代。

由西周文化薰陶的孔子，沒有歷史進化的觀點，對所謂「三代」的了解，完全根據古書上的歌頌和記載，認為只要「祖述堯舜，憲章文武」（《禮記．中庸》），恢復周公制定的那一套政治制度、國家綱紀、倫理關係和社會生活的各種禮儀，配合以古樂陶冶性情、移風易俗，就可以救亂世、治太平、救萬民。這是孔子思想保守，倒退的一面。

孔子提倡禮樂，主張必須以仁義為根本。「人而不仁，如禮何！人而不仁，如樂何！」（《論語．八佾》）仁是孔子思想的核心。「仁者人也」（《禮記．中庸》），「樊遲問仁，子曰：愛人」（《論語．顏淵》）。照孔子的解釋，仁就是做人的根本、對人的愛或同情心，

「親親而仁民」，「己欲立而立人，己欲達而達人」（《論語·雍也》），「己所不欲，勿施於人」（《論語·顏淵》）。對人的愛或同情心是有等次的，按照尊卑、貴賤、親疏、長幼、男女等的區別，表現出合禮的愛或同情，就是義。所以他主張「見義勇爲」（《論語·爲政》），「當仁不讓」，「志士仁人，無求生以害仁，有殺身以成仁」（《論語·衛靈公》），作爲最高的道德楷模。孔子以仁爲思想核心，反映了社會向封建制度轉化時期對人的重視，順應奴隸解放的潮流，是對上古思想家敬天保民思想的重大發展。孔子弟子冉求爲季氏聚斂，孔子憤怒地說：「非吾徒也，小子鳴鼓而攻之可也！」（《論語·先進》）那時已改用人形的俑陪葬，他罵開始作俑的人也該斷子絕孫⑪。他主張擧賢才、愼刑罰、薄賦斂、重敎化，提出「苛政猛於虎」（《禮記·檀弓》），說「不教而殺謂之虐，不戒視成謂之暴，慢令致期謂之賊」（《論語·堯曰》）。雖然孔子和一切封建階級思想家的唯心歷史觀一樣，把人民看作愚昧無知的治於人者，但在人民遭受殘暴壓迫剝削的古代社會，他提出的愛民精神，後來發展爲儒家的民本思想和仁政學說。

孔子的政治理想是大一統。「天下有道，則禮樂征伐自天子出；天下無道，則禮樂征伐自諸侯出。……天下有道，則政不在大夫。天下有道，則庶人不議。」（《論語·季氏》）他主張：加强天子權利，由天子規定制度，頒布政令，決定征伐，反對兼併戰爭；保持諸侯權力，反對犯上作亂；「君君，臣臣，父父，子子」（《論語·顏淵》），按照忠孝仁義的道德標準各守本份。孔子不懂得社會大變動是社會矛盾激烈發展的反映，不懂得兼併戰爭客觀上正是走向統一的必然過程，也不懂得新興地主階級奪取政權和人民的暴動正是推動社會發展的動力。他的大一統理想正是維護舊秩序的保守幻想。

暮年的孔子致力於辦學，「有教無類」（《論語．衛靈公》），「自行束脩以上，吾未嘗無誨也」（《論語．述而》）。他辦學的目的就是培養人才，將來爲政（去推行他的政治主張）、爲師（去傳播他的思想學說）。爲了傳授弟子，他收集大量古代文獻，整理出《易》（哲學）、《書》（三代歷史檔案文獻）、《詩》（古代詩歌選集）、《禮》（各種典章制度）、《樂》（亡逸）、《春秋》（魯國編年史）六個教本。他自己說過在內容選錄和整理上的三個標準：

⑴「述而不作，信而好古」（《論語．述而》）。他相信和愛好古代文獻，只是傳述它們，而不增添和創作新的內容。由此可以相信，經他選錄的這些文獻，保持著原來的內容和表達風格，具有歷史的眞實性，從而爲後世保存了可靠的史料。經他這樣整理的《詩經》，其中的各篇，基本上就是原來的詩。

⑵「不語怪、力、亂、神」（同上）。孔子不迷信神鬼怪異。他講「天命」，但不談神鬼。他講的「天命」，包含著不可掌握的自然法則的意思。他也重祭祀，是尊敬祖先，昭明先人的功業貢獻，有現實的作用。他說：「未知生，焉知死」，「未能事人，焉能事鬼」

（《論語・先進》）。他的鬼神不可知論的主要傾向是否定鬼神的。在《詩經》中基本沒有鬼神迷信的妄誕內容。他反對暴政而主張德政，反對以力服人而主張以德服人，他要求自上而下改良政治，反對被統治者反抗造反；要求維護原來的社會關係，反對社會秩序的變亂。《詩經》中沒有反映人民進行積極的階級鬥爭的內容，至少也可以相信他不會選錄「怪、力、亂、神」的內容來傳授弟子。

(3)「**攻乎異端，斯害也已**」（《論語・爲政》）。孔子所說的「異端」，是指與他的學說絕不可相容的對立的學說，他認爲如果允許學習接受這些對立的學說，就會產生極大的弊害，因此必須排斥。例如，三代以來那些提倡殉葬、暴斂、變制等議論，《詩經》中也是一無選錄的。

由孔子整理六經的以上標準來看，可見「述而不作」，實際上是以述代作，既保存原來的內容和文辭，又反映他的哲學、政治和社會觀點。

孔子對《詩經》的整理，還有在文字和藝術表現形式上的兩個標準：(1)「《詩》、《書》、執禮，皆雅言也」（《論語・述而》）。雅言，就是當時的標準話。他對古代文獻和各國土風的整理都採用標準話，取得語言上的統一。既要統一爲通行的雅言，對原來的古文獻和各國國風，都必然地要進行文字和語法的加工和改動。十五國風語言文句的統一，就是經過統一加工修改的證明。(2)「三百○五篇，孔子皆弦歌之，以求合《韶》《武》《雅》《頌》之音」（《史記·孔子世家》)。孔子自己也說過「正樂」。當時已有新樂(鄭樂),人們評論說聽古樂想睡覺,聽新樂不知倦,可以想見古樂莊重平板,不如新樂生動活潑感人。孔子說「鄭聲淫」,「惡紫之奪朱也,惡鄭聲之亂雅樂也,惡利口之覆邦家者」(《論語·陽貨》)。這位音樂上的復古保守派,很像現在有些人把流行歌曲看作洪水猛獸的黃色歌曲一樣。當時流行的各國新樂(自然有歌詞,即詩),他是大多不會選錄的。而且他對這三百〇五篇進行正樂的時候,因爲音韻格律的需要,也不能不進行語言文句上的改動修訂。

通過以上考察,關於孔子删詩問題,可以得出如下結論:春秋中期已經流行應用的《詩》,到春秋末期,由於政治動亂、貴族階級沒落、禮壞樂崩,已經開始散逸,同時社會上又興起了新樂,這大多是內容生動活潑的民間詩歌。孔子非常重視詩樂的教育作用,爲了用來作爲傳授弟子的教本,按照自己的政治標準和藝術標準,進行了一次重要的整理删訂工作。雖然現在發現的逸詩不多,畢竟也可說明有些未選錄,對於根本不能見於書傳的大量流行的民歌新樂,孔子要「放鄭聲,遠佞人」(《論語·衛靈公》),自然不會選編。對於選編的詩篇,他基本上保存了原來的內容和表達風格,而按照他的政治標準和藝術標準,也有篇章字句的去重、修改和加工。

孔子的詩教

孔子說，《論語》記錄十六條，其他古書也引錄幾條。從這些記錄來看，孔子重視詩教，指導學生學《詩》，有著直接的實用目的。

興、觀、羣、怨說

孔子以前的人，已經大致認識到詩歌的美刺、言志和觀俗作用。孔子作了系統的理論表述：「小子何莫學夫詩？詩可以興，可以觀，可以羣，可以怨。邇之事父，遠之事君，多識鳥獸草木之名。」（《論語·陽貨》）

詩可以興，是說詩對人能起到思想的啓發和感情的感染作用。孔子特別提倡《雅》《頌》，認爲這些詩所配的古樂「盡善盡美」，就是看到了這類詩歌對人們思想情感的激發移化的功能。

詩可以觀，是說詩有認識作用。通過詩可以認識社會現實，觀見風俗民情的盛衰，考察政治的得失，作爲治理國家的參考。十五國風採錄的大批民歌，就是按這種功能而編選的。

詩可以羣，是指詩能起到互相溝通思想感情和互相啓發的作用。本來《詩》在政治外交和社會生活中曾經比較普遍地應用，人們用賦《詩》或引《詩》來表達思想意志，孔子認爲這是社會生活中必須掌握的知識與才能。

詩可以怨，是說詩能起到諷喩不良政治和批評某些社會現象的作用。《詩經》中的大批政治諷喩詩和對各種生活現象的怨刺詩，都發揮這種諷諫和怨訴的功能。

孔子的興、觀、羣、怨說，概括了古代詩論，在一定程度上反映了詩歌的本質特徵。《詩經》中的各類詩歌，從其採編到實際應用，基本上是與這些功能密切相關的。

詩的社會作用離不開具體的階級內容。孔子最後把這些功能歸結於「事父」（以父權爲根本的家庭是封建社會結構的細胞，孝是鞏固封建社會的基礎）、「事君」（做官），正表明他利用詩歌的功能爲封建統治服務。

「思無邪」

「詩三百篇，一言以蔽之，曰：思無邪。」（《論語．爲政》）這是孔子對《詩經》思想內容的總評價。

「無邪，歸於正也」。正與邪，自然都有具體的階級標準。三百篇的內容，有對「盛世」的頌歌，有對「聖王」「賢臣」的讚美，有對禮壞政乖的批評，有衰世的怨訴；詩中既有貴族社會圖景，也有人民勞動、家庭、婚姻等等生活風貌。詩的感情也是多樣的：莊嚴和虔誠、快樂和哀愁、愛情的追求、歡愉和痛苦……。孔子把這一切都歸於「無邪」，說明他衡量文藝作品的尺度還比較寬。他承認文藝反映現實生活的多面性，在歌頌和讚美中寄托理想，把諷喻和怨刺當作諫書，用社會多方面的生活圖景觀察民俗，這正是他的社會觀點和文學觀點的具體反映。

過去的爭議主要是由於《國風》中那些愛情詩。宋以後的經學家把一些描寫男女愛情的比較眞摯熱情的戀歌稱爲「淫詩」，認爲提倡「淫奔」是「傷風敗俗」。孔子把三百篇一概歸於「無邪」，他們認爲無論如何也是講不通的，於是力主非刪詩說，說孔子當初根本未刪詩。其實，家庭、婚姻、男女情愛關係，也是民俗學的對象，這些愛情詩和其他民歌一樣爲觀察民情而採集的。周代男女愛情關係，並無多麼嚴格的限制，據記載曾經形成過這樣的制度：「中春之月，令會男女，於是時也，奔者不禁。」⑫《詩經》的《溱洧》篇就描了暮春佳節青年男女的聚會，對歌羣舞，談愛情並不禁止。孔子並不像宋代以後的理學家那樣擺出嚴峻的道學面孔。《關雎》寫：「窈窕淑女，寤寐求之。求之不得，寤寐思服。悠哉悠哉，輾轉反側。」孔子並沒有瞪眼訓人，卻說：「《關雎》樂而不淫，哀而不傷。」（《論語·八佾》）可見他並不認爲這是要不得的事。《周南》《召南》中有一半是婚姻和愛情詩，孔子說：「人而不爲《周南》《召南》，其猶正牆面而立也與！」（《論語·陽貨》）可見這些詩決不在他的「攻乎異端，斯害也已」之列，他認爲不但無害，還有觀風俗、知民情、增長見識、開闊眼界的作用。孔子並沒有對男女情愛關係發表過什麼嚴格限制的言論，南宋以後的經師，用他們嚴格地要求男女防嫌、授受不親、死節守貞的禮教標準解釋《詩經》，自然講不通。我們知道當時民俗以及孔子並沒有後來理學家的思想，對這些詩篇的選錄，就可以理解了。

「溫柔敦厚，《詩》教也」

孔子所論的「無邪」，在於中和，也就是要合於他的哲學思想中庸之道。《禮記．經解》引「孔子曰：入其國，其教可知也。其爲人也，溫柔敦厚，《詩》教也。」「溫柔敦厚」，是他的詩教對人的政治道德和思想修養的基本要求。在政治上，統治者治人而仁民，被統治者守舊制而不犯上，批評而不破壞，怨刺而不作亂，思想感情的表達要含蘊委婉，樂而不淫，哀而不傷，怨而不怒，犯而不校，調和矛盾，不發展到對立面。所以，孔子對於那些批評、諷刺、怨刺以及感情的流露，只能容許到一定的限度，不能超出「禮」的範圍。

《詩經》中缺乏階級鬥爭的積極反映，最大的反抗性是逃亡（《碩鼠》）。那些對於不良政治的不滿，對於現實的不平，都沒有發展到對於舊制度的徹底破壞。這個限度，在《詩經》的內容中是表現得比較明顯的。孔子時代新樂興起，新樂主要是當時的民間詩歌，它既然發展到要取代古樂古詩的地位，可見不但內容生動和結合現實，而且數量也不少，一些具有時代精神，具有現實性和鬥爭性的社會詩，一些更熱烈的愛情詩，經孔子刪訂《詩》時不能選錄，以後也就失傳了。

「不學《詩》，無以言」

孔子傳《詩》的實用目的，還把《詩》作爲文學語言和常識課本。他告訴兒子：「不學《詩》，無以言」（《論語·季氏》）。「無以言」，當然不是指不會說話，而是因爲詩的語言是簡練、生動、具有形象性和感染力的文學語言，通過學《詩》，可以提高語言表達能力；「多識鳥獸草木之名」，還有增長博物知識的作用。學詩除了有教育、認識的目的，還有提高語言技能、增長知識的目的，歷代皆然。

經世致用和觸類旁通

孔子說：「誦詩三百，授之以政，不達；使之四方，不能專對；雖多亦奚以爲？」（《論語·子路》）他認爲，熟讀三百篇，如果不能應用於處理政務，不能應用於出使辦外交酬對應答，背得再熟，也是沒有用處的。學習要能夠應用，這個精神基本上是可取的，但孔子提出學《詩》「通」和「用」的方法，都是有問題的。《論語》中有兩段孔子弟子問詩的記錄。一段是子貢問《衛風·淇奧》「如切如磋，如琢如磨」，兩句詩在原詩中本來是形容一個青年像切磋的象牙，琢磨的玉石那樣好看。子貢用來解釋孔子關於人的道德修養的見解，孔子稱讚子貢能夠觸類旁通。另一段是子夏問《衛風・碩人》的三句詩「巧笑倩兮，美目盼兮，素以爲絢兮」（今本《詩經》無第三句），在原詩中本來是形容一位美女的容貌，孔子發揮到「繪事後素」，子夏又發揮到「禮」，離原意越來越遠，孔子卻大加稱讚，因爲它發揮了孔子主張的「禮」。

觸類旁通，會發展爲斷章取義；層層引申，會發展爲穿鑿附會。漢以後經師說詩，生拉硬扯，把篇篇詩都加上禮教的說教，就用的斷章取義、任意引申的方法，嚴重地歪曲了原詩的內容。

孔子按照自己的政治標準和藝術標準，整理和刪定了《詩經》，因而爲後世保存了這部古代寶貴的文學遺產和可靠的重要史料。孔子刪定《詩經》，既基本上保持了三百篇原來的面貌，又反映了孔子的哲學、政治、倫理和藝術觀點，因而，《詩經》既是反映古代社會生活的文學創作，也是研究周代歷史和孔子思想的重要史料。

---

①均見所謂批林批孔運動的有關文章。

②參見《哈爾濱師院學報》西元一九七七年第四期金實秋、肖維祺《評〈詩經〉的政治傾向》；《廈門大學學報》西元一九七八年一期石文英《〈國風〉的主導傾向是反動的麼？》。

③孔穎達：《毛詩正義・詩譜序疏》，阮元刻十三經注疏本。

④張西堂：《詩經六論・詩經的編訂》，西元一九五七年，商務印書館。

⑤胡適：《談談詩經》，馮友蘭：《孔子在中國歷史中之地位》，分別見於《古史辨》第三冊五七八頁和第二冊一九六頁。

⑥顧頡剛：《論〈詩經〉經歷及老子與道家書》，《古史辨》第一冊五六頁。

⑦錢玄同：《論〈詩〉說及羣經辨僞書》、《論〈詩經〉眞相書》，《古史辨》第一冊五二頁、四六頁。

⑧范文瀾：《經學史講演錄》，《歷史學》一九七九年第一期。

⑨范文瀾：《中國通史》，第一冊，一七〇頁、一七四頁。

⑩郭沫若：《簡單地談談〈詩經〉》，《郭沫若文集》十七卷一三六頁。

⑪《孟子・梁惠王上》：「仲尼曰：始作俑者，其無後乎！爲其像人而用之也。」。

⑫《周禮・地官》。

孟子說詩與荀子傳詩

孔子刪定六經、開門講學，創立了儒家學派。在戰國年間，由奴隸制向封建制的過渡已經完成，適應社會階級關係的大變動，儒家分化爲不同的學派。其中思孟學派和荀子學派，是對後世傳經影響最大的兩個學派。

傳習詩三百篇的，在戰國時期並不只限於儒家。不但在墨家著作中常有徵引和論述，法家的《韓非子》、雜家的《呂氏春秋》都引詩論詩，道家的《莊子》也發表關於詩的議論。戰國諸子百家著述引詩是普遍的現象。不過，諸家之中儒家對《詩》的傳習最爲重視。《詩》是儒家重要的典籍。在戰國後期已開始被稱爲「經」。當時儒家是勢力最大的學派，儒家成爲顯學，《詩》的傳習也就漸漸成爲儒家的專門學科。

戰國中期的孟子和戰國後期的荀子，是當時儒家的重要代表，對於傳《詩》都十分重視。他們的詩說，對後世的《詩經》研究以及文學批評，發生重大的影響。

孟子「以意逆志」、「知人論世」的方法論

思孟學派是儒家的正統繼承者。孟軻（約西元前三八九——前三〇五年）是孔子以後最重要的儒家大師。在戰爭兼併和土地兼併的戰國時代，取得了政權的新興地主階級各自割據稱雄，戰爭不斷，人民長期遭受苦難。孟子充分發揮了孔子學說的仁義部分，提倡實行「仁政」來治國安民和實現天下的和平統一。經他大膽發揮的民本思想，是後世儒家政治思想中的重要部分。他又大大發展了孔子、子思的先驗論，形成「性本善」的人性論以及「萬物皆備於我」、「良知良能皆人心所固有」的主觀唯心主義思想體系。他創始的天命五行說，後來和陰陽五行說相結合，爲封建專制統治者所尊崇。孟子的學說是爲封建統治階級服務的，後來他被尊奉爲「亞聖」。但當時正在進行兼併戰爭的諸侯，並不能接受他的主張。《史記‧孟軻荀卿列傳》說：孟子「退而與萬章之徒，序《詩》、《書》，述仲尼之意，作《孟子》七篇。」趙岐《孟子題解》說：孟子「通五經，尤長於《詩》、《書》。」據我們統計，《孟子》七篇徵引《詩》句三十三處。從他大量引《詩》說《詩》，可見他和孔子一樣重視《詩》的傳習和研究。

孟子說詩，重在求其義。關於如何領會和解說詩篇的本義，他首先提出要「以意逆志」。《孟子‧萬章上》有一段詩論：

咸丘蒙曰：「舜之不臣堯，則我既得聞命矣。《詩》云，『普天之下，莫非王土；率土之濱，莫非王臣。』而舜既爲天子矣，敢問瞽瞍之非臣，如何？」曰：「是詩也，非是之謂也；勞於王事而不得養父母也。曰，『此莫非王事，我獨賢勞也。』故說詩者，不以文害辭，不以辭害志，以意逆志，是爲得之。如以辭而已矣，《云漢》之詩曰，『周餘黎民，靡有孑遺。』信斯言也，是周無遺民也。」

文是文采，辭是言詞，志指詩人之志，意指讀者的心意，「『以意逆志』是以己意己志去推作詩之志」（朱自清《詩言志辨》）。孟子在這裡說：解說詩的人，不要只重文采而誤解詞句，也不要死摳詞句而誤解原意，要根據整個詩篇，用自己切身的體會，去推求作詩的本意。

孟子這個解說詩篇的方法，有著合理的因素，對春秋戰國時期流行的詩說，在方法論上是一個很大的進步。

春秋時期列國公卿賦詩言志，他們引詩用詩，並不問詩的本意是什麼，完全是用實用主義的態度斷章取義。戰國時期諸子著作中說詩，也仍然是斷章取義。以《小雅．北山》爲例，《呂氏春秋》、《韓非子》都只就「普天之下」四句，稱爲「虞舜之詩」，並大肆穿鑿。咸丘蒙也斷章取義，並且死摳詞句，對這篇詩作了遠離題旨的曲解。孟子通觀全詩，說明這篇詩是因「勞於王事而不得養父母」而埋怨使役勞逸不均的怨刺詩。這個解釋是基本正確的。

孟子所以能對這篇詩作出基本正確的解釋，在於他的方法論有兩點符合詩的本質及認識的規律：第一、詩的主旨是在全詩中逐步深化並完整地表現的，所以必須通觀全詩，掌握全篇的意義，不能斷章取義；第二，詩的語言是藝術語言，它採用各種修辭手段，包括大量的比喩和誇張，所以必須注意詩的語言形象化的特徵。他擧《云漢》的詩句就是很有說服力的，說明不能死板地拘泥於個別字句的表面意義。孟子「以意逆志」的方法論，是對春秋以來流行的斷章取義方法的否定。

孟子的「以意逆志」的方法，還不是科學的方法。從說詩者的「意」出發去推求作品的思想內容，如果說詩者的「意」，符合詩的原意，就可能作出相一致的解釋；如果不符合詩的原意，就會作出主觀的曲解。所以單講「以意逆志」，還是一種主觀唯心主義的方法。

作爲「以意逆志」的補充，孟子又提出「知人論世」的方法論：「頌其詩，讀其書，不知其人，可乎？是以論其世也，是尚友也。」（《孟子·萬章下》）孟子提出，誦讀古人的詩書，要追上去像與古人交朋友一樣，了解他們的爲人和他們的時代環境，這就是「知人論世」；即對詩人所處時代的認識，對詩人生平和思想的了解，是評論作品的必不可少的條件。我們認爲，這個觀點是基本正確的。讀其詩，要研究其時代，由其世知其人，由其人而逆其志。如果不能「知人論世」，只以個人主觀的意志推求詩人之志，就難免常常是錯誤的主觀體會。

孟子曾經說過：「王者之跡熄而《詩》亡。《詩》亡，然後《春秋》作。」（《離婁下》）他把《詩》和《春秋》看作一定時代的產物。他的「知人論世」，把詩文創作與時代聯繫起來，與在一定時代中的作者的生活和人格聯繫起來。在戰國時代，這是孟子的創造性見解，對《詩經》研究和整個文學評論有著久遠的影響，啓導人們在評論作品時結合作品的時代和作者的人格，進行具體的分析研究。「知人論世」一直是我國文學評論的基本主張之一，在他兩千年後的魯迅也有這樣的主張。

但是，怎樣才能「知人論世」，孟子沒有說，這是孟子這一方法論的缺陷。要眞正了解一定的歷史時代和作者的人格與思想，說到底又是個認識論的問題。有辯證唯物論的認識路線，也有形而上學唯心論的認識路線。前者是從實際出發，掌握大量材料，去僞存眞，去粗取精，由表及裡，由此及彼，從而全面地認識事物的內部聯繫和規律。沒有歷史唯物主義的觀點，沒有科學研究的正確方法，只是運用形而上學的比附方法，或者從階級偏見出發，襲用片面的、不實的材料，那就既不能「知人」，也不能「論世」，而「知人論世」的理論也就變成了空談，或者變成了欺騙。

孟子詩說理論與實踐的矛盾

孟子在《詩經》研究的方法論上，提出「以意逆志」、「知人論世」的命題，但是孟子自己的詩說，並不能完全運用他自己提出的一些合理的方法。

孟子曾經與他的學生公孫丑討論《魏風・伐檀》以及《小雅・小弁》、《邶風・凱風》等詩。《伐檀》詩，是勞動者對剝削者不勞而獲的控訴、揭露「君子」們不稼不穡、不狩不獵而占有大量財富；「彼君子兮，不素餐兮」，正是詩人對剝削者的諷刺。孟子卻這樣解說：

公孫丑曰：「詩曰：『不素餐兮。』君子之不耕而食，何也？」孟子曰：「君子居是國也，其君用之，則安富尊榮；其子弟從之，則孝悌忠信。『不素餐兮』，孰大於是？」（《盡心上》）

照孟子講來，「君子」做了官，安富尊榮，子弟承襲，都是應該的，不耕而食，正是因爲他高貴。他不承認全詩的主旨是指摘剝削者不勞而獲之不合理，而作出壓迫剝削有理，不勞而獲高尙的結論。他這樣解釋，是把「勞心者治人，勞力者治於人」的觀點加於這篇詩。

又如《豳風・七月》，是反映農奴痛苦生活的名篇，孟子也是以自己的政治觀點來論說的：

> 滕文公問爲國。孟子曰：「民事不可緩也。《詩》云：『晝爾於茅，宵爾索綯，亟其乘屋，其始播百穀。』民之爲道也，有恒產者有恒心，無恒產者無恒心。苟無恒心，放辟邪侈，無不爲已。」（《孟子・滕文公上》）

《七月》的這幾句詩，原意是說農奴白天割草，晚間搓繩，農閒搞修建，農忙作農活，一年四季晝夜忙碌。孟子卻把它解釋爲表現農民有自己的產業，因而思想穩定，生產與生活正常。孟子並沒有通觀全篇，推求原詩之意，而只是以己意己志去解說詩篇，來宣傳自己主張「與民制產」的仁政觀點。對於那些在一定程度上反映人民生活和鬥爭的詩篇，從根本上鄙視勞動人民而竭力維護對人民的壓迫剝削制度的孟子，是不可能闡發它們的本意的，所以只能强加以個人的偏見。

《小弁》和《凱風》，在戰國時期傳說是人子諷諫父母過失的詩。《小弁》一說是爲幽王寵褒姒而放逐太子宜臼所作；一說是宣王大臣尹吉甫惑於後妻而放逐前妻之子伯奇，伯奇怨憤而作此詩。《凱風》則據說是「七子之母不安於室」，其子克盡孝道而作。這些傳說都未可信。

我們通觀全詩的抒寫，並看不出上述內容，只能確定《小弁》是抒寫被父母放逐的憂憤和痛苦；《凱風》是歌頌母愛，通篇抒寫兒子自責而慰母之詞，當時有人批評《小弁》怨親是「小人之詩」，也不明白《凱風》爲什麼沒有怨憤之情，孟子解釋說：

《小弁》之怨，親親也。親親，仁也。……《凱風》，親之過小者也；《小弁》，親之過大者也。親之過大而不怨，是愈疏也；親之過小而怨，是不可磯（激）也。愈疏，不孝也；不可磯，亦不孝也。（《告子下》）

孟子的這段解釋，被後人論爲「卓識」，而實際並沒有離開孝悌觀念，是以儒家的倫理道德思想來說詩。他的「以意逆志」，變成用儒家的偏見推求詩義，使之附和儒家的學說。類似這樣的詩說比比皆是，它們的思想傾向性是鮮明的。

孟子提出的「知人論世」理論，自己也不能實行。他見齊宣王，宣傳自己的仁政主張，引證詩時，又完全回到斷章取義的老路上去了：

王曰：「寡人有疾，寡人好貨。」

對曰：「昔者公劉好貨，《詩》云：『乃積乃倉，乃裹餱糧，於橐於囊，思戢用光。弓矢斯張，干戈戚揚，爰方啓行。』故居者有積倉，行者有裹糧也，然後可以爰方啓行。王如好貨，與百姓同之，於王何有？」

王曰：「寡人有疾，寡人好色。」

對曰：「昔者太王好色，愛厥妃。《詩》云：『古公亶父，來朝走馬，率西水滸，至於岐下，爰及姜女，聿來胥宇。』當是時也，內無怨女，外無曠夫，王如好色，與百姓同之，于王何有？」（《孟子．梁惠王下》）

孟子在這裡所引證的《大雅．公劉》和《大雅．緜》兩詩，是周人記述其祖先開國功業的史詩。前詩歌頌始祖公劉率領全族遷到豳地定居從事農業生產。孟子引證的詩句，是敍述在公劉領導下，遷移的先頭部隊作了充分的準備，根本與「好貨」無關。後詩歌頌古公亶文（太王）又率全族遷居岐山，記述周人在關中平原建國後逐漸强大的史實。孟子引證的詩句，是記述太王在遷移後親自領導建設，這也與「好色」無關。孟子並沒有推求全詩的主旨，只根據自己宣傳的需要從全詩中抽出這麼幾句，而且把本來互不關連的事物强拉到一起，這實在是斷章取義、牽强附會。

從以上的敍述可以看到：孟子說詩，在理論上和實踐上有著明顯的矛盾。他提出「以意逆志」要通觀全詩推求本義，但他的詩說往往斷章取義，用個人主觀偏見去代替原意。他提出要「知人論世」，但他的詩說往往牽强附會，任意比附。他說詩，不是分析詩的完整的形象去認識詩的主旨，而是根據宣傳自己政治觀點的需要，徵引詩句，用來證明自己的論點。爲什麼孟子提出了具有合理成分的理論，而自己卻不能實行呢？矛盾的主要方面是孟子的階級立場及其儒家偏見。孟子明確地把《詩》作爲封建教化的工具，他說詩不是對這些文學作品實事求是地進行思想性和藝術性的分析，而是要利用它們宣傳儒家的政治觀點和倫理道理思想，所以必然要用主觀唯心論的評論方法。

荀子創立「明道、徵聖、宗經」的文學觀

荀況（字卿，又名孫卿，約西元前三一三年——前二三八年？）是戰國末期傑出的儒學大師。他以儒家思想爲基礎，接受了道墨兩家樸素的辯證法和唯物論，對孔孟學說進行改造和發展，較多地反映了當時逐步取得統治地位的新興地主階級的利益和要求。後來他的弟子韓非繼承他的哲學和政治思想，又吸收戰國諸子學說，脫離儒家自成刑名法家，完成了地主階級專制主義的政治理論。但荀子仍是一位儒學大師、傳經大師，對儒家傳經事業作出很大的貢獻。據考證，《詩》、《禮》、《易》、《春秋》諸經，多是經他傳下來的

孟子和荀子兩個儒家學派，在許多觀點上是對立的。孟子主張性善論，提倡仁義，法先王，創天命五行說；荀子主張性惡論，提倡禮義、法後王，提出天道觀。他們的鬥爭，反映著戰國後期封建地主階級內部保守派和現實派的不同政見，荀子學派代表新興地主階級建立地主階級專政的歷史要求。因此，兩派在爲地主階級封建統治服務這一根本問題上，又是統一的，他們的對立觀點，殊途而同歸。他們都是教育家，兩人都積極傳授儒家的五經。確立五經在社會文化學術活動中絕對的指導地位，荀子起的作用更大一些。

荀子思想的一個重要論點是性惡論。他認爲，人的本性是惡的，人人都必須學習禮義，才能改變惡的本性。怎樣學習禮義呢？他提倡五經應是人人學習的主要對象：

> 學惡乎始？惡乎終？曰：其數則始於誦經，終於讀禮；其義則始乎爲士，終乎爲聖人。真積力久則入，學至乎沒而後止也。故學數有終，若其義則不可須臾舍也。爲之，人也；舍之，禽獸也。故《書》者，政事之紀也；《詩》者，中聲之所止也；《禮》者，法之大分，類之綱紀也，故學至乎《禮》，而止矣。夫是之謂道德之極。《禮》之敬文也，《樂》之中和也，《詩》《書》之博也，《春秋》之微也，在天地之間者畢矣。（《勸學》）

荀子是把儒家教本推崇到崇高的「經」的地位的先驅者，甚至說學習它們，可以爲人、爲士、爲聖人；不學，就是禽獸。爲什麼呢？荀子說，因爲它們是「道德之極」，包含天地之間一切事物的道理。

荀子很重視傳習詩樂，他批判墨子非樂說，强調詩樂的禮義教化作用：「樂者，聖人之所樂也，而可以善民心，其感人深，其移風易俗，故先王導之以禮樂而民和睦。」（《樂論》）古代詩樂合一，荀子認爲詩、樂之類文藝形式是不可缺少的政治教化的工具：

> 夫聲樂之入人也深，其化人也速，故先王謹爲之文。樂中平則民和而不流，樂肅莊則民齊而不亂。……樂姚冶以險，則民流僈鄙賤矣。流僈則亂，鄙賤則爭。亂爭則兵弱城犯，故國危之。……故禮樂廢而邪音起者，危削侮辱之本也。故先王貴禮樂而賤邪音。其在序官也，曰：「修憲命，審詩商，禁淫聲，以時順修，使夷俗邪音不敢亂雅，太師之事也。」（《樂論》）

荀子在這裡提出應該由國家管制文藝，統治者必須把詩樂教化作爲治國安民的重要手段。

荀子又提出「文以明道」的主張。在先秦時代，文學一詞是廣義的，包括一般的學術文、議論文，統稱爲文。「明道」的道，是一個概括、抽象的名詞，各家賦予它不同的內涵。荀子賦予它的具體內涵就是禮義。荀子的「文以明道」的主張，就是要求著述辯說宣揚禮義。他說：「凡言不合先王，不順禮義，謂之奸言；雖辯，君子不聽。」（《非相》）他稱不順禮義的言論爲「小人之辯」，他認爲，這樣的言論，越是說得流利動聽，爲害越大，就是最大的奸人，應該誅戮無赦。他說：

聽其言則辭辯而無統，用其身則多詐而無功，上不足以順明王，下不足以和齊百姓；然而口舌之均，瞻唯則節，是以奇偉，偃卻之屬；夫是之謂奸人之雄。聖王起，所以先誅也，然後盜賊次之。盜賊得變，此不得變也。（《非相》）

荀子歌頌文、武、周公、孔子，尊之爲聖王、聖人，推崇他們有隆高的道德禮義，又兼知萬物事理；「聖人備道，全美者也」（《正論》），「不先慮，不早謀，發之而當，成文而類，居錯遷徙，應變不窮，是聖人之辯者也。」（《非相》）於是，他提出「征聖」的觀點：

聖人也者，道之管也。天下之道管是矣，百王之道一是矣，故《詩》、《書》、《禮》、《樂》之（道）歸是矣。（《儒效》）

> 故凡言議期命，是非以聖王爲師。（《正論》）

荀子指出，一切言論和判斷都必須以聖人爲楷模，以聖人的言行爲是非標準。因此，他又舉出「宗經」觀點，說五經全是記載聖人的志、事、行、和、微、包括盡天下之道：

> 《詩》言是其志也，《書》言是其事也，《禮》言是其行也，《樂》言是其和也，《春秋》言是其微也。故《風》之所以爲不逐者，取是以節之也；《小雅》之所以爲《小雅》者，取是而文之也；《大雅》之所以爲《大雅》者，取是而光之也；《頌》之所以爲至者，取是而通之也。（《儒效》）

在荀子看來，《詩》、《書》、《禮》、《樂》、《春秋》，尤其是全部《詩經》，都表現著聖人之道，「宗經」就是要求以五經爲依據。

明道、徵聖、宗經三位一體，以明道爲中心；一切的議論辯說都爲了宣揚禮義，以聖人爲楷模，以五經爲依據和準則。荀子創立的這個文學（學術文化）觀，是後來儒家傳統的文學觀，它經過漢代揚雄、齊代劉勰等人的繼承和發揮，是長期封建社會對《詩經》及其他學術文化研究的指導理論。

與孟子理論脫離實踐不同，荀子是自己理論的忠實的實踐者。《荀子》書三十二章，其中論《詩》七處，徵引詩句八十一處（內有《詩經》未錄之逸詩六處）。

荀子論《詩》，認爲《詩》記錄聖人之志，體現聖人之道。他在各種論著中，往往在發表個人議論之後，徵引《詩經》的幾句詩來證明或加强自己的論點。在引《詩》之後，常常加上這樣一句：「此之謂也」，是最典型的「引《詩》爲證」，用來體現「徵聖」和「宗經」的理論。《荀子・大略》篇徵引了《齊風・東方未明》和《小雅・出車》兩詩：

> 諸侯召其臣，臣不俟駕，顛倒衣裳而走，禮也。《詩》曰：「顛之倒之，自公召之。」天子召諸侯，諸侯輦輿就馬，禮也。《詩》曰：「我出我輿，於彼牧矣。自天子所，謂我來矣。」

《東方未明》原是怨恨官差徭役的詩，描寫的是天不亮就催促出差，忙得把衣裳穿顚倒，而上命一刻不放鬆，不能好好地休息一宵。荀子的這段評論，爲了要「明道」——宣揚君臣之禮，「徵聖、宗經」——徵引體現聖人之道的《詩經》作依據，就牽强附會地作出與詩意相反的解釋。《小雅・出車》是描寫將士出征，可是這裡所徵引的前四句，原來的意思是：我開出我的兵車走向那牧地，從天子的所在來到這裡。詩中並沒有「輦輿就馬」（不等馬到，叫人拉車去就馬）的意思。荀子爲了宣揚諸侯對天子之禮，就按照自己的意圖曲解。《詩經》許多詩的內容，本來和儒家的禮義並無關係。荀子大量引詩，有的牽强附會，有的斷章取義，並不問詩的本義是什麼，只是利用一些章句來强調自己的政治觀點。所以，從對《詩經》本身的研究來說，荀子說詩並沒有實際學術價值。

孟子、荀子對《詩經》研究的影響

孟子和荀子這兩個儒家學派，對立又統一，他們以不同的政治主張爲新興地主階級服務。在《詩經》研究上，他們一個提「以意逆志」、「知人論世」，一個提「明道、徵聖、宗經」，觀點也是不同的。但他們都通過引詩說詩宣傳儒家學說，分別從方法論和文學觀奠定了以後多少世代儒家說詩的理論基礎，把《詩經》變成宣揚封建政治倫理道德的工具。

孟荀兩個學派之爭，可以說是原始儒學內部爲適應新興封建制度的需要而進行不同的改造。對於《詩》的傳授和評論，他們繼承並發展了孔子的「無邪」詩教，以明確的目的性，把《詩》當作政治教育和道德修養的重要典範，大大提高了《詩》的地位，在戰國後期，已有人稱《詩》、《書》等爲經。孟子荀子都是有重大影響的思想家和教育家，桃李門牆遍天下。秦始皇焚書坑儒，並不殺荀子學派的儒生，不焚王宮藏書，以後「雖遭秦火，而人所諷誦，不獨在竹帛，故最完」（魯迅《漢文學史綱要》）。西漢初期幾個傳《詩》學派的門戶淵源，據說都出自荀子所傳。漢代罷黜百家、獨尊儒術，儒家的幾種典籍由國家立爲「經」，《詩經》正式頒定爲經書，當成政治教化和道德修養的神聖準則。經過這樣一個發展過程，《詩》的地位提高了，但《詩》自身的品質也被歪曲了。

如前所述，由《論語》開端倪的著述引《詩》，戰國時期已較普遍。經過孟子說《詩》引《詩》，把對詩義的解釋直接與宣傳儒家教義聯繫起來。再經過荀子大量地引《詩》，並奠定「明道、徵聖、宗經」的指導思想，從理論到方法形成了一個體例。到了漢初，在儒家學派著述中引《詩》爲證，大爲流行。我們現在看到的《春秋繁露》、《韓詩外傳》、《淮南子》、《說苑》、《新序》、《列女傳》等書，可以說都直接地繼承荀子所創立的這一理論和方法的體例。它們都把《詩》奉爲聖人的經典，在著述中大量引《詩》，或者先講一個故事，然後引《詩》以證；或者發表一段議論，然後引詩用作證斷。

像這樣引《詩》，誠如《四庫提要》所說：「王世貞稱《外傳》引《詩》以證事，非引事以明《詩》，其說至確。」所以我們不能把這類引《詩》看作對《詩經》的研究，因爲他們與說明詩義無關，更談不上對《詩經》的思想內容與藝術形式進行研究分析，只是以斷章取義、牽强附會的方法，利用《詩經》進行說教而已。

孟子的「以意逆志」、「知人論世」的方法論，是爲了探討詩義而提出來的。這個方法論包含合理的成分，爲後世所接受。漢代有幾家傳《詩》學派，漢初有齊詩學派、魯詩學派、韓詩學派，以及稍後有毛詩學派，都重在說明詩義。雖然他們對詩義的解釋常常不同，但一般說來，他們已經注意到不拘泥於個別詞句的表面意義，而去推求全篇的意旨，通觀全篇以己意己志逆作詩之志，這較之那種脫離全詩內容斷章取義的引《詩》爲證，總是有所進步。這幾個傳《詩》學派也對許多詩篇的作者和歷史背景作出過說明，打算由其世而知其人，由其人而逆其志，注意了運用「知人論世」的方法。這種以事明《詩》的作法，較之曾經流行的引《詩》明事，也有進步。

正因爲「以意逆志」、「知人論世」的方法論又包含很大的主觀唯心論成分，像孟子並不能完全實踐自己的理論一樣，漢代經師都難免主觀說詩。他們以宣揚封建禮教爲目的來說詩，就只能片面地繼承「以意逆志」的主觀主義方法，各憑自己之意去逆詩人之志，大多穿鑿附會。對後世影響最大的《毛詩序》，就可以說是主觀主義「以意逆志」的代表。漢代及以後歷代學者，有的也打算從「知人論世」入手，認眞考察，以求對詩義作出正解。如東漢的鄭玄著《詩譜》，試圖論說《詩經》各部分與其時代、政治、風土的關係，由於缺乏進行客觀科學研究的主客觀條件，既不能「知人」，也不能「論世」，只能襲用片面的和不實的史料，運用形而上學的比附方法。

兩千年封建經學說詩，是以爲封建政教服務的「明道、徵聖、宗經」的文學觀，和主觀主義的「以意逆志」、「知人論世」的方法論，爲其指導理論的。雖然也有人提出要歷史地具體地研究詩義的主張，但因爲不能解決根本立場及世界觀問題，都不免陷入唯心論和形而上學的窠臼。眞正能夠運用科學的方法，歷史地具體地對包括文學作品在內的各種歷史現象進行科學論斷，只有在歷史哲學和思維科學高度發展的今天才有可能。

漢學《詩經》研究的鬥爭和發展

今、古文經學的鬥爭與《詩經》

秦代焚書坑儒，實行封建專制主義文化政策，頒布禁書令，「天下敢有藏《詩》《書》百家語者，悉詣守尉雜燒之；有敢偶語《詩》《書》者棄市，以古非今者族。見知不舉者與同罪。」①《詩》與其他一些先秦典籍，經受幾瀕毀滅的大浩劫。但是，暴力是消滅不了思想文化的。荀子學派儒生未被殺，受到嚴重打擊的孟子學派在民間還有潛在勢力。倖存的儒生們參加了反對秦朝暴政的鬥爭，有的並參加了反秦大起義的隊伍。他們堅守儒家衣冠和禮節，並依靠口耳相傳，傳述著他們的經書。

在各種經書之中，《詩經》居於首位。三百篇本是合樂的歌詞，原來的樂曲還沒有完全失傳，韻文又便於詠誦和記憶，所以，「遭秦而全者，以其諷誦而不獨在竹帛故也」②，《詩經》得以比較完整地保存和流傳。

漢初統治者吸取亡秦教訓，轉變對儒生的態度，並逐步認識到儒學對鞏固其政治統治的作用。惠帝時廢挾書律開書禁，朝廷派人搜求和寫錄古籍，准許私人傳授古學，一些先秦古籍得以陸續出現。這些古籍，後來立官學傳授，整理出寫本。這些寫本爲了講述便利，都用當時通行的文字——隸書（當時的簡筆字）書寫，故稱今文經。今文《詩經》由於傳授者和搜集的地區和時間不同，由於在過去口耳相傳中記憶不準或口音不清，有魯詩、齊詩、韓詩三家傳本，文句和解釋互有差異。後來，又出現了一部分用戰國時代篆文書寫的經籍，稱作古文經，古文經和今文經不只是書寫的文字和讀法不同，文字訓詁和內容解釋也有很大不同。漢代傳經重視師法，形成兩個對立的學派。古文學派的《詩經》，只有毛詩一家。漢代魯、齊、韓、毛四家詩並傳，它們的興衰，與漢代政治的發展，與今文經學和古文經學的鬥爭，密切地結合在一起。

漢代《詩經》研究，可以分爲四個時期：一、西漢初年到武帝以前的西漢前半期；二、從武帝到西漢末年的西漢後半期；三、東漢初年到章帝的東漢前半期；四、章帝到東漢末期。

第一個時期，是四家詩的搜集、整理和開始傳授時期。在西漢前半期六七十年，統治者爲穩定政權和恢復經濟，實行無爲而治。儒學提倡正名分、定三尊，開始受到統治者的重視。但先秦儒學的內容不完全適合需要，政治上仍然重黃老刑名之學，其次是陰陽五行之學。朝廷雖承認儒學是學術思想的正統，設立儒經博士官，可是僅僅「具官待問，未有進者」，「天下衆書，往往頗出」③，諸子百家學說同時活躍。這個時期的四家詩，雖然都已興起，它們的傳授大師大多在藩國任職。

漢代的《詩經》研究，這個時期還處在開創階段。其中魯詩最早，魯、齊、韓三家影響較大。毛詩較晚，它的情況在這個時期的史書中記載很少，可見影響也小。

在第二個時期中，漢武帝爲鞏固封建統一的中央集權制專制主義國家，積極建設爲其經濟基礎服務的上層建築。董仲舒在孔子「春秋大一統」思想的基礎上，把儒家與陰陽五行學統一起來，把儒家的仁義學說與黃老刑名之學統一起來，完成了對先秦儒學巨大的加工和改造，使之適合已經完全取得統治權力的西漢地主階級的政治需要。董仲舒以今文《春秋公羊傳》爲基礎完成的學說，創始了西漢今文經學。這個思想體系，可以作爲封建專制主義的理論基礎，可以調節日益尖銳的階級矛盾，又可以在一定程度上起到欺騙人民的作用。因此，漢武帝罷黜百家，獨尊儒術，利用今文經學作爲統治的思想。《漢書．儒林傳》說：「自武帝立五經博士，開弟子員，設科設策，勸以官祿，訖於元始，百有餘年，傳世者寢盛，支葉蕃滋，一經說至百餘萬言，大師衆至千餘人；蓋利祿之路然也。」某一經的大師，能夠把本經的解釋適合專制統治者的要求，便可立爲博士（類似近代的顧問或教授），甚至委任朝廷或地方要職，於是今文經學的思想體系，滲透於各經的解釋。當時傳諺：「遺子黃金滿籯，不如一經。」④今文經學作爲統治階級的官學受到尊崇提倡，魯、齊、韓三家詩因而興盛起來。

據《漢書．儒林傳》記述，三家都立博士，魯詩大師申公「弟子爲博士十餘人」，或爲太守等高官；齊詩大師轅固的弟子，多「以《詩》顯貴」。三家爲了爭取在政治和學術上顯赫，互相競爭，研究成風：魯詩有韋、張、唐、褚、許諸氏之學；齊詩有翼、匡、師、伏諸氏之學；韓詩有王、食、長孫諸氏之學。他們的著作早已失傳，只在《漢書．藝文志》保留著當時流行的許多主要著作目錄⑤。三家出現這樣許多派別、專家和著作，說明武帝以後一百餘年的《詩經》研究，是魯、齊、韓三家詩興盛的時期。

古文經學與今文經學不同。它較多地保持一部分先秦儒學的內容，頌贊西周社會政治制度，又很少神學迷信內容。由於它的復古傾向，不完全適合西漢統治者的政治需要，所以不爲統治者重視，只能在私學傳授。從《漢書．儒林傳》和《漢書．藝文志》記述毛詩的傳授和著作來看，有《毛詩》和《毛詩故訓傳》，它們在民間的影響逐漸增長。河間獻王曾把毛詩獻於朝廷，仍不能立學官。王莽利用古文經學作爲建立新朝的思想輿論工具，由朝廷立了毛詩博士，而王莽失敗後，它的官學地位又被撤消。

這一時期中的《詩經》研究，總起來說，是居於官學地位的今文三家詩興盛，古文毛詩處於被壓抑的地位。古文學派攻擊今文學派違背孔子的「不語怪力亂神」，今文學派批評古文學派「不知時變」、「僞托古書」。兩個學派的鬥爭各有政治背景，古文學派要求官學地位，代表著一部分不當權的地主階級要求取得政治利益和思想領導權的願望；今文學派代表當權的地主階級的利益，爲鞏固既得的統治地位，堅決反對古文經學上升爲官學。

第三個時期是東漢前期，今古文兩派繼續鬥爭，雖然今文經學派仍竭力反對古文經學立爲博士，但由於古文經學影響的擴大，到章帝時期終於取得了朝廷准許公開傳授的資格。古文經學地位的上升，有政治的原因，也有學術發展的原因。在政治上，西漢末年的農民大起義，嚴重地打擊了地主階級的統治，地主豪强勢力的代表劉秀建立了東漢王朝，爲鞏固其統治，實行對農民適當讓步的政策，來緩和階級矛盾，採取釋放奴婢、救濟貧民等解決緊迫社會問題的措施，因而也有必要收攬並利用古文經學派。在學術發展上，今文經學在一百多年的發展過程中突出了兩個特點，一是內容上陰陽五行化和讖緯相結合，荒誕的迷信成份增多，二是研究者爲了博取利祿，或迎合上意，或炫耀才學，無休止地比附引申，解說經文支離蔓衍，大搞煩瑣哲學，一句的解釋用三萬字，一部齊詩多至百萬言。《漢書·藝文志》說「幼童守一藝，白首而後能言」，指出它煩瑣難學。相反，古文經學的特點是「通訓詁，明大義」，簡明易學，沒有那些穿鑿附會的迷信成份，內容也比較今文經學豐富。

在這個時期，從古文經學產生了唯物主義大哲學家王充，批判東漢今文經學的主要內容和思想基礎。今文經學在學術上站不住脚，煩瑣雜亂，連幾代皇帝也感到需要「正經義」

「省章句」。章帝親自主持對今文經學的改革，召集羣儒講議五經，制定今文經學的政治學提要（即《白虎通義》）。可是今文博士只會記誦章句，不會概括大義，只能專講一經，不能兼通各經，編撰這部書的人，竟是古文經學派學者班固。章帝又命令賈逵撰寫《齊、魯、韓與毛詩異同》，賈逵也是古文經學派學者。這些事例說明今文經學派已經腐朽。這個時期的《詩經》研究中，今文三家詩以齊詩最盛，它的內容摻雜大量讖緯迷信，浮辭煩瑣，以前受壓抑的毛詩，這時已在實際上壓倒了三家詩。

第四個時期《詩經》研究的特點，是毛詩興盛，三家詩衰落，今文經學與古文經學漸趨融合，最後在古文毛詩的基礎上，吸收今文三家詩某些成果，完成了漢學《詩經》研究的集大成著作——《毛詩傳箋》。

東漢後期階級鬥爭激烈，後來發展成全國規模的農民大起義。極端唯心主義是讖緯神學的基礎，專制統治者可以任意編造利用，而人人也都可以任意編造利用；如王莽利用它篡漢，劉秀利用它建立東漢，農民也利用它發動起義。在統治階級力量衰弱的時期，讖緯神學不再是鞏固其政治統治的意識形態，反而成了危險的東西，而把陰陽五行和讖諱神學否定，就等於抽掉了今文經學的脊梁。三家詩力圖保持本身的地位，與日益興盛起來的毛詩進行鬥爭，並經過自己的學者，一再「省減浮辭」、「改定章句」，可是一删再删後的齊詩，仍「定爲二十萬言」⑥。這時毛詩已經立爲官學，做官不一定要學三家詩，內容迷信、空虛、章句煩瑣的三家詩，很少人願意習學。三家詩就無可挽回地衰落了。

古文經學派卻出現了幾個古文今文博通的大師，鄭衆、賈逵、衛宏、馬融等，都有研究毛詩的著作傳世，《毛詩序》和馬融的《毛詩傳》普遍流行。古文經學派的另一大師許愼，用二十二年時間著成《說文解字》，收集西周籀文，戰國小篆、古文共九千三百五十三個文字，解說其形、音、義，把古文經學和毛詩的訓詁，建立在堅實的基礎上，這對於不懂文字形義，僅僅依據隸書穿鑿附會的今文經學和三家詩，也是有力的駁斥。古文經學派在文字學上的巨大成就，促進了古文經學的完全成熟，也促進毛詩研究飛躍到當時較高的水平。三家詩的章句訓詁落後，當時已經出現士人「羞爲章句之學」的風氣；以後做官不再經過考試，僅剩下的這一點政治上的支持力量也隨之消失，三家詩也就必然衰亡下去，它們的著作先後失傳。

東漢末年古文經學的最後一位大師鄭玄，也兼通今文經學。他集漢代古文經學《詩經》研究之大成，爲毛氏《詩故訓傳》作箋注，名《毛詩傳箋》，以古文經學毛詩爲本，在箋注中也採用了一些三家詩說，將今文經說雜揉進來，實現了《詩經》研究中今文經學與古文經學的融合。《毛詩傳箋》行世之後，成爲天下通行的傳本，以前的各家傳本都相繼亡佚，它是我們現在所能見到的最早的比較完善的《詩經》注疏傳本。

從漢代《詩經》研究發展的概況來看，我們可以得到下面的基本認識：

一、漢代的《詩經》研究是當時學者對《詩經》所作的解釋和論述。他們從口述傳寫、搜集整理、簡單的解說開始，經過四百年的時間，各代各家各派無數學者努力研究，內容不斷豐富，「由無到有，由簡到繁」，經過反覆比較、刪除、補充、修改，完成了比較完善的注疏傳本。他們對前人有繼承，主要是繼承孔子和先秦儒家的詩教理論，在他們時代的歷史條件下，用經過改造和發展了的儒學，對三百篇的內容進行解釋和發揮。他們的詩說雖有一部分對前人的繼承，但更多的是漢代《詩經》學者的解釋⑦。

二、漢代的《詩經》研究與漢代的政治思想、學術思想密切聯繫，在今文經學與古文經學的鬥爭中發展，打著自己時代的、階級的明顯的烙印。漢代統治階級的統治思想滲透在《詩經》的解釋和論述之中，不論是三家詩，還是毛詩，都是漢代封建地主階級上層建築的意識形態。今文經學派和古文經學派長期爭奪學術思想統治地位的鬥爭，是地主階級內部不同集團的鬥爭。三家詩和毛詩，以及三家詩又分化產生許多派別，從本質上說，它們都直接爲封建統治階級服務，都是地主階級的意識形態。

三、漢代的《詩經》研究是經學的研究。漢代的經學（包括今文學和古文學）繼承、改造和發展先秦儒學而建立了新的儒學體系，稱爲漢學。漢代的《詩經》研究就是漢學的《詩經》研究。它不是把《詩經》當作文學作品，分析作品本身的思想性和藝術性，而是通過對《詩經》的解釋和論述，附會引申儒家的教義，把一部古代的詩集，變成封建政治倫理的教科書。漢代的《詩經》學，奠定了封建社會兩千年《詩經》研究的基礎。

魯、齊、韓三家詩

由於最初流傳的地區和傳授的師法門戶不同，今文《詩經》有魯、齊、韓三家。

魯詩由最初流傳於魯國得名，最早的傳授大師是申培，後稱申公。西漢初年，五經的出現以《詩經》最早；四家詩中以魯詩最早。據稱孔子傳《詩》於子夏，五傳於荀子，荀子傳於齊人浮丘伯，浮丘伯傳於魯人申培。這自然無可稽考，魯詩以此自稱其源流傳自孔子及子夏（卜商）。《史記》的作者告訴我們：漢初「申公獨以《詩》經爲訓以教，無傳，疑者則闕不傳。」⑧《漢書》的作者也告訴我們：「魯申公爲《詩訓故》。」⑨可見申培在漢初給《詩經》作了訓詁，但是訓詁並不完全。《漢書．藝文誌．六藝略》記有《魯故》二十五卷、《魯說》二十八卷，《魯故》當是申培著的《詩訓故》，《魯說》是其弟子韋、張、唐、褚諸氏的繼續補充⑩。在西漢時，諸家詩中魯詩影響最大，因爲申培曾擔任楚元王太子的師傅，武帝時又被朝廷立爲博士，他的弟子和再傳弟子多人擔任朝廷和地方要職，幾代皇帝和藩王也學魯詩。所以魯詩盛行。

魯詩的著作在西晉失傳，僅有石經魯詩殘碑一塊流傳於世，不足二百字⑪，它的全貌，我們現在無法知道。《漢書．藝文志》說，三家「或取《春秋》，采雜說，咸非其本義，與不得已，魯最爲近之。」說明三家都是採用《春秋》和雜說來穿鑿附會詩義的，都不能解說詩的本義，在三家之中比較而言，魯詩算是稍微接近一點詩義的。據陳喬樅《魯詩遺說考序》：「馬、班、范三史所載，漢百家著述所稱，亦未嘗無緒論之存，足以資考證佚文。……凡荀子書中說詩者，大都爲魯訓所本。孔安國從申公受詩爲博士，太史公嘗從孔安國受業，所習當爲魯詩。劉向父子世習魯詩，著《說苑》《新序》《列女傳》諸書，其所稱述，必出於魯詩無疑矣。《白虎通》詩皆爲魯說。《爾雅》亦魯詩之學。」⑫這是說，從《荀子》《史記》等上列著述的引錄，我們還能看到一鱗半爪的魯詩遺說。

齊詩由齊人轅固所傳，以傳者地區得名。轅固於景帝時立爲博士，《漢書．儒林傳》記述他曾與道家辯論湯武革命的問題，當著皇帝說湯武誅桀紂而得天下，是得民心的正義行爲；後來與信奉黃老之學的竇太后當面辯論，又幾乎喪命。這些事實，說明他治學是堅持儒家學說的。荀悅的《漢紀》說他著有《詩內外傳》。他的弟子們有所謂翼、匡、師、伏之學，把齊詩進一步與陰陽五行之說相結合，在西漢後期開始興盛，治齊詩者多顯貴，在東漢前期更盛極一時。《漢書．藝文志》記載齊詩主要著作目錄，有《齊後氏故》二十卷、《齊後氏傳》三十九卷、《齊孫氏故》二十七卷、《齊孫氏傳》二十八卷、《齊雜記》十八卷。所有這些著作，在東漢末年失傳。據陳喬樅《齊詩遺說考序》說，董仲舒學習齊詩，他的《春秋繁露》等著作及荀悅的《漢紀》、焦氏《易林》、桓寬的《鹽鐵論》等著述所稱引的詩說，當是齊詩。

齊詩分化的派別很多，最突出的是翼奉一派，他們把對《詩經》的解釋陰陽五行化，並進一步和讖緯神學相結合，發揮了《詩經》的「四始五際」和「六情」之說。

所謂「四始」說，司馬遷的《史記・孔子世家》已經提出：「《關雎》爲《風》之始；《鹿鳴》爲《小雅》始；《文王》爲《大雅》始；《清廟》爲《頌》之始；此《詩》之四始也。」齊詩的「四始」說卻與此不相同，它附會五行中的水、火、金、木四行，說「《大明》在亥，水始；《四牡》在寅，木始；《嘉魚》在巳，火始；《鴻雁》在申，金始。」（《詩緯汜歷樞》）這樣的編造是沒有實際意義的。齊詩的所謂「五際」，是指卯、酉、午、戌、亥，附會《易》卦的陰陽際會。所謂「六情」，是指喜、怒、哀、樂、好、惡；五行運行，陰陽際會而產生六情之變。齊詩把三百篇一一附會上「四始五際」和「六情」，把《詩經》簡直變成了推算陰陽災異的「推背圖」或占卦書。對於「四始五際六情」之說，歷代《詩經》研究者論述不一致，有人說並不是純粹談災異，而是配和音樂的律曆，指詩篇所合之五音六律⑬。齊詩早已亡佚，樂曲也已失傳，僅是推測之詞，無法考察。齊詩與陰陽五行和讖緯神學相結合。很少學術價值，這是公認的。

齊詩內容的迷信成份日益妄誕駁雜，章句（逐章逐句解釋文字）日益煩瑣難學，這兩個不治之症，使它失去上層建築的作用，在三家詩中衰亡最早。

韓詩由傳授者燕人韓嬰得名，也托稱傳自子夏、荀子，然其源流實無可考。《漢書・藝文志》說，韓嬰在文帝時立爲博士，景帝時任常山太傅，「推詩人之意，而爲內外傳數萬言，其語頗與齊、魯間殊，其歸一也」，指出韓詩與齊、魯兩家大同小異，但其當時的影響不如兩家大，主要流傳在燕、趙兩個地區。《漢書・藝文志》記韓詩的主要著作目錄，除韓嬰的《內傳》四卷、《外傳》六卷，還有其後傳者的《韓故》三十六卷、《韓說》四十卷。韓詩亡佚較晚，隋代唐代還有人著韓詩章句，到北宋韓詩失傳。現僅存《韓詩外傳》。

現在留存的《韓詩外傳》⑭，已經不是韓嬰的原著。《漢書》記載《外傳》六卷，內外傳總共才數萬字。隋唐志傳稱《外傳》十卷，是由隋唐兩代韓詩學者作了補充修改。今傳本可能就是隋唐間的本子。現在看《韓詩外傳》，它並不是對《詩經》的解釋和論述，而是先講一個故事，發一通議論，然後引《詩》爲證。古文著述引《詩》爲證，源於先秦，在漢代有影響的《新序》《說苑》《列女傳》等書都相類似。《韓詩外傳》不能算是《詩經》研究。它和荀子「引《詩》爲證」的方法有著繼承的關係，所以後來魏源認爲韓詩可能「爲荀子所傳」⑮。

關於魯、齊、韓三家詩的異同，後代的學者們進行過不少煩瑣的考證。清代人皮錫瑞說：「三家傳自何人，授受已不能詳。三家所以各成一家，異同亦無可考。魯、齊、韓三家詩大同小異，惟其小異，故須分立三家；惟其大同，故可並立三家。」這個見解是有見識的。我們認爲，所謂大同，是說他們都是站在封建統治階級立場上，從《春秋》和雜說裡採取一些材料，來和一些詩附合，用穿鑿附會的方法，把一些詩說得有政治意義和倫理意義；像

《漢書》作者指出的「咸非其本義」，都離詩的本義甚遠。所謂小異，是說他們各立門戶，互相競爭，別出心裁，想都自成一家，來取得顯貴的地位，所以他們的詩說又「間殊」，各有不同。他們的著作現在只搜輯到一鱗半爪，有些學者一定要比較它們的高低，是沒有多大意義的。

《毛傳》和《詩序》中的幾個問題

毛詩由毛亨、毛萇所傳，稱大毛公、小毛公。傳說荀子詩學承自子夏，毛亨承自荀子，他在西漢初期開門授徒，著《詩故訓傳》（後簡稱《毛傳》），傳於趙人毛萇。河間獻王任毛萇爲博士，將《毛詩》獻於朝廷，但不被立爲官學，長期在民間傳授。東漢後期毛詩立爲官學，並取代了三家詩的地位。以後，三家詩衰亡，毛詩興盛於世。我們現在讀的《詩經》就是毛詩。

毛詩在幾百年的流傳過程中，爲了爭取勝過三家，許多毛詩學者抱著一部毛詩的訓詁和序說，不斷地加工、完善。與三家詩派別多，經說煩瑣雜亂不同，他們能夠集中力量，在本來就比較簡明的訓詁和序說上進行充實和提高。我們現在看到的毛亨撰的《詩故訓傳》，還有許多闕疑和不妥的地方，後來的學者又進行了補充和改善，尤其是他們吸收了東漢時期文字學和歷史學等學術研究成果，把文字和名物的訓詁，建立在比較切實的基礎上。毛詩的訓詁，我們現在來看，當然還是不完善的，但在當時的學術水平上，相對而言，比較三家詩要完善得多。

毛詩勝過三家詩的另一個地方，是他很少妄誕迷信的內容。在長期研究中，毛詩學者一直堅守孔子「不語怪力亂神」的著述原則和「溫柔敦厚」的詩教理論，排斥極端落後腐朽的讖緯神學，也就著重於發揮儒家的那一套所謂「聖道王化」的政治理想。當陰陽災異和讖緯迷信已對人民失去欺騙作用的時候，封建統治階級自然要轉而利用毛詩的政治教化和道德教育的內容。當然，毛詩的內容並沒有超出經學的範圍，相對而言，卻比較三家詩摻雜迷信內容要好一點。

毛詩在長期流傳過程中每一篇詩都有簡明的序，說明該詩的題旨。這些序經過許多人增補加工，按照周代的歷史發展，把三百篇解釋成是依照周王或諸侯的世次排列的，從而依時代的發展順序來解釋詩義。當然，他們所解釋的各篇的世次並不可靠，有許多附會臆說，但是它比毫無系統、時代顛倒錯亂的三家詩說，自然要高明得多。這是毛詩勝過三家詩的第三點。

毛詩勝過三家詩的另一個突出的特點，是後來劉勰《文心雕龍》指出的：「毛公述《詩》，獨標興體」⑯。魯詩、韓詩只偶爾談到「興」，《毛傳》就注重「興文」，標出一百一十六例。它解釋的所謂「興」，都是譬喻，用來表現某些政治或倫理思想，從而就能夠把一些情詩戀歌和一般抒情詩，解釋得具有封建政治教化的深意。《毛傳》大量運用這樣一種穿鑿附會的說詩方法，就形成了一套「興義」理論，同主要只用歷史故事等雜說來牽强附會的三家詩相比，這也是毛詩優勝的地方。

毛詩在以上四個方面超過了三家詩，能夠發揮爲封建政治服務的作用，所以受到封建統治階級的推崇，能夠獨傳於世。

毛詩在長期流傳和研究過程中所產生的各篇的序，後來統稱《詩序》；因爲有人說三家詩也有序，爲示區別，說得準確一點，又稱《毛詩序》。

關於《毛詩序》，兩千年來，一直是《詩經》研究中爭論的重要問題之一。主要的爭論：一是《詩序》作者的問題，二是大序、小序的問題，三是《詩序》的存廢問題，四是對大序分析和評價的問題。

一、《詩序》的作者問題。《詩序》的作者是誰？古今聚訟紛繁。本世紀初，胡樸安匯集古人十三家之說⑰，有孔子作，子夏作，詩人自作，毛亨作，衛宏作，或子夏、毛亨、衛宏合作，國史作，漢儒續作等不同說法；胡氏引錄《四庫全書總目提要》的辨析，也辨析不清楚。近人張西堂匯集十六家之說⑱，蔣善國引據各家總括爲八說⑲，爲避免繁瑣，不再引錄。

關於《詩序》作者的爭論，爲什麼這樣雜亂呢？原始材料少，而且不可靠，缺乏令人信服的根據，只是一個原因。在封建社會，對這個問題所以長期興師動衆，爭論不休，還有一個重要原因，那就是封建學者對《詩序》的不同態度，以及他們的宗派門戶之見和捨本逐末的學風。《詩序》給各篇詩所作的題解，實際上大多是穿鑿附會的，很不可靠，爲了提高這些序說的權威地位，製作《詩序》的人，就假托這些序說是孔子或其嫡傳弟子所作，掛上聖賢的招牌，博取人們的崇信。歷來擁護《詩序》的人也竭力捍衛這個假說。後來有了不同的學派，有不同的學術觀點，他們提出自己學派的新的詩說，就要指出《詩序》的謬妄，就要首先打碎它的聖賢招牌，如宋代的鄭樵乾脆就說《詩序》「是村野妄人所作」。對《詩序》的不同立場，又和一些人捨本逐末的學風結合起來，所以長期糾纏不清。

現代的《詩經》學者，對《詩序》的作者問題，基本上有兩種意見：

一種意見是據《後漢書．衛宏傳》記：「九江謝曼卿善毛詩，乃爲其訓。宏從曼卿受學，因作《毛詩序》，善得《風》、《雅》之旨，於今傳於世。」確認爲《詩序》爲衛宏所作。魯迅先生在《漢文學史綱要》中也引述了這個記載，傾向於這個說法。

一種意見認爲，《詩序》不是一時一人所作，而是在漢代毛詩流傳的幾百年過程中，經過許多人的增續完成的。胡念貽的近著《論漢代和宋代的《詩經》研究及其在清代的繼承和發展》作了如下的總結：

……各詩的序，首序（即首句）和後序（即首句以後文字）可以分開，後序有的文繁，有的文簡，可見經過不同的人增續。因此有卜商、毛公合作和毛公、衛宏合作一類說法。其實合作者不是卜商、毛公，而是漢代的毛詩家。其中可能有毛公，有衛宏，還有其他什麼人。另外，序文和傳大部分相應，有的不相應，不相應之處，正是陸續增修時所留下的漏洞。

二、大序、小序問題

《詩經》首篇《關雎》之前，有一段較長的序文，作《關雎》題解又概論全經。以下各篇之前，各有一小段題解式的序文。宋人把概論全經的這一段長序文，稱爲大序；把其餘各篇的序文，稱爲小序。我們現在採取這個說法。

《詩經》三百〇五篇，毛詩給六篇笙詩也作了序，所以，大序有一篇，小序有三百十一篇，形成一篇總論，以下逐篇有題解的完整體制。在中國文學史上，爲詩作序，起源於《詩經》。白居易的《新樂府序》，就採用毛詩大小序的體制。

後來的學者，對大序和小序的分別，又提出了許多不同的說法。關於《關雎》一篇的長序文，有大序也有小序，應該從哪一句斷限，一般都認爲其首尾幾句屬於《關雎》的題解，是小序，其餘是大序；具體到從哪一句開始到哪一句爲止是大序，還有各種細微的不同意見。也有些人把各篇序文的首一二句叫小序，或古序，或前序；把首句以下的話叫大序，或後序，等等。這些說法都把原來比較整齊的序文體制說得雜亂無統。其實這些論爭沒有多大意義，在細微末節上標奇立異，成篇累牘糾纏不休，是中世紀的煩瑣哲學。

三、《詩序》的存廢問題。東漢以後，毛詩興盛，學者們基本上都依照《詩序》解說詩義。到了宋代，在儒學內部宋學代替了漢學，宋學學者對《詩經》作了進一步的研究，發現了《詩序》穿鑿附會的大量謬妄，爲了用他們的觀點重新解釋詩義，掀起了廢序之風，提出「《詩序》壞詩」，「實不足信」[20]。攻擊《詩序》，在當時形成一股潮流，朱熹的《詩集傳》就廢去《詩序》而不錄。對《詩序》的存廢問題，不但在宋代進行著長期論爭，一直到清代，仍在繼續論戰。但是，他們的論戰仍然是經學內部之爭。尊序存序的一派認爲《詩序》有《風》《雅》正變的世次體系，漢人說詩離古代不遠，定然合於詩的原義；這個理由是很脆弱的。反序廢序的一派指出《詩序》說詩謬妄，可是他們也用經學來說詩，用新的穿鑿附會來代替舊的穿鑿附會，所以也不能取得勝利。用謬誤的東西反對謬誤的東西，自己也是站不牢的。

其實，對於《詩序》並不能一概而論。小序，即屬於三百〇五篇詩的題解，它所說的世次、故事，絕大多數是附會史傳、雜說，用的是「以史證詩」的穿鑿方法，提示的各詩的題旨，有許許多多謬誤，歪曲了詩的原義。古代學者提出不信《詩序》，主張根據詩的本文探求詩義，在《詩經》研究上有一定的進步意義。

現代《詩經》學者提出：小序的那些穿鑿附會的曲解，像瓦礫和迷霧，掩蓋了《詩經》的眞實面目，必須徹底拋開它們，用新的觀點和方法作出正確的題解；至於大序，即總論的那一大段論文，是我國古代文藝理論的一篇重要文獻，有保存和研究價值。

四、對大序的分析評價。大序以總結三百篇創作經驗爲中心，概括並發展了先秦以來儒家對於詩歌的重要認識，也概括了儒家對於《詩經》的一些基本理論，可以說是先秦至漢代儒家詩論的總結。

關於詩歌的基本特徵，它繼承了先秦儒家「詩言志」的論點，如《尚書・堯典》：「詩言志，歌永言，聲依永，律和聲。」《荀子・儒效篇》：「《詩》言是其志也。」也採錄了《禮記・樂記》的論點：「凡音之起，由人心生也。人心之動，物使之然也。……樂者，音之所由生也，其本在人心之感於物也。」《詩序》說：「詩者，志之所之也，在心爲志，發言爲詩。情動於中而形於言，言之不足故嗟嘆之，嗟嘆之不足故詠歌之，詠歌之不足，不知手之舞之，足之蹈之也。」這就不僅說明了詩、樂、舞三者的緊密聯繫，而且把情志結合起來，指出詩、樂、舞三者的核心在於言志抒情。以前的儒家往往只談志，而不願明白地談到情，因爲儒家認爲志是帶有理性的經過規範的思想，而情是未經規範的自然本質，所以只突出前者。大序把情志並舉，把言志和抒情結合起來作爲詩歌的基本特徵，是對先秦詩論的一個重要補充。

對於《詩經》的社會作用，大序强調《詩》具有「正得失，動天地，感鬼神」的功能，所以「先王以是經夫婦，成孝敬，厚人論，美教化，移風俗。」用《詩經》進行政治和倫理道德教育，這是孔子詩教「思無邪」和「興、觀、羣、怨、事父事君」說的繼承。

大序的作者又進一步發展了儒家的詩論，闡述了詩歌發生社會作用的兩種形式：「上以風化下，下以風刺上」。「上以風化下」，是統治者通過詩歌對臣民實行教化，把詩歌作爲宣傳統治階級思想的工具。「下以風刺上」，是臣民利用詩歌對統治者進行諷諫，「言之者無罪，聞之者足以戒」。不過，它對於諷諫提出了兩個原則：一個原則是「主文而譎諫」，必須委婉含蓄，不得直言「君過」，不得觸犯統治者的尊嚴；一個原則是「發乎情止乎禮義」，它說，「發乎情，民之性也，止乎禮義，先王之澤也。」規定抒發感情不能越出先王教誨的禮義範圍。這兩個原則，把孔子「溫柔敦厚」的詩教具體化了。在這個理論基礎上，小序就給各篇詩定出美或刺，形成了《詩經》的美刺說。

大序又進一步論述了詩歌與時代政治的關係。它吸取了《禮記・樂記》「審樂以知政」的觀點，說明不同時代產生不同的詩歌，「治世之音安以樂，其政和；亂世之音怨以怒，其政乖；亡國之音哀以思，其民困。」明確地指出詩歌內容是其時代的政治、道德和風俗的反映，一個時代的政治決定一個時代詩歌的內容。在這個理論基礎上，大序提出了《詩經》的「《風》《雅》正變」說。

所謂「《風》《雅》正變」說，在《詩經》研究史上影響很大，是大序首先提出的。它根據不同時代詩歌的不同內容，把《風》《雅》兩部分詩，分出「正」和「變」。大序的作者認爲，

《頌》詩「美盛德」，是治世之音，而《風》詩和《雅》詩就有區別了。《風》詩中的二南，是治世之音，《周南》「王者之風」，《召南》「先王之所以教」，二者都是「正始之道」，「王化之基」的詩；在大小雅之中的一部分詩，是天子、諸侯、鄉大夫「以風化下」者；這些詩都是治世的詩，謂之正《風》正《雅》。「至於王道衰，禮義廢，政教失，國異政，家殊俗，變《風》變《雅》作矣」，那些在亂世和亡國之世，「明乎得失之跡，傷人倫之廢，哀刑政之苛，吟詠性情，以風其上」的詩，都被稱作變《風》變《雅》。《詩序》用「《風》《雅》正變」說，說明詩歌與政治興衰的密切關係，正《風》正《雅》是盛世政治清明的反映，變《風》變《雅》是由盛變衰、政綱敗壞的反映。

其實，《詩序》的「《風》《雅》正變」說並不科學。盛世也有諷刺詩，衰世也有頌詩；而且它的注意力完全集中於政治，忽略了生活的其他方面對詩歌的影響。在盛世或衰世，都還有一些非政治性的詩，《詩經》中就有單純描寫愛情的詩，還有寫友誼的詩、母愛的詩等，一定要機械地列入所謂「正」或「變」，用單純政治觀點來解釋，難免對一些非政治詩的內容作出曲解。後來儒家解詩，就沿用「《風》《雅》正變」說，把一些非政治性的詩，都附會上政治內容。

鄭玄作《詩譜》，繼承「《風》《雅》正變」說，又加以推衍。後來的經師們，爲了提倡讚美統治階級政治的頌歌，抬高正《風》正《雅》的地位，貶低變《風》變《雅》的地位，就更突出統治階級的偏見了。在長期的研究過程中，封建學者們對正《風》正《雅》和變《風》變《雅》的篇目斷限，也發生意見紛雜的爭論，說法很多，各執一詞，甚至有人說《頌》也有正變。這些在細微末節上的無益爭論，更無價值了。

對於《詩經》研究的基本理論問題，大序繼承了由來已久的六義說，來概括三百篇的分類及其表現方法。風、雅、頌是三百篇的分類；賦、比、興是表現手法。《詩序》的作者肯定了三百篇傳統的分類方法，並對這三類詩的內容作了具體的區分。他們說明：《風》詩是通過個人的抒情言志，反映一個地區的政教與風俗；《雅》詩反映國家政治的治亂興衰；《頌》詩是讚美功德、祈告神明的宗廟祭祈詩歌。它又把《大雅》《小雅》作了區別，不過沒有把這個區別說清，只說，「政有大小」。我們通過各篇小序可以知道，《大雅》的內容屬於朝廷大政，《小雅》的內容多屬於抒發個人的不平和怨刺。大序作者把《詩經》的這四類詩，稱作《四始》，認為《詩經》中這四類內容的詩歌，是後來一切詩歌的開端。《詩序》的「四始」說，與齊詩的「四始」說不同，齊詩的「四始」是附會陰陽五行學，《詩序》的「四始」就是「四詩」的意思。

從以上的評述來看，毛詩大序概括和發展了儒家的詩論，也對《詩經》研究的基本理論作了簡明的總結。在封建社會中，它被不少人作為詩歌批評和《詩經》研究的基本理論。它的全部論述，貫串著一個中心思想：詩歌為統治階級的政治服務。雖然《詩序》說詩有許多謬誤，那是限於他們的地主階級立場、封建教化的觀點、主觀唯心論和形而上學的思想方法，這篇文獻總結了先秦以來的儒家《詩經》理論，還有不少值得我們借鑑的東西。

《毛詩傳箋》——《詩經》研究的第一個里程碑

鄭玄（西元一二七年——二〇〇年）是東漢末年的古文經學大師，又兼通今文經學，他遍注羣經，在古文經學的基礎上，兼採今文說，將一部分今文經說雜揉進來，實現了今古文經學的融合，被稱爲鄭學。東漢以後，鄭學是天下所宗的顯學。

在遍注五經中，他選取了毛亨的《詩故訓傳》，爲之作箋注，稱《毛詩傳箋》，簡稱《鄭箋》。《毛詩傳箋》出現後，就取代了各家傳本。在魏晉南北朝時期，雖然也有一些《詩經》著作，但是並不能超過它，所以也都不能傳下來。《毛詩傳箋》可以說是《詩經》研究史上的第一個里程碑。《鄭箋》的貢獻可從三個方面來說。

一、**對《毛傳》的注釋進行充實、提高**。鄭玄是給《毛傳》作箋注的，《毛詩》經過許多學者在幾百年間不斷加工和改善，已經是當時最好的傳本。在這個基礎上，鄭玄通過自己的箋注，對《毛傳》中闕疑、不明或錯誤的地方進行補充和訂正。他並不廢除或纂改毛說，只是在原注後箋注自己的意見。他在《六藝論》中說：「注《詩》宗毛爲主，毛義若隱略，則更表明；

如有不同，則下己意，使可識別也。」在他的時代，文字學、歷史學、考古學都有了很大發展，以他的博學和好學，有條件廣泛地利用許多學術研究領域的研究成果，在《毛傳》已取得成就的基礎上，再加以充實和提高。略舉幾個明顯的例子：

⑴《毛傳》只通訓詁，不剖析字義，《鄭箋》通過剖析字義，或者把《毛傳》解釋不合的地方補正，或者把《毛傳》隱略不清的地方予以說明。如《關雎》的「君子好逑」，《毛傳》作「逑，匹也。」《鄭箋》解釋：「逑」，即「仇」字，「怨耦曰仇」。又如：《衛風・氓》「淇則有岸，隰則有泮」，《毛傳》只說「泮，陂也。」《鄭箋》說：「泮讀爲畔；畔，涯也。言淇與隰皆有崖岸。」再如：《商頌・長發》「幅隕既長」，《毛傳》說「隕，均也。」《商頌・玄鳥》「景員維河」，《毛傳》也說「員，均也。」實際上「隕」是「員」的借字，「員」就是「圓」，《毛傳》說不清楚，《鄭箋》說：「隕當爲圓，圓周也。」這就清楚了。

⑵《毛傳》闕疑未解的字，《鄭箋》作了補充。如《邶風・靜女》「彤管有煒，說懌女美」，《毛傳》未釋「說懌」之義，《鄭箋》作了解釋。尤其對名物的訓詁，對古代典章制度的注解，鄭玄或依據考古學的新材料，或用漢制來證古制，如《鄘風・君子偕老》中的「副笄六珈」，《小雅・采菽》中的「邪幅」，《周頌・有瞽》中的「簫管」等等《毛傳》未詳的詞語，《鄭箋》補充了解釋。

⑶古代的文字到漢代已經有不小的變化，《詩經》中有的字，音、義都有變化，《鄭箋》對

變化了音、義的古字，都用當時通行的字注解，並將有些古語用當時的俗語來解釋。如《召南·野有死麕》「白茅純束」，《毛傳》注「純束，猶包之也」，鄭玄考證《春秋》中的「純留」即《史記》《漢書》中的「屯留」，先秦時的「純」即漢時的「屯」字，箋注說「純讀如屯」。又如《小雅·庭燎》「夜未央」一語，《鄭箋》說，「未央者，猶云夜未渠央也」，「未渠央」就是漢代的俗語。《鄭箋》的注解，用的是當代淺顯易懂的語文。用當代淺顯明白的語文注解《詩經》，由鄭玄所首創。

(4)鄭玄是遍注各經的，能夠使各經的訓詁和經義互相溝通，發揮《詩經》的經義和其他各經的經義相一致，或引用他經來解釋《詩經》的詞語，與其他各經中同樣的詞語解釋相同，內容和訓詁不互相牴牾。

(5)《毛傳》的特點是訓詁簡明，但有些訓詁因爲過於簡略，反而不能解釋清楚。對這類隱約的地方，《鄭箋》就多用幾句話，把它解釋清楚。《鄭箋》雖然用的文字多了，却竭力避免煩瑣，該略則略。如「豈第君子」一語，在《小雅·青蠅》中作了解釋，其他各篇中用這一詞語還有十四處，都不再注釋；「實維伊何」一語，他在《大雅·韓奕》中作了解釋，在其他各篇，也不再注釋。當然，注釋的詳略很難掌握盡善盡美，不過，可以說《鄭箋》的注釋比《毛傳》充實和清楚，又仍然不失其簡明。

二、吸取、綜合魯、齊、韓三家詩說。

清代學者陳奐的《毛詩傳疏序》評論《鄭箋》說：

「作《箋》間雜魯詩，並參以己意，不盡同毛義。」㉑其實，鄭玄不只是吸收進來魯詩的詩說，也吸收進來齊詩和韓詩的詩說。鄭玄是古文學者，又兼通今文，他在箋注《毛傳》時，為了「通訓詁，明大義」，也參考吸收三家詩可取的訓詁和解說，把他們與毛詩的訓詁和解說綜合為一體。略舉幾例：

屬於義理方面的：《大雅．生民》箋注姜嫄感天而生后稷的一段說法，是採自齊詩。《衛風．氓》箋說：「……言淇與隰皆有崖岸，以自拱持，今君子放恣心意，曾無所拘制。」採自董仲舒《春秋繁露．隨本消息篇》所用魯詩之說。《小雅．采菽》箋注：「彼與人交接，自逼束如此，則非有解怠紓緩之心，天子以是故賜予之。」與《韓詩外傳》引詩的解釋「言必交吾志然後予也」意義相合，等等。

屬於訓詁方面的：三家詩的訓詁因為缺乏文字學的研究作為依傍，可取的成果較少，但《鄭箋》也有個別的吸取。如前面所引的《邶風．靜女》箋注的「說懌」，《周南．關雎》箋注的「怨耦曰仇」，都是採自魯詩。

由此可以看到：《鄭箋》以本《毛傳》為主，綜合了今古文四家詩說，集中了漢代《詩經》注說的成果，對《毛傳》進行了補充和提高。

三、完成三百篇時代世次的完整體系。《鄭箋》不只是採錄了全部《詩序》，而且加以發揮，或補充自己的解說。我們現在看這些題解，當然感到穿鑿附會，但在當時，經過鄭玄一次重要的整理和提高，總結了先秦以來對《詩經》時代背景的解釋，完成了三百篇時代世次的完整體系，對後世的《詩經》研究起著重要的影響。

鄭玄繼承《詩序》對三百篇世次的排列，著《詩譜》二卷，列舉各詩先後的世次，說明各詩的世代和某些作者，甚至作詩的緣由。他在《詩譜序》中說明他論列各詩的世次，是依據《春秋》次第和《史記》年表，說明各詩世代是爲了讓《詩經》的讀者「欲知源流清濁之所處，則循其上下而省之；欲知風化芳臭氣澤之所及，則傍行而觀之。此詩之大綱也。舉一綱而萬目張，解一卷而衆篇明」㉒。研究和解釋各詩的時代背景，作爲理解詩義的參考或依據，這個意圖自然是很好的。

他的論列，完全繼承《詩序》的「《風》《雅》正變」和「美刺」之說，並且作了進一步的發揮。他提出：上起陶唐，及至文武成周之世，都是太平盛世，制禮作樂，頌聲興起，這些時代的詩，都是正《風》正《雅》，能起「美教化」的作用，是《詩》之正經；懿厲之後，王政衰崩，政教敗壞，所以怨刺載道，這些時代的詩，都是變《風》變《雅》，只能以其怨刺作爲鑑戒。他通過詩篇世次的排列，用這個基本觀點，就把對各詩的解釋，納入於封建政治理論的規範，來爲封建政治服務。

《詩譜》我們現在已不能見到全文，不過它的基本觀點，貫穿在《鄭箋》的箋注中。唐代孔穎達《毛詩正義》，將《詩譜》冠於卷首，但殘缺不全。宋代歐陽修搜輯整理，仍然殘缺。經過後代學者考證整理，鄭玄所定的《詩經》三百十一篇（包括六篇笙詩）的世次，據今通行《詩集傳》篇目次序，簡明列舉於下：

商詩（《商頌》）五篇——成湯時代：《那》；中宗太戊時代：《烈祖》；高宗武丁時代：《玄鳥》至《殷武》三篇。

周詩三百〇六篇——文王時代三十九篇：《周南》十一篇；《召南》：除《甘棠》、《何彼穠矣》以外十一篇；《小雅》：《鹿鳴》至《杕杜》九篇；《大雅》：《文王》至《靈台》八篇。

武王時代九篇：《召南》：《甘棠》、《何彼穠矣》二篇；《小雅》：《南陔》至《魚麗》四篇；《大雅》：《下武》、《文王有聲》二篇。

成王時代五十五篇：《豳風》七篇；《小雅》：《由庚》至《菁菁者莪》九篇；《大雅》：《生民》至《卷阿》八篇；《周頌》：三十一篇。

懿王時代五篇：《齊風》：《雞鳴》至《東方未明》。

夷王時代一篇：《邶風》：《柏舟》。

厲王時代十一篇：《檜風》四篇；《陳風》：《宛丘》、《東門之枌》二篇；《大雅》：《民勞》至《桑柔》五篇。

共和時代一篇：《唐風》：《蟋蟀》。

宣王時代二十五篇：《鄘風》：《柏舟》；《秦風》：《車鄰》；《陳風》：《衡門》至《東門之楊》

三篇；《小雅》：《六月》至《無羊》十四篇；《大雅》：《雲漢》至《常武》六篇。

幽王時代四十六篇：《小雅》：《節南山》至《何草不黃》四十四篇；《大雅》：《瞻卬》、《召旻》二篇。

平王時代三十篇：《邶風》：《綠衣》；《衛風》：《淇奧》至《碩人》三篇；《鄭風》：《緇衣》至《大叔於田》四篇；《魏風》：《葛屨》至《十畝之間》五篇；《唐風》：《山有樞》至《鴇羽》七篇；《秦風》：《駟驖》至《終南》四篇；《王風》：《黍離》、《葛藟》（除《兔爰》）六篇。

桓王時代三十八篇：《邶風》：《燕燕》至《二子乘舟》十七篇；《鄘風》：《墻有茨》至《鶉之奔奔》四篇；《衛風》：《氓》至《有狐》（中除《河廣》）五篇；《鄭風》：《羔裘》至《有女同車》加《褰裳》六篇；《魏風》：《伐檀》、《碩鼠》二篇；《陳風》：《墓門》；《王風》：《兔爰》、《采葛》、《大車》三篇。

莊王時代十四篇：《鄭風》：《山有扶蘇》至《揚之水》（除《褰裳》、《豐》）七篇；《齊風》：《南山》至《猗嗟》六篇；《王風》：《丘中有麻》。

釐王時代五篇：《鄭風》：《出其東門》至《溱洧》三篇；《唐風》：《無衣》、《有杕之杜》二篇。

惠王時代十篇：《鄘風》：《定之方中》至《載馳》五篇；《衛風》：《木瓜》；《鄭風》：《清人》；《唐風》：《葛生》、《采苓》；《曹風》：《蜉蝣》。

襄王時代十五篇：《衛風》：《河廣》；《秦風》：《黃鳥》至《權輿》五篇；《陳風》：《防有鵲巢》、《月出》二篇；《曹風》：《候人》至《下泉》三篇；《魯頌》四篇。

定王時代二篇：《陳風》：《株林》、《澤陂》。

從鄭玄排列的各詩世次來看，與今本《詩經》的篇目排列，除《風》詩中有個別出入以外，可以說是完全一致的，可見他在《毛傳》的基礎上建立了一個按照時代次序排列和解釋各詩的一個完整的體系。宋學是反對漢學的，朱熹攻擊《毛傳》《鄭箋》，爲《詩經》重作注疏，可是他的《詩集傳》仍然基本繼承鄭玄的世次體系，篇目排列極少改變。明、清兩代學者對《詩經》各詩的世次繼續研究，提出一些不同的說法，如明代何楷《詩經世本古義》重新排列世次，也只是自成一家之言，其影響遠不如鄭譜爲大。

當然，鄭玄所斷定的各詩的世代是不可靠的。他依據《春秋》、《史記》的世次記載，採用傳統的「以史證詩」的方法，把一些歷史記載與一些詩篇穿鑿比附，而且有些記載也只是傳說。究竟這些詩是不是那個時代的詩，還是大成問題的，古人和近人都陸續發現它的不少謬誤。要認識各詩的時代，眞正把《詩經》的解說建立在科學的基礎上，還需要我們把《詩經》研究與中國古代史的研究結合起來，作大量的工作。《鄭箋》的貢獻，是只能提出一個不完善的、包含許多錯誤的體系，在他的歷史條件下，是不可能完成這個任務的。

總結鄭玄在上述三個方面所作出的成績，我們可以說，《毛詩傳箋》是《詩經》研究史上的第一個里程碑，它集中地表現了《詩經》研究在漢代所達到的各個方面的成就。它是先秦至兩漢一千年間《詩經》研究的集大成著作，並且利用當代學術領域的多方面成果，提供了一部吸取當時古文字學最高成就的《詩經》簡明訓詁，幫助後世學習這部用古老語言寫成的詩集。它又綜合了四家詩說，加以充實、提高和發展，在一個很長的歷史時期中成爲影響最大的傳本，促進了《詩經》的流傳與研究。它還完成了一個關於《詩經》的時代世次的排列體系，爲對《詩經》各篇時代研究和篇目排列的固定奠立了基礎。鄭玄是以毛詩爲本來作箋注的，《鄭箋》和《毛傳》不能分開，所以毛、鄭並稱，在《詩經》研究領域，直到清代還有毛鄭學派，可見影響的深遠。儘管由於時代的局侷，《毛詩傳箋》包含許多學術上的失誤和大量的封建糟粕，但它保存的研究資料，對我們還有幫助，是《詩經》研究者不可不讀的書。

①《史記・李斯列傳》。
②《漢書・藝文志》。
③《漢書・藝文志》。
④《漢書・韋賢傳》。
⑤參見胡念貽《論漢代宋代的「詩經」研究及其在清代的繼承和發展》，《文學評論》一九八一年第六期五十九頁。

⑥《後漢書・儒林傳》。

⑦見胡念貽的文章，見注⑤。這個觀點，胡念貽論述頗精，引錄於下：「過去封建時代的許多學者，對漢人之說盲目篤信，認爲漢代去周近，師說相傳，漢人所說的詩義定然符合詩的原義。如果認眞考察漢代《詩經》研究發展情況，就會知道實際並非如此。韓詩有序，自稱卜商作；毛詩也有序，也自稱卜商作；漢以前只有一個卜商，而毛詩和韓詩的序出入卻很大。魯詩自稱出於荀況，毛詩也自稱出於荀況；而魯詩和毛詩的說法卻往往很紛歧。這就說明他們所自稱的詩說所出往往不足信。漢代的《詩經》學並非如過去一些人所設想的只是一個中轉站，把古說傳遞下來；而是一些在古說招牌之下的新產品的兜售者。」

⑧《史記・申公傳》。

⑨《漢書・藝文志》。

⑩據王先謙《詩三家義集疏》。

⑪（宋）王應麟《詩考》輯錄，商務版《叢書集成初編》一七二七册。

⑫（淸）陳喬樅《三家詩遺說考》，皇淸經解續編本。

⑬參見蔣善國《三百篇演論》，商務印書館一九三一年版四八～五一頁。

⑭中華書局一九八〇年出版許維遹校釋本。

⑮（淸）魏源《詩古微》上編，梁谿浦氏藏版。

⑯《文心雕龍・比興》。

⑰胡樸安（蘊玉）《詩經學》，安吳胡氏刊本。

⑱張西堂《詩經六論》，商務一九五七年本一二一～一三三頁。
⑲蔣善國《三百篇演論》，商務一九三一年本一一〇～一二八頁。
⑳朱熹《語類》卷八十。
㉑陳奐《毛詩傳箋》，皇清經解續編本。
㉒阮元刻《十三經注疏》本《毛詩正義》卷首。

《毛詩正義》和漢學《詩經》研究的終結

魏晋南北朝《詩經》學的衰落

從漢末以後，中國進入幾百年的分裂動亂時期。曹操這樣描寫漢末戰亂對社會造成的嚴重破壞：「鎧甲生蟣虱，百姓以死亡。白骨露於野，千里無雞鳴。」（《蒿里行》）長期的封建軍閥割據戰爭之後，是各代統治集團的互相血腥殘殺，緊接著又是少數民族侵入中原，形成南北朝長期對峙局面。巨大的社會動蕩破壞了舊的封建秩序，原來由封建統治者提倡的以政治倫理觀念爲主要內容的儒學，在這大變亂中失去了學術思想的支配地位。魏晋玄學興起，清談玄理爲一代學風。南北朝佛教盛行，統治者提倡講譯佛經。作爲儒家主要思想形式的經學，包括它的主要構成部分的《詩經》學，進入衰落時期。

儒、道、佛三者對統治階級各有各的用處。儒學在文化傳統上有深刻的影響，統治階級的政治、教育也需要利用儒學，因爲如果只是談玄講禪，他們維持統治的國家機器便不能運轉。所以，經學雖然已經不是學術思想的主流，在總的衰落趨勢之中，《詩經》學仍以它本身所包含的矛盾運動在發展著。

我們必須注意的是：這個時期的《詩經》研究發生了新的變化。在國家殘破、哀鴻遍野的現實基礎上，擺脫了儒家的思想束縛，產生一種經邦濟世、昂揚向上的時代精神，把文學作爲「經國之大業，不朽之盛事」（曹丕《典論．論文》），出現了中國文學發展史上的一個「自覺的時代」。文學脫離經學而獨立發展，詩人們繼承《詩經》、《楚辭》和漢樂府的文學傳統，創作了風清骨峻的建安詩篇；文論家們總結包括《詩經》在內的以往文學作品的創作經驗，完成了以《文心雕龍》爲傑出代表的古代文學理論著作。所以，在這個時代，對於《詩經》，除了繼續傳統的經學的研究，又產生了文學的研究；而後者的成就遠遠超過前者。這個問題將在下一篇文章論述，這裡只談經學的研究及其發展。

魏晉南北朝時期的經學仍然屬於漢學系，其《詩經》學的發展，可分兩個階段：

第一個階段是魏晉時代的鄭學王學之爭，爭論的中心是如何對待古文經學的家法問題。鄭玄在古文經學的基礎上，打破家法而雜採今文諸家，實現今文古文經學的融合，成爲天下所宗的鄭學；《鄭箋》就是以《毛傳》爲主而吸收齊、魯、韓三家詩說的，是當時最有影響的傳本。鄭玄學派在這個傳本基礎上繼續研究，對疏義陸續充實和發展。王肅標榜純古文學，創立王學，攻擊鄭玄破壞了古文經學的家法。王肅學派專主毛詩，他們爲《毛傳》重作注疏，排斥三家詩說，表現出抱殘守闕的保守傾向。兩派從魏至晋鬥爭長達一個多世紀，各自憑藉自己的政治後台，魏的皇帝支持鄭學，晋的皇帝支持外戚王肅，王學一度靠政治權勢取得勝利。但王學畢竟保守落後，永嘉十六國大亂時，他們的純古文經學著作以及魯、齊兩家詩都歸於消滅，《鄭箋》仍爲儒家所傳。

除《鄭箋》作爲通行傳本流傳下來以外，這個階段的其他《詩經》著作都失傳了。據《隋志》載目，王肅學派的著作有：王肅著《毛詩注》、《毛詩義駁》、《毛詩奏事》、《毛詩問難》，孫毓著《毛詩異同評》等。鄭玄學派的著作有：王基著《毛詩考》，陳統著《難孫氏毛詩評》。此外尚有劉璠《毛詩義》、《毛詩傳箋是非》、徐整《毛詩譜暢》、朱育等《毛詩答雜問》、郭璞《毛詩拾遺》等①，也多是攻擊《鄭箋》的。在一個時期中有這樣多的書攻擊《鄭箋》，但《鄭箋》在當時仍有重大影響，並且能夠單獨流傳下來成爲天下通行的傳本，說明它在學術價值上確實超過它的論敵。至於那些依靠權勢而推行的著作，畢竟只能流行一時，一旦失去政治力量的支持，它們也就停止了生存，我們現在只能從後人的輯佚本中，約略地看到他們一點保守的面貌。

第二個階段是南北朝時代的南學北學之爭，鬥爭的中心是鄭學是否還要繼續發展的問題。南北朝時，《詩經》傳播通用《毛詩傳箋》，但南學北學學風不同。《隋書·儒林傳》說：

「南學約簡，得其英華；北學深蕪，窮其枝葉。」北學是保守派，墨守《鄭箋》的成說，沒有新的創造，只在章句和細微末節上下功夫，結果訓詁越來越煩瑣艱深，內容僵化失去了生氣。南學是自由研究派，堅持訓詁簡明，注重闡發義旨，以《鄭箋》爲本，吸取王學一部分詩說，並兼採玄學的某些見解，比較開展自由研究，就較有生氣。據南北朝各史書《儒林傳》保存的書目：北學有沈重《毛詩沈氏義》、劉獻之《注毛詩序義》等；南學有何胤《毛詩統集》和《毛詩隱義》、崔靈恩《集注毛詩》、周續之《毛詩周氏注》、梁簡文帝《毛詩十五國風義》等。這些書，現在也只能從清人輯佚書看到一些面貌。

南北朝時代，北朝爲少數民族政權統治，漢族文化中心移到南朝。南學在繼承傳統的基礎上，注意吸取新的養料，有所發展和創新。這是當時學術發展的主流。從上述兩個階段的發展概況來看，在漢學《詩經》研究中，保守和進步兩種傾向的鬥爭貫徹始終，它的主流是在不斷克服那種固步自封、抱殘守闕的思想而不斷發展、不斷前進的。它所以沒有取得重大的成就，是和整個經學的衰落有密切關係。這個時代的一些片段的研究成果，後來吸收綜合在唐初編撰的《毛詩正義》之中。

《詩經》博物學的發端

這個時期，出現並流傳了陸璣所著的《毛詩草木鳥獸蟲魚疏》。陸璣，三國時吳人，他對《詩經》中出現的數量衆多的植物和動物的名稱，總結前人注疏的成果，以豐富的博物知識，進行考證研究，寫了這本專門集釋的書。

全部《詩經》中，有草名一百零五，木名七十五，鳥名三十九，獸名六十七，蟲名二十九，魚名二十，各種器用名三百餘。由於時代古遠，名稱有了很大的變化。對這些名物的古今命名和變遷進行考證訓詁，不僅對於理解各篇文字和內容是不可缺少的，並具有歷史學、考古學和博物學的重要價值。

對《詩經》中的名物進行切實的解釋，有利於準確地理解詩義，也有利於加深領會詩篇的藝術性。例如《詩經》第一篇《關雎》這篇詩，起句就是以描寫生物起興：「關關雎鳩，在河之洲」，我們知道了「雎鳩」是一對喜結伴的水鳥，作者是用雙雙對對歌唱在河中小洲上的水鳥來起興的，對詩中青年追求愛情的熱烈情感就能加深感受。第二段開頭又寫「參差荇菜，左右流之」，荇菜是一種水生植物，長得長短不齊，左一把右一把採集起來，可以作菜吃。通過這樣的疏釋，就幫助我們體會詩人以此比興的用意，並可推測詩中描寫的愛情可能不屬於貴族階層。再如「呦呦鹿鳴，食野之苹」（《小雅・鹿鳴》），陸疏：苹，藾蒿葉青，輕脆生香，鹿食之呦呦然而相呼，「喓喓草蟲，趯趯阜螽」（《召南・草蟲》），蟈蟈吱吱叫，蚱蜢蹦蹦跳），「綿綿葛藟，在河之滸」（《王風・葛藟》，葛藤長綿綿，長在河岸邊）等詩句，如果不能準確地疏釋這些植物動物的今名及特性，就很難領會寓意的深刻和藝術描寫的生動。

《詩經》中提到的許多農作物，屬於我國最早的一部分有關農業生產的記載。如《大雅・生民》中的菽（豆）、禾（穀子）、秬（黑黍）、秠（雙粒黍）、穈（赤粱粟）、芑（白粱粟），都是遠古種植的作物，疏釋它們名稱的變遷或特性，對研究我國農業史有很大貢獻。再如《豳風・七月》：「春日載陽，有鳴倉庚。女執懿筐，遵彼微行。」通過名物疏釋，我們可以準確地翻譯爲：「春天一片陽光，黃鶯兒在歌唱。姑娘們拿起高筐，走在那小路上。」再現了周代栽桑養蠶已經蓬勃發展。下文的「春日遲遲，采蘩祁祁」（春天日頭長，白蒿採得多），據考證，采蘩（白蒿）的用處是用之煮後沃蠶卵使之易出，這個記載就說明了周代養蠶技術的進步。

當然，陸璣的《毛詩草木鳥獸蟲魚疏》並不能把《詩經》中的名物全部疏釋，已經疏釋的也不完全準確。在他以後，歷代的學者繼續這個工作，不斷地豐富和修正。專門補充和校正陸疏的有：宋代蔡卞《毛詩名物解》②、明代毛晋《毛詩陸疏廣要》③、淸代毛奇齡《續詩傳鳥名》

④、焦循《毛詩陸璣疏考證》⑤、日本岡公翼《毛詩品物圖考》⑥等。

這方面的研究後來又向廣度發展，除了疏釋植物動物，又有集釋《詩經》中的地理和天文名詞的著作，如宋代王應麟《詩地理考》⑦、清代洪亮吉《毛詩天文考》⑧和焦循《毛詩地理釋》⑨、朱右曾《詩地理徵》⑩等；集釋《詩經》中的三百多種器物及其他名詞的著作也很多，如明代馮應京《六家詩名物疏》⑪和陳大章《詩傳名物集覽》⑫、清代徐鼎《毛詩名物圖說》⑬、姚炳《詩識名解》⑭和李超孫《詩氏族考》⑮等。

孔子創始的詩教，在强調「興、觀、羣、怨」直接爲封建政治服務之後，也提出「多識鳥獸草木之名」，要求把詩三百篇同時作爲常識課本，增長學習者的博物知識。這些卷帙浩繁的名物疏釋著作，是符合這個要求而產生的。在長期發展過程中，它成爲《詩經》研究中的一門學問——《詩經》博物學，《毛詩草木鳥獸蟲魚疏》是這門學問的發端。他們的考證研究反映了他們的時代的科學認識水平，其中有許多合乎科學的東西。現代研究各種科學史的學者也在研究《詩經》：天文學家從《詩經》中找到世界最早的可靠的日食記事（《小雅．十月之交》描寫了西元前七七六年九月六日早晨七至九時的日蝕）；地理學家找到同詩描寫的地震現象（西元前七八〇年涇、渭、洛「三川竭、岐山崩」的大地震）；農學史家從《詩經》中的作物和耕作技術研究農業生產的發展，植物學家和動物學家考察生物的變遷和進化；考古學家驗證各種出土的器物。現代科學家的研究建立在嚴密的科學基礎上，自然遠遠超過古人了。

《毛詩正義》——《詩經》研究的第二個里程碑

隋唐結束了國家長期分裂的局面，唐代更建成了中國歷史上統一、繁榮、強盛的封建國家，輝煌燦爛的唐代文化，達到了中國封建文化的高峯。

唐代建國以後，在思想統治上採取儒、佛、道並用，而禮、政、刑、教和統一政治思想，儒學是最有效的工具，所以開國之後就提倡儒學，開館延聘學者、廣設學校傳授五經，恢復科舉制度，推行促進儒學發展的文化政策。唐代科舉設進士、明經兩科，明經科就是考試五經經義。於是衰頽的經學又重新振興。

這個時期在經學本身的發展中，長期分立的南學北學，也已逐漸趨向合流。隋代著名的儒學學者劉焯、劉炫，都兼通南北二學，傳授門生弟子很多。據《隋志．儒林傳》，他們的《詩經》著作有《毛詩述義》、《注詩序》。隋朝不提倡儒學，經學的統一工作，只有在客觀條件具備的唐代，由他們的學生孔穎達去完成了。

唐太宗提倡儒學，但不論是官學傳誦五經，還是科舉考試經學，都遇到一個具體問題：從漢代以來，經學在八百年的發展過程中，有今文古文各派之爭、鄭學王學之爭、南學北學之爭，師法多門，義疏紛紜，章句繁雜，連經文也互有出入。拿《詩經》來說，當時最通行的傳本是《毛詩傳箋》，但三家詩中韓詩仍在一定範圍內流傳，王肅的純古文學派的影響也還存在。鄭學、南學、北學的《詩經》注疏多有不同，官學傳授、考試取士就沒有共同一致的標準，必須進行經學的統一工作，才有利於推行國家的文化教育政策。

爲了實現經學的統一，第一步工作是組織力量，選拔人員考定五經文字，對西漢初期流傳下來的各家諸經傳本加以比較，參照各種古籍，選擇最優的傳本，以其爲本進行校勘，撰成《五經定本》頒行，作爲法定的標準本通行全國。這項工作完成後，又選派孔穎達和一批著名學者，分工撰述五經義疏，於西元六五二年完成，名《五經正義》（一八〇卷），也由朝廷頒行爲官書。從此，誦習五經和明經科取士，經文必須依據《定本》，義疏必須依據《正義》。五經從文字到義疏都有了標準本，以往各派的異說全部作廢，自漢以來的儒家各個學派歸於統一。

《毛詩正義》全書七十卷，是《五經正義》之一，實際上是由王德韶、齊威、趙乾葉、賈普曜等學者共同執筆的，因爲不是一個人執筆，所以書中略有彼此互異之處。署名孔穎達，因爲他是總其成者，如同我們現在所說的「主編」。孔穎達當時任職國子祭酒，即國家最高學府國子監總管，類似唯一的國立大學校長。由於他的政治和學術上的權威地位，奉敕主持編撰工作。所以，《毛詩正義》後來又簡稱《孔疏》。它是由三個部分合編成的：

一、《毛詩傳箋》加上《孔疏》。鄭玄的《毛詩傳箋》是東漢末年以來義疏質量較高、影響最大的傳本，《毛詩正義》即以此爲本，作了詳盡的疏解。《毛詩傳箋》本來是先秦到兩漢《詩經》研究成果的集成著作。《孔疏》採取疏不破注的原則，全部保留《毛傳》《鄭箋》的注疏，給這些注疏再作疏釋。它的疏釋都合於毛、鄭的注箋，不合毛、鄭注箋的都不予採取，所以《毛詩正義》屬於嚴格的漢學體系，是對漢學《詩經》研究遺產的繼承和發展。

在撰寫《孔疏》的時代，從漢魏到唐初四個多世紀中，《詩經》研究產生了大量著作，鄭學、王學、南學、北學以及劉學，對《詩經》的訓詁義疏，都有可取的見解；整個學術領域，如語言學、考古學、歷史學也有進步，能夠解決一些過去闕疑或解釋不妥的問題。《孔疏》在當代學術研究的水平上，在漢學體系之內，吸取綜合漢魏六朝以來《詩經》研究的成就，給《毛詩傳箋》補充新的注解，豐富義疏的內容。所以，它又是在繼承毛、鄭遺產的基礎上，集漢魏六朝《詩經》研究成果之大成，把漢學《詩經》學提高一步。

二、陸元朗《毛詩釋文》。隋唐之際，我國語言學有新的重大成就。陸元朗（德明）從西元五八三年開始選述，歷時二十餘年，著成《經典釋文》，於唐初開始流行。這是繼漢代《說文解字》以後的一部工程浩大的語言學著作。這部書綜合漢魏以來文字音訓研究的成果，考述經學傳授源流，採集儒學學者二百三十餘家所注五經文字的音切和訓詁，使得五經的文字每字都有音切和訓義。《毛詩釋文》是《經典釋文》之一，收編於《毛詩正義》。它對《詩經》的文字作了簡明的音切和訓義，把《詩經》訓詁學提到新的水平上，爲以後歷代閱讀和研究《詩經》

文字者所本。在現代，它的絕大部分，仍爲我們所吸取。《毛詩正義》把它作爲文字音訓的標準，合編在一起，也是超過以前《詩經》傳本的地方。

三、顏師古考定的正本。顏師古考定《五經定本》，完成了五經文字的統一工作。《毛詩正義》所據的《詩經》文字，就是顏師古考定的定本。漢代魯、齊、韓、毛四家詩文句不盡相同，《毛詩傳箋》以毛詩爲本，但當時仍有與之文句有異的韓詩流傳。漢代造紙術、印刷術尚未發明，依靠竹帛傳抄，傳抄難免訛誤。流傳的文句不同，按文句解釋詩義因之互異，這對《詩經》的傳授和研究自然是不利的。《毛詩正義》以顏師古考定的文字爲標準本，作爲傳授和研究的唯一依據，從而把《詩經》文字完全固定下來，不再產生因文句不同而解釋各異的弊病。從《毛詩正義》之後，《詩經》的文句就完全固定下來，一直流傳到現代。這也是《毛詩正義》的一項功績。

綜上所述，《毛詩正義》是在當時的歷史條件下，全面地繼承了漢學《詩經》研究的優良遺產，繼《毛詩傳箋》之後，在當代學術成就的基礎上，吸收綜合漢魏六朝《詩經》研究的成果，把《詩經》的訓詁義疏又加以豐富和提高；它是漢學《詩經》學集大成的一部著作，統一了過去漢學的各派，消除了宗派間紛雜的鬥爭，使《詩經》的流傳和研究，有了一個共同依據的定本。所以，它是《詩經》研究史上的第二個里程碑。

《毛詩正義》是在中國封建社會最爲繁榮興盛的時期，在封建統治者的組織和支持之下完成的，它的編纂體現著當權的封建統治階級政治和文化政策的需要，它的整個漢學思想體系，適應當時强盛的地主階級建設統一、强大、繁榮的封建國家的要求。這是《毛詩正義》的階級性質和歷史作用。因此，《毛詩正義》被作爲封建政治倫理教育的國定教科書，通過國家政權的力量，成爲學童、士人和官吏人人誦習的經書。隨著唐代文化的繁榮發展，《詩經》在全國空前地廣泛流傳。

唐代中外文化的交流大爲發展，歷史確鑿地記載：日本、朝鮮等國派遣大批留學生到長安學習，並帶回中國的文化典籍。《詩經》在這個時代更加廣泛地傳入各國。《毛詩正義》是當時唯一的標準傳本。唐代傳入各國的，自然是這個本子。日本爲了吸收中國文化，曾經進行巨大的努力，他們從中國古典文學作品，其中包括《詩經》，吸取多方面有益的養料，影響、推動和促進了日本民族文學的發展。日本民族文學的第一部和歌總集《萬葉集》，其編撰、思想內容、表現形式，乃至某些藝術形象，學習、借鑑和繼承《詩經》之跡象清晰可見。《詩經》在一千多年以前就跨越自己的國界，成爲各國人民研究的對象。日本、韓國等各國學者對《詩經》的研究，至今還在繼續。

《毛詩正義》是當時《詩經》的先進傳本，對國內的《詩經》傳播和中外文化交流，都有深遠的影響。

漢學《詩經》研究的終結

任何事物都包含著內部矛盾，在一定的條件下向它的反面轉化。漢學《詩經》學也是如此。

《毛詩正義》的成就，只是較它的前人前進了一步。由於它的階級性質，它所作的義疏只是對《鄭箋》的疏釋，基本上還屬於封建主義的東西，有些疏釋並不合詩的本義。它的訓詁只是當代語言學在音切訓義方面的綜合，有一部分音訓並不確切，也存在許多問題。它依據的文字定本，仍然存在個別過去脫簡、竄簡或傳抄中的錯誤沒有發現和校正。按照當時的科學水平，根本不能全部解決疏義、訓詁和文字校正這三方面的問題，更不用說由它一次解決了。但是，封建統治階級運用國家的權力，頒行《毛詩正義》，把它的經文、訓詁、義疏規定爲唯一的標準，不能有所出入，一字一義不可改變。例如唐代實行「貼試」，只能按照《正義》答卷，一字一義不合《正義》，就被斥爲「異端邪說」，更不用說提出研究的創見了。因此，《毛詩正義》統一了漢學的《詩經》研究，也停止了對《詩經》的自由研究；它是漢學《詩經》學的集大成著作，又是漢學《詩經》學的終結。隨著社會的發展，人們認識的提高，它所包含的那些錯誤的東西，也就更加明顯地暴露出來，於是它就走向自己的反面，逐漸失去作爲它自己階級思想統治工具的作用，它的權威地位後來終於被宋學所取代。

唐代最興盛的時期，也是中國封建文化全面繁榮發展的時期。歷史學、地理學、各種自然科學、藝術都呈現欣欣向榮的景象，尤其是文學，更加燦爛奪目。僵化了的，只能當作教條背誦，束縛人們創造性的漢學，更顯得落後了。唐代科舉分進士、明經兩科，前者考試詩文，後者考試五經。當時士人以進士科進身爲榮，以明經科進身爲羞，大多專以詩文爲進身之階。這種風氣，反映僵化的漢學體系的經學落後不得人心。五經是教科書，是不能不讀的，但是漢學體系的《詩經》研究，就很難繼續了。

到了唐代中期以後，封建國家的政權由强盛轉化爲衰弱，階級矛盾尖銳，整個地主階級的統治危機四伏。爲了對五經的解釋能適合社會變化的要求，少數儒學學者開始突破《正義》的束縛，自由發抒見解。他們的《詩經》研究著作不多，現僅存成伯璵《毛詩指說》⑯，他就在《詩序》作者的問題上，反對漢學《詩經》學的傳統注疏。雖然他的意見也是少根據的臆斷，但對《毛詩正義》一字一義不可易的法規，打破了一個缺口，開始了自由立說的新學風。

漢學體系的《詩經》學醞釀著向宋學體系的重大轉變。在宋代《詩經》研究的鬥爭中，雖仍有堅持漢學的學派，但他們並不能使它振興，也很難有新的重要的創造。淸代復興漢學，那是披著舊外殼、裝進新內容的新漢學，屬於另一個體系。漢學《詩經》研究在《毛詩正義》之後就衰落下去，以後再沒有重大的發展。在《詩經》研究史上，它的時代已經終結了。

①上列各書多有清人《玉函山房輯佚書》本。

②《毛詩名物解》二十卷，通志堂經解本。

③《毛詩陸疏廣要》二卷，津逮秘書本。

④《續詩傳鳥名》三卷，皇清經解續編本。

⑤《毛詩陸璣疏考證》一卷，南菁書院叢書本。

⑥《毛詩品物圖考》七卷，掃葉山房石印本。

⑦《詩地理考》六卷，玉海附刊本。

⑧《毛詩天文考》，廣雅書局本。

⑨《毛詩地理譯》四卷，焦氏遺書本。

⑩《詩地理徵》七卷，皇清經解續編本。

⑪《六家詩名物疏》五十四卷，萬曆刊本。

⑫《詩傳名物集覽》十二卷，康熙刊本。

⑬《毛詩名物圖說》九卷，乾隆刊本。

⑭《詩識名解》十五卷，嘉慶刊本。

⑮《詩氏族考》六卷，道光刊本。

⑯《毛詩指說》一卷，通志堂經解本。書中提出《詩序》大序是子夏所傳，小序是毛公所續，與《毛詩正義》注疏不合。

從《文心雕龍》到唐代詩人論《詩經》

魏晋文學對《詩經》的借鑑

在中國封建社會，封建統治階級把三百篇詩當作「經」，傳《詩》的目的是「經夫婦，成孝敬，厚人倫，美教化，移風俗」①。爲了使《詩經》充分發揮爲封建政治和封建倫理服務的作用，在經學範圍內長期進行義疏研究。封建社會的《詩經》注疏研究，主要是經學的研究。

三百篇詩畢竟是古代優秀的文學遺產，有它無法掩蓋的思想內容和迷人的藝術魅力。所以歷代除了經學家的義疏研究，也有許多學者、詩人，自覺地把這些詩當作文學作品來欣賞、借鑑。在戰國時代，屈原創造了騷體，王逸《楚辭章句序》說他繼承《詩經》反映現實、關心國家、社會和人民命運的精神，「依托五經以立義焉」②；它吸收民歌的養料，以及比、興等豐富多采的藝術表現方法對《詩經》的借鑒和創造性革新，早已是文學史的定論。荀子作

《佹詩》，「天下不治，請陳佹詩」③，激憤的諷喻精神和基本上的四言體，明顯地受到《詩經》的影響。在戰國辭賦基礎上，又發展起了興盛一代的漢賦。史傳文學家司馬遷說：「《詩》三百篇，大抵聖賢發憤之所爲作也。此人皆意有所鬱結，不得通其道，故述往事，思來者。」④他自己說明：這種精神正是他「發憤著書」，寫作《史記》的創作思想。

到了漢魏之際，巨大的社會動亂破壞了舊的封建秩序，統治階級原來提倡的儒學，失去了思想統治的支配地位。經學衰落，學術研究可以不依據五經發揮意見。能夠反映社會現實和自由抒情的文學創作，也迅速發展起來。建安文學開始了中古時期中國文學發展的一個光輝燦爛的新時代。

建安文學在中古文學發展中的卓越成就，是各種因素的匯集。首先是這個時期的社會生活，給詩人提供了豐富生動的現實題材，社會的思想解放產生了要求拯救亂世、濟國安邦的積極進取精神；但是，也與創造性地繼承古代文學的優良傳統，有著密切的聯繫。建安詩歌的許多優秀詩篇，描繪人民苦難生活，抒寫在現實生活中的感受，關心國家社會民生，表現出在長期戰亂的廢墟上重建一個明開、安定、統一、繁榮的封建社會的理想，是《詩經》現實主義精神的繼續。建安詩人們都向樂府民歌學習，再經過藝術錘煉加工，形成質樸、明朗、剛健的藝術風格，也是受到《詩經》、《楚辭》的啓發。杜甫曾經指出唐初四傑「劣於漢魏近風騷」⑤，就看到了建安詩歌對於《詩經》、《離騷》的借鑒、繼承關係。

建安詩歌完成了由四言詩向五言詩的發展，開拓一代新的詩風的曹操，先曾用《詩經》傳統的四言詩體，寫了一些生動感人的詩篇，並在詩中運用《詩經》的成句。如著名的《短歌行》：

> 對酒當歌，人生幾何？譬如朝露，去日苦多。慨當以慷，憂思難忘，何以解憂？唯有杜康。青青子衿，悠悠我心，但爲君故，沈吟至今。呦呦鹿鳴，食野之苹，我有嘉賓，鼓瑟吹笙。明明如月，何時可掇？憂從中來，不可斷絕。越陌度阡，枉用相存，契闊談讌，心念舊恩。月明星稀，烏鵲南飛，繞樹三匝，何枝可依？山不厭高，海不厭深，周公吐哺，天下歸心。

詩中「青青子衿」二句，「呦呦鹿鳴」四句，都是《詩經》的原句，和全詩融合無間。全詩運用比、興手法，以各種事物的形象，比喻地表述自己複雜曲折的心情，顯現出對於《詩經》藝術手法的借鑒。

魏晉詩人還只是在自己的創作實踐中對《詩經》學習和借鑒，隨著文學創作的發展，人們對文學特點的認識逐漸提高，對創作理論的探索，對作家作品的評論，逐步發展起來。從建安到南北朝近四百年時間，是我國古代文學理論繁榮發展的重要時期。許多具有重大價值的文學理論著作，也對《詩經》進行研究，總結其創作經驗，探討其藝術表現手法。其中最主要的著作，是劉勰的《文心雕龍》和鍾嶸的《詩品》。

《文心雕龍》對《詩經》的論述

《文心雕龍》成書於西元四九九年。經過我國古代文學創作和文學理論一千多年的發展，在魏晉南北朝文學創作和文學理論繁榮的基礎上，它全面地繼承古代文學理論的成果，系統地總結自《詩經》以來文學創作的經驗，建立了一個「體大思精」的比較完整的文學理論體系。

《文心雕龍》對《詩經》的論述，大體可以分為三個部分：一、《詩經》和時代與政治的關係；二、《詩經》對後世文學的影響；三、對《詩經》表現方法的探討。

關於《詩經》和時代與政治的關係

漢代《毛詩序》總結儒家詩論，曾經提出不同時代的政治、道德、風俗對文學的影響。王充的《論衡》，已經認識到歷代文學適應當時政治和思想鬥爭的需要而產生。晉代的葛洪，齊代的沈約，他們的文論初步接觸到文學的發展規律問題。劉勰繼承了這些零散的思想資料，進而考察唐、虞、夏、商、周、漢、魏、晉、宋、齊「十代九變」的文學發展現象，總結出文學隨時代發展而演變的規律，形成「時運交移，質文代變」，「文變染乎世情，廢興繫於時序」的文學史觀。在《時序》篇中，關於《詩經》和時代與政治的關係，作了如下的總結：

……成湯聖敬，「猗歟」作頌。逮姬文之德盛，《周南》勤而不怨；大王之化淳，《邠風》樂而不淫。幽厲昏而《板》《蕩》怒，平王微而《黍離》哀。故知歌謠文理，與世推移，風動於上，而波震於下者。

劉勰認爲，文王時代德治昌盛，產生了《周南》表述人民勤勞而無怨的思想感情，在太王的教化下民風淳厚，所以《邠風》中的民歌快樂而不放蕩；幽王厲王時代政治黑暗，產生《板》《蕩》等憤懣的諷喩詩；平王東遷周室衰微，又產生了流離的哀歌。所以，詩歌民謠的內容隨時代的變化而變化，政治教化好像風在上面吹動，詩歌便像水波在下面震蕩。《詩經》等古代文學的演變揭示了這樣一個規律：不同的時代狀況產生不同內容的文學，文學作品的內容反映時代的治亂、政治的清濁和社會風習的好惡。

當時社會動亂、統治集團腐朽，劉勰宣揚儒家思想，希望用儒家的社會政治理想，建立一個比較開明、安定的封建社會。具有社會教化作用的文學是有力的武器，因此，他要求文學作品的思想內容，必須以儒家的道統和文統爲規範。《序志》篇開宗明義地指出他寫作的目的：「文心之作也，本乎道，師乎聖，體乎經。」全書總綱部分的《原道》《徵聖》《宗經》三篇，就是對儒家傳統文學觀的繼承和發展。劉勰對於五經思想內容的評價：「經也者，恒久之至道，不刊之鴻教」（《宗經》）等等，和經學家的論述是基本一致的，都把它們作爲宣揚封建政治倫理的工具。《明詩》篇說：「詩者，持也，持人情性；三百之蔽，義歸『無邪』。」說明《詩經》能夠改造人的性情，培養合於正道的思想。《宗經》篇又說：「《詩》主言志，詁訓同《書》，摛風裁興，藻辭譎喩，溫柔在誦，故最附深衷。」指出《詩經》表達情志，以民歌的形式，比興的手法，美好的文辭，曲折的比喩，溫柔敦厚的內容，能夠深切地感動人的情感。這些論述，說明他繼承孔子的「思無邪」和「溫柔敦厚」的詩教，重視《詩經》的社會教化作用。

劉勰擧起儒家詩教的旗幟，好像是「復古」，在晋以後的文壇上，形式主義、唯美主義和頹廢淫靡的色情文學泛濫成災，他强調文學的社會教化作用，要求文學反映現實並爲改革社會政治服務，在當時文學領域的鬥爭中，却具有革新的意義。因而他這樣推崇五經：「根柢槃深，枝葉峻茂，辭約而旨豐，事近而喩遠，是以往者雖舊，餘味日新。」（《宗經》）從其中發現和吸取有益於自己時代的新內容，是他眞正的主張。

劉勰提出的「宗經」，不僅包括端正世道人心的教化內容，也强調與這一內容相結合的表現形式。《宗經》篇著重提出：

> 故文能宗經，體有六義：一則情深而不詭，二則風清而不雜，三則事信而不誕，四則義直而不回，五則體約而不蕪，六則文麗而不淫。揚子比雕玉以作器，謂五經之含文也。……是以楚艷漢侈，流弊不還，正末歸本，不其懿歟？

楚辭過於艷麗，漢賦過於浮誇，它們的流弊在當時積重難返，劉勰要求「宗經」，是要學習經書的文采，學習它感情深摯而不偏邪，風格純正而不混雜，敍事眞實而不虛，思想正確而不歪曲，文辭優美而不浮靡。這在實際上，是以復古爲革新，爲糾正淫靡的文風，主張情深、義直、文采三結合。

在《情采》篇中，對《詩經》的創作經驗又作了如下的分析：

> 昔詩人什篇，爲情而造文；辭人賦頌，爲文而造情。何以明其然？蓋風雅之興，志思蓄憤，而吟詠情性，以諷其上，此爲情而造文也；諸子之徒，心非鬱陶，苟馳誇飾，鬻聲釣世，此爲文而造情也。故爲情者要約而寫真，爲文者淫麗而煩濫。而後之作者，采濫忽真，遠棄風雅，近師辭賦，故體情之制日

疏，逐文之篇愈盛。

他總結出《國風》、大小《雅》的創作經驗是爲了抒情而創作，作者有情志，懷憂憤，吟詠出內心的激情，對當政者進行諷喩，所以寫出來語言簡練，感情眞摯。他要求繼承《詩經》「爲情而造文」的這種傳統，反對辭賦家「爲文而造情」，爲了創作而虛構感情，文辭浮華，內容虛誇。他進而總結出，《詩》不廢辭采，寫詩的根本方法是「形」（辭采）、「聲」（音調）、「情」（情志）三者統一，「文附質」、「質待文」，優美的文辭，必須是反映正確的思想和純眞的感情；而正確的思想和純眞的感情，又有賴於優美的文辭來表現；二者的關係是「質」（內容）爲本，「文」（形式）爲附，「必以情志爲神明，事義爲骨髓，辭采爲肌膚，宮商爲聲氣」（《附會》）。

劉勰在上述關於《詩經》的論述中，著重認識了《詩經》所開啓的文學的社會作用、現實主義創作精神，以及在這個基礎上的內容和形式的辨證統一。

關於《詩經》對後世文學的影響

劉勰通過對一千多年大量文學現象的考察，發現了文學和其他意識形態（如儒學、玄學等學術思潮）的相互影響關係，也發現了文學本身的繼承和發展關係，認識到一個時代的文學都是在繼承前代文學傳統的基礎上不斷創新和發展的。在這一方面的論述中，他突出了《詩經》在中國文學發展中的作用。

《辨騷》篇開篇就說：在《國風》、大小《雅》之後出現的偉大作品就是《離騷》，他引述劉安、班固、揚雄、王逸的評論，以爲他們的褒貶抑揚都不精當。他具體地考察原作的內容，指出：

> 故其陳堯舜之耿介，稱禹湯之祇敬，典誥之體也；譏桀紂之猖披，傷羿澆之顛隕，規諷之旨也；虯龍以喻君子，雲蜺以譬讒邪，比興之義也；每一顧而掩涕，嘆君門之九重，忠怨之辭也；觀茲四事，同於《風》《雅》者也。

他認爲，《離騷》中稱頌堯舜的正大、禹湯的恭謹，取義自《尚書》中《堯典》《湯誥》；譏諷桀紂的暴虐偏邪，哀悼后羿過澆的覆亡，是《詩經》中勸戒諷喻的旨趣；《涉江》裡用虯龍來比君子，《離騷》裡用雲霓來比讒邪之徒，是《詩經》中的比興手法；《哀郢》裡的掩涕而回顧，《九辨》裡的嘆宮門九重，是《詩經》的忠怨之辭；這四點，都是和《國風》、大小《雅》一致的。劉勰既看到了《離騷》對《詩經》的借鑒繼承，也看到了它不同於《詩經》的四點創新，這就是：「詭異之辭」（誇誕的語言），「譎怪之談」（荒唐的內容），「狷狹之志」（褊狹的胸襟），「荒淫之意」（放縱的行爲）。所以他說：「固知《楚辭》者，體憲於三代，而風雜於戰國，乃《雅》《頌》之博徒，而詞賦之英傑也。觀其骨鯁所樹，肌膚所附，雖取熔經義，亦自鑄偉辭。」《楚辭》既效法《尚書》、《詩經》，又夾雜著戰國的影響，劉勰用儒家正統思想來衡量，認爲它在思想內容上是低於《雅》《頌》的，但却是詞賦的傑作，肯定它熔會經義作爲作品的骨骼，又創造了卓越的辭采作爲肌膚，因而，「衣被詞人，非一代也」，對歷代的詞賦有著長遠的影響。在《時序》篇中又評價它的藝術成就「籠罩雅頌」，超過了《詩經》。

劉勰是推崇儒家思想的。後來詞賦的發展有追求艷麗、浮誇的流弊，所以他主張文學創作應該「憑軾以倚《雅》《頌》，懸轡以馭楚篇，酌奇而不失其眞，玩華而不墜其實」，要求嚴格地遵循《雅》《頌》的創作原則，對楚辭的誇張怪誕加以適當的限制，做到採擷奇偉的內容而不失其眞，賞弄香花而不毀它的果實。在現實主義的《詩經》和浪漫主義的《離騷》這兩大文學傳統中，劉勰是尤其推崇《詩經》的傳統的。

劉勰一方面說明《詩經》的創作精神、表現手法對楚辭及後世文學創作的啓迪，一方面又說明《詩經》的詩體對後世的影響。他指出「賦、頌、歌、贊，則《詩》立其本」（《宗經》）。賦、頌、歌，贊是南北朝時期流行的四種韻文文體，也就是說，在各種文體中，《詩經》是後來一切韻文的本源。《明詩》篇也說：漢初四言詩是以《詩經》爲規範的，後來發展起來的五言詩，在《詩經》的《召南・行露》中已有半章。至於三言、六言、雜言詩，「三六雜言，則出自篇什」，它們的源頭也是在《詩經》之中的。

關於《詩經》的表現手法

《文心雕龍》最主要的貢獻，是它的創作論，從九代文學創作中總結創作規律，研討文學創作的表現手法。其中，《詩經》是他非常注意的研究對象。他提出詩三百篇「義固爲經」，「文亦足師」（《才略》）。《原道》篇也說：「逮及商周，文勝其質，《雅》《頌》所被，英華日新。」說明《詩經》的內容固然是政治倫理的準則，語言文采也是值得學習的。

賦、比、興是《詩經》的三種基本表現手法。明代謝榛《四溟詩話》統計，三百篇中用賦體七二〇、比體一一〇、興體三七〇⑥。我們先看看劉勰對三者是如何解釋的。

賦本是一種表現手法，後來發展爲一種文體。關於表現手法的賦，劉勰說：「《詩》有六義，其二曰賦。賦者，鋪也，鋪采摛文，體物寫志也。」（《詮賦》）賦，是一種鋪敍手法，它的基本含義是「直陳其事」。劉勰對這種最常用的手法，沒有多作論述。

劉勰著重在《比興》篇中研究比、興兩義。對於比，他解釋說：「且何謂爲比，蓋寫物以附意，揚言以切事者也。」比，就是比喻，用事物打比方，從而能夠明白而確切地說明用意。他舉出《衛風・淇奧》「有匪（斐）君子，如金如錫」，用金錫來比喻美好的品德；《大雅・板》「天之牖民……如璋如珪」，用璋和珪相配合來比教化人民；《小雅・小宛》「螟蛉有子，螺蠃負之」，用細腰蜂育螟蛉來比教誨子弟；《大雅．蕩》「如蜩如螗，如沸如羹」，用蟬的噪叫比號呼；《邶風．柏舟》「心之憂矣，如匪澣衣」，用衣髒不洗來比心憂；同時「我心匪席，不可卷也」，用心不像席子可捲來比心志堅牢；《曹風．蜉蝣》「麻衣如雪」、《鄭風．大叔於田》「執轡如組，兩驂如舞」等等，都是比喩手法，只取比喩和被比的事物兩者之間切近的一點，形象地說明事理。

劉勰認爲，「比之爲義，取類不常，或喩於聲，或方於貌，或擬於心，或譬於事。」比喩這種手法沒有一定的規則，用途也多種多樣，可以生動形象地說明事理，並使語言具有文采。但「比類雖繁，以切至爲貴」，如果把天鵝比得像鴨子，就不足取了。漢以來的辭賦，爲追求華麗而羅織比喩，是趕不上《詩經》的。劉勰所研究的《詩經》的比喩手法，主要是修辭手法。《詩經》中還有全篇用比體的，如《魏風．碩鼠》等，劉勰沒有論述。

對於興，通常都解釋爲托物起義，即「先言他物以引起所詠之詞」（朱熹《詩集傳》），如同劉勰在《物色》篇所說：「物色之動，心亦搖焉」，「情以物遷，辭以情發」，起興的「他物」，就是觸動詩人感情的客觀事物或生活形象。《詩經》中的興體，是符合這個規律的。

在《比興》篇中，劉勰對興義提出自己的看法，他强調「興是托喩，婉而成章，稱名也小，取類也大」。他認爲興是托物喩意，用婉轉的措詞，舉出小的名物而寄寓重大的意義。

他舉出《周南・關雎》以關雎起興，是比擬后妃之德；《召南・鵲巢》用布穀鳥住進鵲巢起興，是比擬夫人來嫁安於夫家生活。由此他認爲起興有深刻的含義，是「依微以擬議」，所以興包含的意義不明顯，比和興的分別是比顯而興隱。他對興的解釋和所舉的例子，都是不確切的。起興可能有含義，也可能沒有含義，《關雎》的后妃之德說，本來就是漢儒的穿鑿附會，劉勰的理論明顯地是受到《毛傳》興義理論的影響。劉勰又引用鄭玄的注解⑦，說「比則畜憤以斥言，興則環譬以托諷」，其實，興不全是讚美，比也不全是諷刺，這個意見也是不確切的。

劉勰認爲，《詩經》的表現方法中，興是最重要的，「毛公述傳，獨標興體，豈不以風通而賦同，比顯而興隱哉？」因爲賦是直陳手法，比喻手法明顯，所以《毛傳》只標興體。但漢以後的辭賦阿諛媚上，拋棄了《詩經》的諷喻傳統，所以「興義銷亡」，而繁雜的「比體云構」。他主張應該把比興手法兼用在創作中。

在《誇飾》篇中，劉勰列舉《詩經》各篇的許多例句，肯定詩歌中誇張的作用。《大雅・嵩高》裡說高，誇張說「嵩高維嶽，駿極於天」；《衛風・河廣》裡說狹，誇張說「誰謂河廣，曾不容舠」；《大雅・假樂》裡說子女多，就誇張說子孫千億；《大雅・雲漢》裡說少，就誇張說「周餘黎民，靡有孑遺」等等，雖然文辭過分誇飾，却有利於達意。又如《魯頌・泮水》裡讚美學宮，就誇張說連停在那裡的貓頭鷹的叫聲都是好聽的；《大雅・綿》裡讚美周原肥沃，就誇張說連那裡生長的苦菜都是甜的。劉勰認爲，有些感情不容易抒寫，有些事物不容易描摹，運用誇張這種修辭手段，可以達難顯之情，寫難狀之物，以簡練的語言，收到動人的效果。

劉勰的聲律論促進了唐代律詩的形成，在《聲律》篇中，他也研究了《詩經》的用韻，要求詩歌的韻律要像《詩經》那樣清楚明確，圓轉自如，用標準音。他這方面的論述過於簡略，我們也就不作論述了。

鍾嶸論興、比、賦並重

稍後於《文心雕龍》出現的鍾嶸的《詩品》，是評論五言詩的專著。

《詩品》中把《國風》、《小雅》、楚辭列爲五言詩的三大源頭，並把所論述的一百二十二位詩人，分別歸入這三大流派之中：如曹植、劉楨源於《國風》，阮籍源於《小雅》，曹丕、王粲源於《楚辭》，下餘的詩人們又分別受這幾位詩人的影響。鍾嶸把《詩經》論列爲我國古代文學的重要源頭。

鍾嶸繼承孔子「興、觀、羣、怨」說，尤其是「詩可以羣，可以怨」的觀點，强調詩歌的社會作用，要求詩歌反映社會的淒慘現實，抒寫心中的鬱積。他對詩人品評之時，尤其注重上承《風》《雅》的「淒怨」之情和「感恨」之作，把作品的社會價值作爲品評的重要標準。因此，他也和劉勰一樣，進行反對風靡當時的形式主義文風的鬥爭。

鍾嶸認爲，封建社會中被壓抑者在痛苦生活中的眞情實感，是詩歌創作的重要源泉，而要把這種感受眞實地反映出來感染和激發讀者，必須「指事造形，窮情寫物」，作眞切、細緻、深刻的描寫，這就要學習運用《詩經》興、比、賦三種手法，但運用興、比、賦的手法是爲了表情達意，這是前提。

在《詩品序》中，他對這三種手法作出自己的解釋：「故《詩》有三義焉，一曰興，二曰比，三曰賦。文有盡而意有餘，興也；因物喻志，比也；直書其事，寓言寫物，賦也。」這裡的比義，和其他人所作的解釋基本相同。對興義所下的定義，有其新見。所謂「言有盡而意有餘」，指的是在「起興」中有含蓄不盡的情味，這既包括了「托物起興」，「先言他物以引起所詠之詞」，並且提出了較高的藝術要求：起興的形象應該生動、深刻、耐人咀嚼和回味。他對賦所下的定義，比較一般的解釋有所發展補充。一般的解釋只是「鋪陳直敘」，說它是一種不用比興的直陳手法。鍾嶸的解釋却除「直書其事」外，又補充了「寓言寫物」，就是說，賦除了直接敘寫事物，同時也可以在敘寫的這一事物中寄寓深刻的含意。所謂言在此而意在彼，或含而不露，言盡而意長，並不一定必須用比喻或起興，賦也能起到這樣的作用。正如清人劉熙載在《藝概・賦概》中所說的：「《風》詩中賦事，往往兼寓比興之意，鍾嶸《詩品》所由竟以寓言寫物爲賦也。賦兼比興，則以言內之實事，寫言外之重旨，故古之君子上下交際，不必有言也，以賦相示而已。不然，賦物必此物，其爲用也幾何！」鍾嶸破除賦只是「鋪陳直敍」這一理論的局限，提出賦也同比興一樣可以有寄托，可以作到意在言外。這是符合《詩經》的實際的。如《衛風．河廣》、《陳風．株林》、《召南．甘棠》等，都是賦體而意在言外。賦體也有情景交融的好詩，如《周南．卷耳》、《秦風．蒹葭》。至於《秦風．無衣》、《鄭風．將仲子》，也是賦體詩，它們直抒胸臆，洋溢著眞摯的激情，具有强烈的藝術感染效果。由此可見，賦在《詩經》中是最常用的手法，它可以敍事、寫景、言情，也有藝術表現力。

我們通觀三百篇，通篇用賦體的詩不少，而通篇用比的詩却很少。用起興，只是先言他物而引起所詠之辭，還是少不了用賦。賦可兼比興，而比興代替不了賦的直陳作用。鍾嶸從《詩經》中是看到這個道理的，所以他提倡興、比、賦並用。他說：「宏斯三義，酌而用之。干之以風力，潤之以丹彩，使味之者無極，聞之者動心，是詩之至也。若專用比興，患在意深，意深則詞躓。若但用賦體，患在意浮，意浮則文散，嬉成流移，文無止泊，有蕪蔓之累矣。」劉勰也曾經說過：「興之托喩，明而未融，故發注而後見也。」（《文心雕龍．比興》）鍾嶸說，專用比興，含義隱晦而難明，文字也不流暢易曉；如果只用賦體，又容易流於平直散漫，或文繁而意少，淡然而寡味。鍾嶸主張將這三種基本表現手法，「酌而用之」，這個意見是正確的。

《詩品》關於《詩經》基本表現方法的探討，和《文心雕龍》一樣，對唐代詩歌藝術的高度成就，起了促進的作用。

陳子昂繼承《詩經》優良傳統的詩歌革新理論

陳子昂是對唐詩發展有重大影響的詩人，他舉起塗染著復古色彩的詩歌革新旗幟，號召繼承自《國風》、二《雅》到「建安風骨」的現實主義詩歌傳統，變革自晉以來脫離現實的形式主義的綺靡詩風。

《與東方左史虬修竹篇序》是他倡導的詩歌革新運動的理論綱領。在這篇古代文學理論的重要文獻中，他總結了晉以來五百年中文學發展的三個弊病：「文章道弊」——思想內容頹廢；「彩麗競繁」——形式雕琢綺靡；「風雅不作」——拋棄了三百篇反映現實的進步傳統和比興手法。

他的詩歌革新理論，包括「風骨」和「興寄」兩個主要內容。所謂「風骨」，就是《文心雕龍》和《詩品》所提倡的「漢魏風骨」或「建安風力」，指的是健康的思想內容與剛勁有力、清新自然的語言形式相統一的一種風格。所謂「興寄」，就是運用比興寄托的表現手法，通過委婉而形象的抒寫，寄寓對國事民生的意見和理想。提倡「風骨」和「興寄」，就是繼承由《風》《雅》到建安文學的現實主義精神和詩歌藝術創作經驗。

陳子昂倡導的詩歌革新運動，以復古爲革新。它的復古，就是恢復三百篇風雅比興的傳統；它的革新，就是徹底掃蕩六朝綺靡纖弱之風，端正詩歌發展的方向。從此以後，風雅比興就成爲引導唐詩興盛的一面旗幟。陳子昂自己創作的不拘聲律對偶的近體詩，不涉艷情，不尚藻飾，開盛唐一代詩風。杜甫充分認識到陳子昂詩歌革新理論的貢獻，在《陳子昂故宅詩》寫道：「有力繼騷雅，哲匠不比肩，公生揚馬後，名與日月懸。」金人元好問《論詩三十首之八》也寫道：「沈宋橫馳翰墨場，風流初不廢齊梁，論功若準平吳例，合著黃金鑄子昂。」文學史和《詩經》的研究者將不會忘記：在陳子昂舉起的詩歌革新旗幟上，高高地飄揚著體現三百篇優良傳統的「風雅比興」四個字。從它上面，人們也可以看到唐詩對《詩經》的繼承關係，這在《詩經》研究史上也是不應該被忽視的。

李白、杜甫論對三百篇的繼承

李白也是以復古革新爲己任的：「梁陳以來，艷薄斯極……將復古道，非我而誰歟？」⑧他所說的「古道」，就是《風》《雅》。他說：「《大雅》久不作，吾衰竟誰陳？《王風》委蔓草，戰國多荊榛。」「我志在刪述，垂輝映千春，希聖如有立，絕筆於獲麟。」（《古風》其一）李白批評當時艷薄的詩風：「自從建安來，綺麗不足珍」，推崇《風》《雅》「垂衣貴清眞」，「文質相炳煥」（《古風》其一），提倡詩歌創作繼承《風》、《雅》純樸自然、文質並茂的傳統。

如何繼承《詩經》《離騷》呢？他用生動的藝術形象諷刺那些專務模仿的藝術教條主義者：「醜女來效顰，還家驚四鄰。壽陵失本步，笑刹邯鄲人。」他又嘲笑那些雕飾辭藻、拘泥規律而作品內容空虛的形式主義者：「棘刺造沐猴，三年費精神，功成無所用，楚楚且華身。」繼承不是因襲和模仿，而是吸取優良的創作經驗，創作像《風》、《雅》、《楚辭》那樣有現實內容的有感染力量的作品：「《大雅》思文王，頌聲久崩淪，安得郢中質，一揮成風斤。」（以上均見《古風》三十五）李白以自己的創作實踐，吸取《風》、《騷》、漢魏六朝樂府和當代民歌的創作經驗，以充沛的革新創造精神，創作了內容以他那個時代的現實爲基礎、藝術成就超越古代詩人的積極浪漫主義的光輝詩篇。

杜甫也是主張對古代詩歌遺產批判地繼承和創造性革新的，不同的地方，是他既推崇《風》《騷》，重視「漢魏風骨」，也主張學習六朝和初唐詩人，提倡廣泛地學習古代和近代一切有益的創作經驗。

《戲爲六絕句》是他的膾炙人口的論詩詩。其一，針對有人全盤否定六朝文學，提出「庾信文章老更成，凌雲健筆意縱橫」，對庾信晚年作品給予較高評價。其二，肯定了初唐四傑的成績，說那些哂笑初唐四傑的人「爾曹身與名俱滅」，而四傑詩文將「不廢江河萬古流」。其三，他說：「縱使盧王操翰墨，劣於漢魏近風騷，龍文虎脊皆君馭，歷塊過都見爾曹。」「漢魏近風騷」指的是建安文學繼承《風》《騷》的傳統精神，在這一點上，四傑的作品是不如的，但他們也都有奇麗的辭采可以借鑑。從這裡也可以看到，在繼承所有的遺產中，杜甫把《風》《騷》放在最重要的地位，他推崇《風》《騷》的傳統，並不是古非今，主張不論古代近代，只要是優秀的作品，都應該有所吸取。其四，「不薄今人愛古人，清詞麗句必爲鄰，竊攀屈宋宜方駕，恐與齊梁作後塵。」繼承《風》、《騷》、漢魏作品，一定要從精神實質上著手，如果只在詞藻、格律上著眼，就會步齊梁兩代形式主義者的後塵。其五，總結性地論述了他對文學遺產全面學習與創新的思想：「未及前賢更勿疑，遞相祖述復先誰？別裁僞體親風雅，轉益多師是汝師。」互相模擬，輾轉因襲，毫無疑問，是趕不上前代詩人成就的，杜甫認爲，必須「親風雅」，以《風》《雅》聯繫現實、反映生活的精神爲本，「轉益多師」，多方面地學習，從大量文學遺產中「別裁僞體」，區別精華糟粕，去僞存眞，去粗取精，吸取有益的養料。杜甫自己就是「讀書破萬卷，下筆如有神」，他的創作上承三百篇的現實主義精神，又吸取歷代詩歌之所長，成爲我國古代詩歌藝術的集大成者。

元稹、白居易繼承《詩經》現實主義的新樂府運動

唐代自安史之亂以後進入衰落時期，爲了以文藝爲武器，進行社會和政治改良，在中唐時期，文學領域興起新樂府運動。大詩人元稹、白居易是這次文學運動的領袖人物。新樂府運動和陳子昂倡導的詩歌革新運動同樣標舉「風雅比興」的旗幟，而更明確地要求直接繼承《詩經》反映現實、干預政治、關懷民生的創作精神，發揮詩歌的社會改造作用，提倡詩歌的現實主義和大衆化，使詩歌和人民結合，爲改良政治服務。

元稹在《樂府古題序》中說：「自《風》《雅》至於樂流，莫非諷興當時之事，以貽後世之人。」他們提倡對社會現實有感而發的「感事」詩，即政治諷喩詩，大膽暴露現實，繼續《毛詩序》提出的「言者無罪，聞者足戒」的諷喩精神，反映人民的疾苦，揭發社會的弊病，「但傷民病痛，不識時忌諱」（白居易《傷康衢》）。

是不是繼承《詩經》的現實主義諷喩精神，是他們評論詩人及其作品價值的重要標準。他們認爲，三百篇以後最偉大的詩人是杜甫，這因爲杜甫以繼承三百篇的進步傳統爲本，兼取歷代各家之長。元稹說：「至於子美，蓋所謂上薄《風》《騷》，下該沈、宋，言在蘇、李，氣呑曹、劉，抱顏、謝之孤高，雜徐、庾之流麗，盡得古今之體勢，而兼人人之所獨專矣。」

⑨正因爲如此，他們認爲李白不如杜甫。元稹把李白與杜甫相比較，評論「李尚不能歷其（杜）藩翰」⑩。白居易也說：「李之作，才矣，奇矣，人不逮矣，索其風雅比興，十無一焉。」他甚至認爲杜詩千餘首可以傳世，「然撮其《新安吏》、《石壕吏》、《潼關吏》、《塞蘆子》、《留花門》之章，『朱門酒肉臭，路有凍死骨』之句，亦不過三四十首。」⑪他們的評論雖然片面，而熱烈要求繼承《詩經》針砭現實的創作精神，却溢於言表。他也以同樣的標準評價張籍的作品：「爲詩意如何？六義互鋪陳，風雅比興外，未嘗著空文。」（《讀張籍古樂府》）

白居易在《與元九書》中，對《詩經》的創作經驗作了初步的總結。他首先推崇《詩經》「根情、苗言、華聲、實義」：

> 人之文，六經首之。就六經言，《詩》又首之，何者？聖人感人心而天下和平。感人心者，莫先乎情，莫始於言，莫切乎聲，莫深乎義。《詩》者，根情，苗言，華聲，實義。

他說明《詩經》把情、言、聲、義四者相結合，所以具有感動人心的力量，「聖人知其然，因其言，經之以六義」。他概括「六義」的精髓是「風雅比興」，而「風雅」的實質是「美刺」，所以「美刺」的內容、比興的手法，就是《詩經》的基本創作經驗。他認爲《詩經》中寫自然景物，並不是「嘲風月，弄花草」，而是寄興於美刺，寓意於現實：

> 噫！風雪花草之物，三百篇中豈舍之乎？顧所用何如耳。設如「北風其涼」，假風以刺暴虐也；「雨雪霏霏」，因雪以愍征役也；「棠棣其華」，感華以諷兄弟也；「采采芣苢」，美草以樂有子也。皆興發於此而義歸於彼。

我們認爲，《詩經》中描寫的自然景物，並不一定都是「托物寄興」，但確實是情景交融，自然景物的描寫和全篇的思想內容相給合，白居易是總結到這一經驗的。

他認爲六朝以來詩風不正，就是因爲拋棄了《詩經》的「六義」。他說：「洎周衰秦興，采詩官廢，上不以詩補察時政，下不以歌洩導人情，乃至於諂成之風動，救失之道缺。」爲了恢復《詩經》補察時政、洩導人情的傳統，他甚至主張恢復周代的采詩制度。《新樂府・采詩官》：

> 采詩官，采詩聽歌導人言，
> 言者無罪聞者誡，上流下通上下安。

這首詩明顯地是由《毛詩序》發展而來。「上以風化下，下以風刺上」，考弊補闕，改良政治。《寄唐生》是他言明自己作詩意旨的名篇：

我也君之徒，鬱鬱何所爲？
不能發聲哭，請作樂府詩。
篇篇無空文，句句必盡規；
功高虞人箴，痛甚騷人辭。
非求宮律高，不務文字奇，
惟歌生民病，願爲天子知。⑫

他總結出「文章合爲時而著，歌詩合爲事而作」⑬的著名理論，自覺地繼承《詩經》的進步傳統，把自己的創作作爲批評政治、反映現實的武器。他編集新樂府詩也仿效《詩經》的體制，《新樂府序》：

序曰：凡九千二百五十二言，斷爲五十篇。篇無定句，句無定字；繫於意，不繫於文。首句標其目，卒章顯其志，詩三百之義也。其辭質而徑，欲見之者易諭也；其言直而切，欲聞之者深誡也；其事核而實，使采之者傳信也；其體順而肆，可以播於樂章歌曲也。總而言之，爲君爲民爲物爲事而作，不爲文而作也。⑭

白居易的新樂府詩對《詩經》的直接繼承關係，在上面引述的詩文裡說得明明白白。

唐詩的藝術成就，達到世界文學史中的一個輝煌的高峯，從文學發展的源流來講，是那個時代的詩人們繼承和發展了以《詩經》爲源頭的古代文學創作的優良傳統。《詩經》是哺育唐代詩人的一種重要的養料。唐代詩人對《詩經》的學習借鑑，不同於傳統的經學研究，而著重於總結三百篇的創作精神和藝術經驗，這在《詩經》研究史上是不可忽視的一個重要方面。

《詩經》在韓愈、柳宗元古文運動中的作用

《詩經》對唐代文學的影響，不僅表現在韻文文學的發展上，也表現在散文文學的發展上。

唐代中期的古文運動，是一次提倡散文、反對駢文的文學革新運動，是我國文學史上散文發展的一個重要轉折點。倡導這次文學革新運動的，是「文起八代之衰，實集八代之成」

⑮的韓愈和柳宗元。

所謂「八代之衰」，是指我國散文文學從戰國到兩漢，本來已經發展到較高的水平，魏晉以後，散文逐漸駢儷化，到南北朝時，形成一種全篇以儷句、偶句爲主，講究對仗、聲律的駢儷文體（簡稱駢文）。駢文堆砌華麗的辭藻，玩弄重疊的典故，制定嚴格的聲調音韻規則，它的文風萎靡，形式臃腫僵化，不能眞實地反映現實生活和自由地表達思想感情，像積衰已久的嚴重的病患者。

韓愈「起衰」的方法是「補虛消腫」。在他所下的藥劑中，學習《詩經》的創作精神，是一味有效的重要藥料。

「補虛」，是他把古文運動與儒學復興運動結合起來，提出「文以載道」的思想。他所說的「文」和「道」，也就是形式和內容，藝術性和思想性。內容重於形式，思想性重於藝術性，文必須載道，道又必須由文來運載。要使文道合一，必須學習儒家的經典，「行之乎仁義之途，游之乎《詩》《書》之源，無迷其途，無絕其源」⑯，繼承《詩》《書》中的思想作爲立行、立言的根本，「本深而末茂，形大而聲宏，行峻而言厲，心醇而氣和」⑰。

「消腫」，他提倡創作自然流暢、接近於口語的散文，反對內容空虛而雕砌華麗的形式。他認爲爲文「無難易，惟其是爾」⑱；劉熙載謂「是字注解有二，曰正、曰眞。」⑲文辭但求正確表達思想和眞實地反映事物，不必費力地雕砌形式。「氣盛則言之短長與聲之高下皆宜」⑳，行文順著文章的氣勢，言辭的長短，音調的高低不受束縛，也不受對偶、排比等形式的限制，取其流暢自然，無須矯揉做作，雕琢辭藻。他推崇「《詩》正而葩」，「閎其中而肆於其外」㉑，指出《詩經》具有健康的內容和優美的藝術形式，是應該學習的典範。

韓愈提出著名的創作理論「不得其平則鳴」說，對《詩經》也作了重要的論述。司馬遷的「發憤著書」說曾經提出古人進行創作「皆意有所鬱結，不得通其道」，「詩三百篇，大抵聖賢發憤之所爲作也，……故述往事，思來者。」㉒韓愈作了重要的發展：「大凡物不得其平則鳴，……人之於言也亦然，有不得已者而後言，其歌也有思，其哭也有懷。凡出乎口而爲聲者，其皆有弗平者乎！」他列舉傳世的文學創作，都因爲「不得其平」，「擇其善鳴者而假之鳴」，「凡載於《詩》《書》六藝，皆鳴之善者也」㉓這就說明了《詩經》中的許多優秀作品，都是從社會生活的矛盾和鬥爭中產生的，《詩經》的作者對社會的不平產生了眞情實感，表現了對現實的批判精神。韓愈所總結的「不得其平則鳴」的創作理論，對後世進步文學創作有著深遠的影響。

柳宗元也提倡「文以明道」。他並不要求人們在作品中進行抽象的說教，而主張作品對現實社會起褒貶和諷喻的作用：

文有二道，辭令褒貶，本乎著述者也；導揚諷諭，本乎比興者也。……比

> 興者流，蓋出於虞、夏之詠歌，殷、周之《風》《雅》，其要在於麗則清越，言暢而意美，謂宜流於謠誦也。㉔

他把文學的功用歸爲「褒貶」和「諷喻」，或是頌揚美好的事物，或是批判醜惡的事物。在這裡他肯定了《詩經》「風雅比興」的諷喻傳統，而且著重指出《詩經》「導揚諷喻」是通過「麗則清越」、「言暢意美」、「宜於謠誦」的藝術形式，是後世「罕有兼者」的，「雖古文雅之盛世，不能並肩而生」。這樣的評價雖然未免溢美，却表明他對於作品藝術性的重視。他又說：

> 文之用，辭令褒貶，導揚諷諭而已。雖其言鄙野，足以備於用，然而闕其文采，固不足以竦動時聽，誇示後學，立言而朽，君子不由也。㉕

作品缺乏文采，就流於鄙野，不能感動人而發揮其作用，「立言而朽」，是沒有意義的。他要求思想性和藝術性相結合，而《詩經》正是這樣的不朽作品。柳宗元說明他的「取道之原」：

> 本之《書》以求其質，本之《詩》以求其恒，本之《禮》以求其宜，本之《春秋》以求其斷，本之《易》以求其動，此吾所以取道之原也。㉖

柳宗元的「文以明道」，是學習《尚書》的質樸，學習《禮經》的封建制度理論，學習《春秋》的判斷，學習《易經》而了解事物的變化，而「本之《詩》以求其恒」，就是要學習《詩經》具有永久的感染力量。

韓愈、柳宗元都認識到《詩經》的文學性特點，並且對它的創作經驗作了一定的概括。雖然他們以儒家道統的繼承者自命，他們「文以明道」的「道」是儒家正統思想，但由於他們認識到文學的特點，所以對於《詩經》的一些論述，不同於傳統的經學。唐代中期的古文運動，開拓了中國散文文學的一個光輝時期，優秀的古文作家們，在他們的散文創作中也吸取了《詩經》的基本創作經驗。韓愈、柳宗元都是散文文學的一代宗師，也是詩人，創作了敍事、抒情、雜感、書信、寓言、小品、傳記、遊記等各種種類的卓越的散文作品，其中在立意、構思、修辭手法等方面，都有對《詩經》的借鑑。《詩經》對中國文學的影響，不只是在詩歌領域，而是滲透文學的各個領域。

①朱熹《詩集傳序》。

②《楚辭章句序》，《四部叢刊》影明刻宋本《楚辭》卷一。

③《荀子．賦篇》。

④司馬遷《報任安書》。

⑤杜甫《戲爲六絕句》之三。

⑥謝榛《四溟詩話》四卷，人民文學出版社西元一九六一年點校本。由於各人對賦、比、興的涵義理解不同，故對詩章歸類各有差異，如朱熹《詩集傳》，全書一一四一章，其中，賦七二七，比一一一，興二七四，興類二七。

⑦《周禮．春官．大師》鄭玄注：「比，見今之失，不敢斥言，取比類，以言之；興，今之美，嫌於媚譽，取善事以喻勸之。」

⑧孟棨《本事詩．高逸第三》。

⑨元稹《唐故工部員外郎杜君墓系銘并序》，《元氏長慶集》卷五十六。

⑩元稹《唐故工部員外郎杜君墓系銘并序》，《元氏長慶集》卷五十六。

⑪白居易《與元九書》，《白氏長慶集》卷四十五。

⑫上引白氏諸詩，俱見《白氏長慶集》卷一。

⑬《與元九書》，《白氏長慶集》卷四十五。

⑭《白氏長慶集》卷一。

⑮劉熙載《藝概》卷一〈文概〉。

⑯〈答李翊書〉，《昌黎先生集》卷十六。

⑰⑱〈答尉遲生書〉，《昌黎先生集》卷十五。

⑲《藝概》卷一〈文概〉。

⑳〈答李翊書〉，《昌黎先生集》卷十六。

㉑〈進學解〉，《昌黎先生集》卷十二。

㉒〈太史公自序〉，《史記》卷一百三十；又，〈報任安書〉同。

㉓〈送孟東野序〉，《昌黎先生集》卷十九。

㉔〈楊評事文集後序〉，《增廣注釋音辯唐柳先生集》卷二十一。

㉕〈楊評事文集後序〉，《增廣注釋音辯唐柳先生集》卷二十一。

㉖〈與韋中立論師道書〉，《增廣注釋音辯唐柳先生集》卷三十四。

宋學《詩經》研究中的幾個問題

思辨學風與《詩經》研究的革新

宋代已經進入後期封建社會，有三大社會矛盾：一、農民階級和地主階級進行激烈的階級鬥爭，農民武裝起義的烽火燃燒不熄。封建統治者在進行暴力鎮壓的同時，也需要繼續利用儒學給人民戴上精神枷鎖。二、民族矛盾尖銳，宋代封建統治者需要利用儒學的「尊王攘夷」這面旗幟，來動員力量保衛其生存和統治。三、經過唐末和五代十國大動亂，各族各派貴族集團和大小軍閥割裂勢力長期混戰，封建社會倫常綱紀被破壞無遺，封建統治者須要利用儒學來重整倫常，以維持整個封建統治秩序。在這樣的歷史條件下，儒學的已經僵化了的漢學體系，不適應封建統治的政治需要，必須進行重大的改造。宋統治的一個基本方法是提倡尊孔讀經，以經義論策重用文臣。所謂經義論策，就是從經書中引申出解決宋王朝面對的三大社會矛盾的政策和策略；這也就意味著要求從現實政治需要出發，突破舊的經書義疏，發揮合乎實際的創見。於是，宋代的政治家、思想家們，按照自己的政治主張來解釋五經，開始了對經學的政革。漢學的傳統義疏不再是必須信從的了，許多學者對它們提出異議。後來他們連經文的眞僞都懷疑起來，從經文、訓詁到義疏全面質疑，要求自由研究，注重考證，對漢學的經傳重新解釋。這種充滿懷疑精神的思辨學風，風靡兩宋，從根本上破壞了漢學體系。

北宋對於經學的革新，貫穿著政治上革新派和保守派的鬥爭，學術思想上思辨學風和漢學系的鬥爭。南宋的朱熹，上承思孟學派的唯心主義，標榜孔孟道統，充分發揮二程哲學，建立了理學體系。所謂理學（道學）的「理」，就是三綱五常、封建等級制度，它把封建國家和封建社會統治秩序說成是永恆天理的化身。朱熹闡發二程的「存天理滅人欲」，鼓吹孔子的「克己復禮」。他所說的「人欲」，就是一切不合封建等級名分（「禮」）和綱常倫理的思想與要求；他所說的「克己」，就是脫離社會鬥爭，「正心誠意」、「修心養性」，達到「心包萬理，萬理具於一心」（《朱子語類》）。朱熹完成的理學，適合後期封建社會强化封建統治秩序的需要，被欽定爲官方哲學，在中國泛濫七八百年，成爲腐朽沒落的封建統治的精神支柱。思辨學風的興起和後期理學的泛濫，構成有宋一代的學術思潮，也推動著宋代《詩經》研究的發展。

宋學《詩經》學的革新，和整個經學的革新一樣，是在與政治上和學術上的守舊派的鬥爭中發展的。可以分爲三個時期：北宋時期；南宋初到朱熹完成《詩集傳》的時期；理宗以後的南宋後期。

北宋時期，最早對漢學《詩經》序疏提出異議的是歐陽修和蘇轍。

歐陽修著《毛詩本義》①，對漢學《詩經》學的基礎——《詩序》、《毛傳》、《鄭箋》都進行了指摘。他在《麟之趾》、《鵲巢》、《野有死麕》等篇的論述中，批評了《詩序》的錯誤，又在更多的詩篇中批評《毛傳》、《鄭箋》的錯誤；有時據《詩序》來駁《毛傳》、《鄭箋》，有時又據《詩序》、《毛傳》來駁《鄭箋》，暴露了它們之間的相互矛盾和錯誤。《孔疏》是以《毛傳》、《鄭箋》爲本疏不破注的，這就整個地動搖了它們的權威地位。

蘇轍著《詩集傳》②，對漢學家依托《詩序》爲孔子、子夏所作，提出疑義：「今毛詩之序，何其詳之甚也？世傳以爲出於子夏，餘竊疑之。豈必子夏爲之，其亦出於孔子或弟子之知詩者與？然使誠出於孔氏也，則不若是之詳也。」他認爲《詩序》「其言時有反覆煩重，類似一人之辭者，凡此皆毛氏之學，而衛宏之所集錄也。」他的書只取各篇小序的首句，對首句以下的文字常常辨駁。他揭開漢學家把《詩序》僞托爲「聖人之言」的大騙局。

歐陽修和蘇轍都是名震一代的大家，他們的論述雖然比較簡單，卻有很大的影響。他們等於宣布了整個漢學《詩經》學的傳、序、箋、疏存在很多錯誤，不應該絕對信從，漢學《詩經》家據以解釋詩義的《序》，並非「聖人之言」，是可以懷疑和批評的。他們的著作在當代引起了震動。保守派的程頤出來捍衛《詩序》，他說：「問《詩》如何學？曰：只在大序中求，《詩》之大序，分明是聖人作。……問《詩》小序何人作？曰：序中分明言國史明乎得失之跡，蓋國史得於採詩之官。」③他重覆多遍，但缺乏根據，不能阻止歐陽修和蘇轍所開啓的對漢學序疏的懷疑之風。

與他們同時的王安石，這位中國十一世紀時的改革家說：「《詩序》，詩人所自制。」④雖然他認爲《詩序》是古義，與歐陽修、蘇轍有所不合，不過他也否定了《詩序》是「聖人之言」。他依托五經創立爲變法製造輿論的新學，著《三經新義》，重新解釋《書》、《詩》、《周禮》，並在他推行新政時頒行天下傳習。變法失敗後全被保守派廢除。《詩經新義》從那時起即已失傳。據《宋史．王安石傳》，王安石《詩經新義》對「先儒傳注，一切廢而不用。」可見這是宋代《詩經》學的一次革新試驗，而這次革新同王安石的新學新政一同歸於失敗。

在北宋時期，統治階級中的一些人想進行政治改革和意識形態的革新，但是在政治上面對著强大的保守派，因而想改革又改革不了。在這個時期的《詩經》研究，王安石新學對《詩經》學的革新失敗了，而歐陽修、蘇轍等人對《毛傳》、《詩序》、《鄭箋》的批評，創始了對整個漢學《詩經》學的懷疑之風，逐漸發展爲充滿一個時代的思辨精神。

在第二個時期，宋代《詩經》研究者的思辨精神，轉化到對《詩經》的文字、音韻、訓詁、義疏的切實研究。既然有疑義，就要進行研究。既要批駁舊的傳、序、箋、疏，就要有根據。大膽懷疑，自由研究，注重考證，提出新見，是這個時期宋學的特點，這在中國封建文化發展過程中是一次很大的進步。宋學《詩經》研究的內容逐漸豐富，社會影響日益擴大。

宋學的《詩經》研究，是在與漢學派的鬥爭中發展的。鬥爭圍繞著廢序和尊序進行，宋學以鄭樵、王質、朱熹爲主要代表，形成了一個强有力的廢序派，掀起廢除《詩序》的運動；漢學以范處義、呂祖謙等爲代表，堅決捍衛《詩序》。對於《毛傳》、《鄭箋》的一些問題，宋學漢學兩派也進行長期的激烈爭論。在貫穿南宋一代的這些論爭中，《詩經》考據學也得到了發展。

朱熹是南宋理學的大師，完成了以三綱五常爲中心的理學體系，被定爲官方哲學。朱熹著的《詩集傳》，總結性地集中了這個時期宋學《詩經》研究的成果，也體現了他的理學觀點，成爲封建統治階級提倡的《詩經》注疏傳本。宋學壓倒了漢學，宋學《詩經》學經過長期鬥爭，終於取得統治地位。

第三個時期是理宗定理學爲官方哲學之後，理學大泛濫，《詩集傳》成了權威性的經傳，它內容中封建腐朽的理學觀點被突出了，它的求實精神漸漸失去了。這個時期最重要的《詩經》著作是王柏著的《詩疑》。他舉起衛道的理學旗幟，討伐《詩經》中的一部分詩篇，又把宋學的懷疑學風發展到頂峯，變成缺乏科學根據的主觀臆斷。此後，宋學《詩經》研究就從頂峯跌落下來，向它的反面發展，日益僵化和煩瑣。至於宋學末流，更是只知道空談理學的性命義理之學，不務實際學問，產生不了有學術價值的著作。

廢序和尊序的論爭

漢學體系的傳、序、箋、疏四位一體。《詩序》是每篇題解式的序言，是漢學《詩經》學的義疏中心。它用穿鑿附會、比附書史的方法曲解詩義，宣揚封建教化觀點。爲了抬高這些說教的權威性，僞托這些題解是孔子嫡傳弟子所作，是聖賢之言，必須信從。《鄭箋》、《孔疏》均照錄《詩序》，本序說詩。漢唐以來說詩者執以爲據，信而不疑。北宋的歐陽修和蘇轍，開始對《詩序》和傳、箋的內容提出指摘，破除《詩序》是聖賢所作的迷信。他們開疑序之風，當時就受到保守派程頤的反對。但是，人們經過對歷史和文字訓詁的考證，發現《詩序》的內容確實是錯誤的，作者是僞托的，要求用求實的精神重新解釋詩義，到了南宋，就掀起了一個廢序運動。

走在這個運動最前面的是鄭樵，向《詩序》發起猛烈的攻擊。他首先提出：漢時傳詩原有四家，毛詩只不過是一家之言，不可偏信，而毛詩的序有許多謬妄。他因而著《詩辨妄》六卷⑤，專門駁詰毛、鄭，攻擊《詩序》。他認爲，人們所以不敢疑議這些序言的謬妄，是因爲它們依托是聖賢之作，爲了揭破僞托聖賢欺世的謊言，他乾脆直斥《詩序》是「村野妄人所作」，表現了針鋒相對的戰鬥姿態。

鄭樵把自己的論點，建立在考證事實的基礎上。一方面，他從《詩序》本身發現內證，證明它在自己的敍述中說明了是漢人所作：「據六『亡詩』，明言『有其義而亡其辭』，何得是秦火前人語！《裳裳者華》：『古之仕者世祿』，則知非三代之語」。證據確鑿，以子之矛，攻子之盾，很有說服力。另一方面，查對古書，證明《詩序》不是春秋戰國以前的人所寫，而是《史記》以後的人所寫。他舉出：凡是《史記》世家、年表中記載國君名謚的，《詩序》都按照世次指言其人，按照謚的美惡定美惡；《史記》中無國君名謚的，《詩序》無可比附，就不指言某君。他還舉出：凡是詩中所寫的，能和古書中所記某人事跡牽强附會的，《詩序》就盡量牽强附會。通過這些事實，證明《詩序》實是漢人比附書史，僞托欺世。

鄭樵表現了一個封建社會學者難得的求實的膽識，他的有理有據有力的批駁，確實給予《詩序》以致命的抨擊。《詩辨妄》只是批駁《詩序》，他的另一部著作《詩傳》，就爲每一篇詩重作序，以自己的觀點解詩。鄭樵生活在南宋初期，他的著作受到保守派的激烈攻擊，以後失傳。

廢序派的第二個著名學者王質，在南宋也很有影響。他反對《詩序》，但不直接攻詆，而採取「去序言詩」的方法。他用三十年的時間，對三百篇逐篇重作解釋，著成《詩總聞》⑥。

《四庫全書提要》評述這部著作，說他「毅然自用，別出新裁」，「以意逆志，自成一家」，就是指出他堅決擺脫當時傳統的漢學體系傳、序、箋、疏的束縛，不循毛、鄭，廢棄《詩序》，完全按照自己的理解來解釋詩義。王質「去序言詩」，反映了《詩經》研究的革新要求，是對漢學體系的否定。他在詩篇的解釋中，雜有大量的文字和名物訓詁的考證，有一部分解釋和考證，有可取的見解。

《詩總聞》摒棄《詩序》的穿鑿附會，在許多地方，卻又代之以自己的穿鑿附會，對許多詩又進行了新的隨意曲解。這一點，在他對一些愛情詩的解釋上，表現得尤其明顯。照他的解釋，《陳風．宛丘》不是傾訴對一個舞蹈女郎的愛慕，而是「望其爲艮」的「士大夫之辭」；《陳風．東門之池》不是愛慕漚麻姑娘的民歌，而是「安分君子之辭」；《秦風．蒹葭》不是抒寫對情人的懷念，而是思念賢臣；尤其是對《陳風．月出》這篇優美生動的情歌，竟穿鑿爲夏征舒和夏姬之事。諸如此類，雖然和《詩序》的解釋有異，仍然是用封建教化的觀點曲解詩義，同樣穿鑿附會，並不比《詩序》高明。因此，《四庫全書提要》又說他「然其冥思研索，務造幽深，穿鑿者固多，縣解者亦復不少，」指出了它在對詩篇的鑽研上，沒有多大的學術價值，可是作爲當時的一家之言，「雖不可訓，而終不可廢焉」。這個評價還是公允的。

《詩總聞》「去序言詩」，畢竟表現出《詩經》研究的改革傾向。要推倒舊說，另立新意，這是爲尊序派所反對的。所以《詩總聞》寫出五十年後，因爲朱熹的支持才能付刊，這時朱熹已經取得了學術上的權威地位。

朱熹是南宋的儒學大師，在宋代廢序運動起的作用最大。他本來是宗毛、鄭的，早期詩說全本於漢學體系。後來，他接受了鄭樵的主張。他說：

《詩序》實不足信。嚮見鄭漁仲有《詩辨妄》，力詆《詩序》，其間言語太甚，以爲皆是村野妄人所作。始亦疑之。後來仔細看一兩篇，因質之《史記》、《國語》，然後知《詩序》之果不足信。⑦

他繼承鄭樵的觀點，在理論上作了充分的發揮。在《詩序辨說》中，他進一步考證事實，從《左傳》、《國語》、《史記》等書的大量記載，證明《詩序》確實是漢人比附書史、牽強附會。他指出《詩序》有三大害處，不可不廢：第一，《詩序》「皆是後人杜撰，先後增益湊合而成」，「妄誕其說」⑧，把這些妄誕的東西說成是孔子嫡傳，實在是有損他們孔大聖人頭上的靈光。第二，《詩序》害詩。「詩本易明」，但被《詩序》「亂詩本意」，使人難解，而且好好的詩，被《詩序》解釋壞了。所以他主張「今但信詩，不必信序」⑨。第三，《詩序》「有害於溫柔敦厚」。「溫柔敦厚」是孔子的詩教，而《詩序》以美刺之說把一些詩解釋爲「下刺上」之作，是使讀者疑於當時之人絕無善則稱君，過則稱已之意，而一不得志，則扼腕而切齒，嘻笑冷語以對其上」⑩，這是提倡「亂倫悖理」，不合倫常綱紀。

朱熹從捍聖衛道的立場出發，爲了封建統治階級的利益，一片「義正詞嚴」的大道理；而且，批駁得又有事實根據。因此，受到封建統治階級的贊同，連反對派也動搖了。

所謂「去序言詩」，就是要拋棄《詩序》而重新解釋詩義；去序只是手段，言詩才是目的。破和立是辯證關係，不破不立，新事物顯示不出優越性，就代替不了舊事物的地位，也就立不起來。鄭樵的《詩傳》和王質的《詩總聞》，都不能完成又破又立的任務。

朱熹著《詩集傳》，和鄭、王一樣廢棄《詩序》不錄，但他「言詩」，就比鄭、王高明得多。他對詩篇的解釋，許多地方超過了漢、唐人的詩說，方法上也比他們高超；書中充分表現的理學思想又完全適合封建統治階級的需要。他居於理學家領袖地位，《詩集傳》發生的影響更大。

與朱熹同時代的宋代漢學家，以呂祖謙爲領袖，是堅持漢學體系的保守力量。他們堅守《毛傳》《鄭箋》，本《詩序》說詩。他們繼續宣傳大序是學詩必須依從的根本理論，小序是符合各篇詩義的題解。呂祖謙說：「或問詩如何學？曰：只於大序中求。……又曰：詩小序要之皆得大意。學詩而不求序，猶欲入室而不由戶也。」⑪問他們這種尊序理論有什麼依據，他們只能重複說過千百遍的陳詞濫調：《詩序》是孔子弟子得自嫡傳，或爲國史所作，出自詩篇產生的世代，離詩世近，所以能得到作詩的本義。把已經被事實駁倒的理論重複一千遍，又有什麼用處呢？最後，他們轉而採取蘇轍的觀點，只堅持首句是子夏所傳，至於首句以下，「蘇氏以爲非一人之辭蓋近之。」⑫他們的防線步步後撤，退卻到只剩下一點可憐的地盤。隨著理學被定爲官方哲學，朱熹的《詩集傳》成爲權威的傳本，他們的影響就更小了。

呂祖謙的《呂氏家塾讀詩記》，是宋代漢學家的《詩經》代表著作。呂氏是堅守傳、序、箋、疏，按序說詩的。漢學《詩經》學在《毛詩正義》頒行之後，內容就僵化了，創造性的研究已經終結，宋代漢學家也只是零零碎碎地作一些修修補補，或是在疏釋的方法、詳略、形式上有所不同。鄭是給《毛傳》作箋的，孔又給《毛傳》《鄭箋》再作疏，後來的漢學家又有一些零散的疏釋，呂氏採錄毛、鄭以來諸家注疏，包括朱熹前期詩說，折衷合一，融會貫通，提綱挈領，語言比較淺顯易懂，類似漢學《詩經》學簡要的普及本，而於名物訓詁又較爲詳悉。他的後繼者戴溪撰《續呂氏家塾讀詩記》⑬，又作了一些補充。它們雖然沒有重要的發展，對了解宋代的漢學《詩經》學，還有一定的參考價值。朱熹爲《呂氏家塾讀詩記》作序，盡管朱熹這時與呂著觀點不同，也認爲是宋代漢學家的代表作。

《詩集傳》——《詩經》研究的第三個里程碑

朱熹的《詩集傳》是從南宋至今廣泛流傳的《詩經》注疏傳本。

我們評價歷史人物及其著述，不是看他們是否提供了我們現在要求的東西，而是看他們較之他們的前人提供了什麼新的東西。《詩集傳》是在宋學批判漢學和宋代考據學興起的基礎上，宋學《詩經》研究的集大成著作，是《毛詩傳箋》、《毛詩正義》之後，《詩經》研究的第三個里程碑。

我們從這座碑的前面來看它，它記載著兩宋幾百年間《詩經》研究的重大進步；在這座碑的後面來看它，又看到它明顯的缺點。

《詩集傳》所表現的《詩經》研究的進步，有以下三個主要方面：

第一，批判地繼承漢學《詩經》學的可取成果，進行了重大的革新和發展。

爲了建立新的經學，宋學是批判漢學的。與漢學家墨守僵化的傳、序、箋、疏相反，王安石著《詩經新義》，「先儒傳注，一切廢而不用」；鄭樵著《詩辨妄》，專門駁詰毛、鄭，攻擊《詩序》；王質著《詩總聞》，「別出新裁」，「務造幽深」；這些革新家們對傳統基本上採取排斥的態度。朱熹與他們不同。他雜取漢以來傳、序、箋、疏和三家詩說，繼承鄭樵廢序的理論，注意當代的研究，廣泛地吸取前人遺產和當代成果。他說：

> 某舊時看《詩》數十家之說，一一都從頭記得。初間那裡敢便判斷那說是那說不是。看熟久之，方見得這說似是，那說似不是；或頭邊是，尾說不相應；

或中間數句是，兩頭不是；或尾頭是，頭邊不是；然也未敢便判斷，疑恐是如此。又看久之，方審得這說是，那說不是。又熟看久之，方敢決定斷說那說是，那說不是。這一部《詩》並諸家解說，都包在肚裡。⑭

他吸取別人的注疏，又不受別人注疏的束縛，而是在自由研究、獨立思考的基礎上，直接從詩的本文探求詩意，「其詁有未通者，略檢注解看」，「且讀本文四、五十遍，已得六、七分。卻看諸人說與我意如何。」⑮反覆比較、鑒別，決定取捨。這樣，就把前人的成果，作爲養料經過消化，吸收綜合於自己的注疏，得到了發展和提高。因此，他的注疏在許多地方超過了舊說。

朱熹對傳統的繼承，又是建立在批判的基礎上，這最明顯地表現於他對《詩序》的批判。他一方面用考證事實的方法，從科學的角度，駁斥《詩序》內容的謬妄和僞托的不實；一方面用理學家的鮮明觀點，批判《詩序》有害於「綱紀倫常」和孔子詩教，通過這些批判，建立起爲自己時代政治服務的新的統治思想。因此，《詩集傳》在思想內容上的革新，更符合統治階級的利益。

朱熹對傳統繼承和革新的精神，自由研究、獨立思考、涵泳本文，反覆探求詩義的方法，有它的進步性。因此，《詩集傳》對詩篇的解說，取得一些超過前人的成就。當然，這種精神和方法，要受思想觀點、認識水平、鑒賞能力的限制，不同的時代不同的人並不一致，有深有淺，有正有誤。朱熹對《詩經》的認識，只達到一定的水平，還有許多淺陋錯誤之處；他對《詩序》的批判，也同樣根據他的理學思想，凡是認爲符合他的思想觀點的，如《關雎》、《麟之趾》篇「王者之風」說，《葛覃》篇「后妃之作」說等等，他都認爲「斯言得之」、「庶幾近之」⑯，沿襲下來。但不能否認，他總是作出了一些正確的或接近詩意的解釋，他繼承革新的精神和解詩方法，在《詩經》研究中起了進步作用。

第二，初步用文學的觀點來研究《詩經》。

《詩經》是文學作品，但是經學家們不用文學的觀點來研究。拿《風》詩來說，漢代何休注《公羊傳》，就指出「飢者歌其食，勞者歌其事」。可是經學家們從來不研究這些作品所反映的勞動人民的生活和思想感情，只把它們當作宣揚封建政治倫理思想的「美刺」之作。南北朝的文學理論家和唐代詩人們，跳出經學的圈子，把《詩經》當作文學作品來研究，他們總結它的創作經驗，研討它的藝術表現方法。但是，他們都沒有專門研究和疏釋《詩經》的著作；如何解釋這些詩的內容，還是經學家的事。在經學範圍內，朱熹第一個明確地提出：作爲《詩經》主體的《風》詩「多出於里巷歌謠之作」，其大多數詩篇「乃是男女相與詠歌，各言其情」⑰的民歌。他承認這部分詩是人民用以反映自己現實生活和愛情的民間文學，啓發人們按照它們所反映的生活和感情，合乎情理地來理解詩義。他不僅辨別出《風》詩中的一些愛情詩，對《雅》詩也注意當作文學作品來理解。胡念貽在他的近文中舉了一個很好的例證：《頍弁》中有「死喪無日」一句，《詩序》便穿鑿說這篇詩是表現「孤危將亡」，朱熹從古人詩中找出一些相似的句子，說這篇詩不過是「燕兄弟親戚之詩」，「古人勸人燕樂，多爲此言，如『逝者其耋』、『他人是保』之類。且漢魏以來，樂府猶多如此，爲『少壯幾時』、『人生幾何』之類是也。」朱熹能夠初步把《詩經》當作文學作品來研究，所以在《詩集傳》中能獲得一些比較正確的理解。

在《詩集傳》的注疏中，還有關於各詩的藝術表現方法的評論。這些評論都很簡略。但以前的注疏傳本，都是訓詁文字名物，引申發揮義理。《毛傳》、《鄭箋》也標「興義」，那只是他們借以牽强附會曲解詩義的方法；南朝文論家研究比興、韻律，又沒有和疏釋結合。朱熹逐篇疏釋，結合篇義、章句，對比、興、賦、詞氣、音節、用韻、篇章結構等藝術手法，時時作出指點，或者發表簡要的評論。

第三，以求實的精神考證文字訓詁，注意韻讀，全部注疏簡明扼要，體制完整。

朱熹作注解，有兩個優點：一是以反覆誦讀本文、領略語脈爲基礎，以通詁爲前提，對於各家注解都有所取，融會貫通；二是結合切實的考證，糾正過去文字的一些錯誤，也糾正前人注解中的錯誤，遇有訓詁難通，自己經過研究也不能解決的問題，就注明「不得其解」，寧可闕疑，不作穿鑿。此外，在各篇疏釋中，他也注意考證歷史和名物制度，批駁舊說，說明自己的見解。書前有總序，各類詩有較詳的說明，廢去《詩序》不錄，每篇詩有自己作的題解，書後附《詩序辨說》專駁《詩序》。全部疏釋簡明扼要，全書只有八卷，而且文字淺顯平易，便於學習參考，這也是《詩集傳》廣泛流傳的一個原因。

另外一個特點是注意韻讀。《詩經》的文字古遠，朱熹給許多生僻的字用反切標出讀音，利於誦讀。這個方法自然是好的。但是，朱熹不知道古今的語音已經發生了重大變化，《詩經》除幾篇《頌》詩外都是有韻詩，用今音來讀，當然不和諧押韻，朱熹就採用「叶音」說，把某字臨時改讀某音，求其和諧押韻。所以，他在注解中所標的「叶音」，是不科學的。明代已有人指出這一點。明代以後，古音韻學發展起來，對《詩經》韻讀問題才能逐步獲得正確的認識。

《詩集傳》對《詩序》的總批判，打破了對《詩序》的迷信，開闢了《詩經》研究的新的道路；它集北宋以來《詩經》研究之大成，把《詩經》研究大大向前推進一步，爲宋學《詩經》學奠定了基礎。但是，它並沒有越出封建經學的範圍，它不過是批判經學的漢學體系，而屬於經學的宋學體系。

宋學包含著本身無法解決的矛盾，一方面它在自由研究的基礎上，通過考據實證，能夠比較客觀地認識到研究對象的部分本質，作出一些正確的解釋；另一方面，理學是宋學最重要的流派，朱熹就是理學派的領袖和主要理論家，這就不能不給思惟戴上鐐銬，陷入唯心主義。宋學的這個矛盾，也體現於《詩集傳》。下面，我們只舉出《詩集傳》的三個主要的缺點錯誤。

第一，從根本性質上來說，它的思想實質和漢學《詩經》著作是基本上一致的：宣揚封建教化觀點，爲鞏固封建統治服務。朱熹完全繼承孔子和漢儒的詩教思想，他在《詩集傳序》中，聲稱三百篇中「人事浹於下，天道備於上，而無一理之不具也，……修身及家，平均天下之道，其欲不待他求而得之於此矣。」他首先把三百篇當作「經」，當作封建政治倫理的教科書，當作統治人民的工具，這個根本觀點和漢學家並無二致。《詩集傳》的思想理論基礎是理學，也就是道學，是封建綱常名教思想的最集中表現，適合封建地主階級維護腐朽沒落的封建統治的需要。所以在整個後期封建社會，統治階級竭力推崇朱熹，把《詩集傳》也定爲權威的教本，而對於人民來說，理學正代表了全部封建宗法的思想和制度，是束縛中國人民特別是農民的四條極大的繩索。這是我們必須批判的封建糟粕。

第二，朱熹具有一定進步性的治學方法，和他的根本立場觀點產生了矛盾。他一方面力圖探求三百篇的本義，一方面又要宣揚封建禮教。他突破傳統傳、序、箋、疏的束縛，考證求實，就本文理解詩義時，能夠獲得一些正確或接近正確的認識，但他不能越過封建禮教的樊籬；一碰到這個樊籬，他就要縮回來。封建衛道的理學家朱熹，不可能進行徹底的自由研究，爲了宣揚聖道王化、三綱五常，他又不能不回到穿鑿附會曲解詩義的老路上去，用新的穿鑿附會來代替舊的穿鑿附會。

正因爲如此，朱熹一方面廢棄《詩序》，並對《詩序》進行了總的批判；一方面又在對詩篇的具體解釋中，自覺或不自覺地繼承《詩序》的一些說法：在《詩集傳》中有些題解公開襲用，說《詩序》「斯言得之」或「庶幾近之」；有些則改頭換面，偷偷地販運進來。清代人早看到朱熹的這個毛病，姚際恆就批評他「時復陽違《序》而陰從之」⑱。朱熹反《詩序》又是不徹底的。

第三，朱熹有一些文學眼光，解詩中時而表現出一些文學鑒賞的觀點，也辨別出《風》詩一部分是「里巷歌謠」和「男女相與詠歌各言其情」的民間情歌。但是，他是不能正確解釋人民的優秀詩歌遺產的。理學所提倡的綱常名教，嚴格要求「父母之命，媒妁之言」，「三從四德」，「授受不親」，是不准許愛情自由的。所以，朱熹擺出道貌岸然的面孔，把《詩經》中的愛情詩斥爲「男女淫佚」、「此淫詩也」，嚴重歪曲了這些作品的思想內容。《鄭風．子衿》本是描寫一個姑娘在城樓盼望情人，表現出一種眞摯純潔的愛情。《詩序》說：「刺學校廢也，亂世則學校不修焉。」這當然是故意往政治教化上穿鑿。《詩集傳》拋棄了《詩序》的穿鑿，承認這是一篇愛情詩，卻解釋說：「此亦淫奔之詩」。可是，朱熹後來作《白鹿洞賦》，又採用《詩序》的說法解釋這篇詩。在維護封建禮教的立場上，朱熹還是不肯承認愛情詩的價值。後來，王柏繼承他的衣缽，走得就更遠了。

王柏的《詩疑》及其刪詩問題

朱熹的三傳弟子王柏，是南宋後期的著名大儒，有多種《詩經》研究專著，據《宋史・王柏傳》，有《讀詩記》（十卷）、《詩可言》（二十卷）、《詩辨說》（二卷）。現僅存《詩辨說》（上卷《詩說》、下卷《詩辨》），又稱《詩疑》⑲，在《詩經》研究史上是一部有重要影響的著作。宋學的懷疑學風，到南宋後期王柏著《詩疑》，可以說發展到了頂峯。

朱熹去序言詩，還雜採毛、鄭諸家注疏，而且疑序不疑經，除了個別文字的考證校勘，只敢在注解中說明應該是什麼字，對於本文，他是不敢妄動的。王柏激進得多，不信《詩序》，不信毛、鄭傳箋，不信《左傳》記事，也不全信他的太老師朱熹，是大膽懷疑派。引起最大爭論的，是他懷疑經文。

他認爲，唐初頒行《五經定本》把經文固定了下來，但那時的考定還遺留下大量問題。他把《詩經》各篇相互比較，又與其他古書中引用的《詩經》文字作比較，或按照文義的貫串來推求，提出許多可疑之點，認爲《詩經》在文字上還保留著過去脫簡、錯簡、竄亂的大量錯誤，甚至有些句子也脫落了。他又提出，從《詩經》各篇題目的類例來看，基本都是以首句二字爲題的，有的詩的題目不合這個體例，所以有的題目也標錯了。他還提出，《風》《雅》《頌》三類詩相互的編次，也錯亂了，應該重新編定，等等。

對古籍進行校勘、考訂的工作，自然有其必要，王柏的懷疑也可以給我們一些啓發。可是，王柏只是提出疑問和假設，缺乏實據，尤其是他作出的一些論斷，缺乏嚴格的科學基礎，而且表現出帶有明顯偏見的主觀臆斷。現舉他關於《風》《雅》《頌》編次的意見爲例。

《風》《雅》《頌》三類詩，本來是按照它們各自的樂調分類編次的，這個體制原來有其科學性。王柏不懂得這個道理，要求按詩的義理分類。他繼承儒家「《風》《雅》正變」說，認爲《小雅》中的怨刺詩「可謂不雅」，就懷疑是把一些《風》詩誤移入《小雅》中，提出把這一部分詩降到《王風》中去。他連《頌》詩都分正、變，要求按各詩義理是否宣揚聖道王化而重新分類編次。像這樣的「大膽懷疑」，當然是沒有意義的。

引起更大爭論的問題，是王柏要删掉三十二篇詩。王柏的時代，正是理學被定爲官方哲學而大泛濫的時候。王柏繼承朱熹的觀點，他對待三百篇中愛情詩的態度，較之朱熹更爲堅決和嚴厲。對那些男女言情的詩，朱熹還只是斥責爲「淫詩」；王柏更進一步，痛恨不已，非要嚴加禁絕不可。他打起捍聖衛道的旗號，判定這些愛情詩傳布「惡行邪說」，决非聖人之訓，武斷今本《詩經》非孔子删定的原本，這些「淫詩」全是漢儒竄入的，玷汚了聖經。爲了衛道，掄起板斧，將三十二篇「淫詩」從《詩經》中删掉。他主張删去的三十二篇詩，篇目如下：

《召南》——《野有死麕》。

《邶風》——《靜女》。

《鄘風》——《桑中》。

《衛風》——《氓》、《有狐》。

《王風》——《大車》、《丘中有麻》。

《鄭風》——《將仲子》、《遵大路》、《有女同車》、《山有扶蘇》、《蘀兮》、《狡童》、《褰裳》、《豐》、《東門之墠》、《風雨》、《子衿》、《野有蔓草》、《溱洧》。

《秦風》——《晨風》。

《齊風》——《東方之日》。

《唐風》——《綢繆》、《葛生》。

《陳風》——《東門之池》、《東門之枌》、《東門之楊》、《防有鵲巢》、《月出》、《株林》、《澤陂》。[20]

從這個篇目來看，王柏要砍掉的詩，正是《詩經》中一些生動優美的抒情詩。

其實，在婚姻愛情關係上，春秋時代並不像後世那樣嚴加限制，孔子也沒有提出過限制男女愛情的嚴格的道德規範。男女防嫌、內外有別、三從四德、死守貞節等嚴厲教條，是理學強加給人民的精神枷鎖。王柏的觀點，不過反映著在理學統治的社會條件下，封建禮教對於兩性間自由愛情的嚴厲制裁；反映著封建統治階級對人民優美的抒情詩殘酷的扼殺。

王柏删詩的擬議未能實行。統治階級從總的利益來看，畢竟還要賦於孔子和經書以絕對神聖的地位，不能提倡對經書懷疑和删削。如果同意王柏那樣做，正像清人皮錫瑞說的，就會「始於疑經，漸至非聖」㉑，封建統治的上層建築就會全部垮台。所以，許多儒學家都斥責王柏疑經删詩是「妄議大經大法」的「異端邪說」，「柏何人斯，敢奮筆而進退孔子哉！」㉒但同時，封建統治階級又嘉獎王柏衛道的忠誠，給予謚號「文憲」，列享兩廡的褒揚。

宋學懷疑學風由王柏發展到頂峯，就跌落下來，開始向反面轉化。宋學本來提倡自由研究，以考證事實爲基礎；以王柏爲代表的宋學家把它發展到缺乏根據，主觀武斷。宋學的興起本來是要求改造漢學，建立新的經學，以王柏爲代表的宋學家，連統治階級奉爲至高權威的經書也懷疑了起來。統治階級已經樹立了統治思想，要建立理學的絕對權威，不再需要自由研究。朱熹被尊奉爲地位僅次於孔孟的儒學宗師，《詩集傳》也具有不可輕議的權威，它所包含的一切腐朽的成分爲統治階級所大加利用。宋學末流只能捧著這些教條，內容空疏，日趨僵化。

《詩經》考據學的產生

考據學漢代已經出現，專門考據《詩經》訓詁、名物及三百篇關屬問題的專門著作，只有三國時吳人陸璣《毛詩草木鳥獸蟲魚疏》，或者再加上隋代陸元朗《毛詩釋文》。到了宋代，這類著作較多地出現，開始興起《詩經》考據學。

宋學懷疑漢學的傳、序、箋、疏，提倡自由研究，以求實的精神注重實證，這是考據學興起的原因，從歐陽修輯錄已經散佚的鄭玄的《詩譜》㉓，蘇轍考證《史記》等史籍批駁《詩序》，到鄭樵、王質、朱熹等等，都是注重考證的，這也是一代學風。現在還保存的宋代《詩經》考據學名家的專著，有程大昌、蔡卞、王應麟的著作。

程大昌著《詩論》十八篇㉔，專門考證研究《詩經》的體制、入樂、大小序等問題。後人研究這三個問題，經常徵引他的觀點和材料。所以《詩論》具有一定的研究文獻價值。

程大昌也是反《詩序》的。他在考據研究方面的主要貢獻，是論證《風》《雅》《頌》的分類體制。他考據《南》《雅》《頌》各以所配之樂得名，也依此而分類。這個論點基本上是正確的。但是他還沒有認識到二南以外的十三國風都是各國的土樂民歌，提出這些都是不入樂的「徒詩」，這就考證不周密，因而論斷錯誤了。

蔡卞撰《毛詩名物解》㉕，對三國時傳下來的《陸疏》作了補充博引。

王應麟是宋代考據學大師，他的考據範圍包括廣泛的學術領域，其考據札記編成《困學紀聞》二十卷，包羅經、史、子、集各個方面，爲清初考據學所源。所以後來又稱他是考據學的創始者。他對《詩經》考據學，也有三個方面的創始之功：

一、搜輯魯、齊、韓三家詩遺說，撰成《詩考》（一卷）㉖。所謂輯佚，就是三家詩已經失傳了，可是在其他古書裡還有引錄的零星片段，把各種古書中所引錄的輯集在一起，就可以看到原書的一部分，能夠大致了解原書的面貌。雖然《詩考》沒有把所有古書中的三家詩遺說都搜輯到，但他是第一個搜輯三家詩遺說的。這個工作到清代才最後完成。

二、搜集《詩經》正文的異字異義及未編進《詩經》的逸詩，附在《詩考》書後，開闢《詩經》異文校勘工作。對於逸詩的搜集，使人了解《詩經》時代未編進《詩經》中的詩，也有研究資料的價值。

三、著《詩地理考》（六卷）㉗，對《詩經》中的地名，博採古籍，考證研究，說明它們的山川形勢、疆域沿革、風土民情，薈萃成篇，是對《詩經》的歷史地理學研究。

考據學的任務，是在古籍和古史研究中去僞存眞，去粗取精，由表及裡，由此及彼，用實證來說明問題，或爲說明問題提供可靠的材料。漢學《詩經》研究中也有考據，但基本方法是空談義理，採用穿鑿附會、主觀臆斷的方法。宋學表現出求實精神，注意考證，把研究建立在比較科學的基礎上，這是《詩經》研究的一個很大的進步。經過明代繼續發展，到清代，考據學達到全盛時期，取得很大成績。但是，也有流弊。我們認爲，研究歷史和文化遺產，考據學是不可少的；我們提倡實事求是的科學的考據方法，反對爲考據而考據的煩瑣哲學和資產階級實用主義方法。

---

①《毛詩本義》十六卷，通志堂經解本。

②蘇轍《詩集傳》二十卷，明焦氏刊本。

③《二程遺書》卷十八《伊川先生語四》。

④朱彝尊《經義考》引。

⑤《詩辨妄》六卷已散失，近人顧頡剛有輯佚本，一九三〇年景山書社出版，所輯僅十之一二。

⑥《詩總聞》三十卷，商務版《叢書集成初編》，一七一二—一七一五册。

⑦《朱子語類》卷八十。

⑧《朱子語類》卷八十一。

⑨《朱子語類》卷八十一。

⑩《詩序辨說．柏舟》。

⑪⑫《呂氏家塾讀詩記》卷一，商務版《叢書集成初編》，一七一六册。

⑬《續呂氏家塾讀詩記》三卷，商務版《叢書集成初編》，一七二四册。

⑭⑮《朱子語類》卷八十一。

⑯《詩集傳》各該篇題解。

⑰《詩集傳序》。

⑱姚際恆《詩經通論・自序》，中華書局一九五八年本，第八頁。

⑲近人顧頡剛據清通志堂經解本校點出版，一九五五年中華書局《古籍考辨叢刊》第一集收入。

⑳上列之目實止三十一篇，疑傳刻者脫其一篇。

㉑㉒皮錫瑞《經學歷史》第一章，中華書局一九五九年本，二十九頁。

㉓附於通志堂經解本歐陽修《毛詩本義》書後。

㉔《詩論》，商務版《叢書集成初編》本一七一一册。

㉕《毛詩名物解》二十卷，通志堂經解本。

㉖《詩考》一卷，商務版《叢書集成初編》本，一七二七册。

㉗《詩地理考》六卷，玉海刊本。

元明學術的空疏和僞《詩傳》

宋學的繼續——元代《詩傳通釋》

民族問題說到底是階級鬥爭問題。元朝統治的實際性質，是以蒙古貴族爲主的，爲漢族地主階級和其他民族上層所支持的聯合統治。統治者利用民族歧視作爲分裂各族勞動人民團結的統治手段，所以元代的階級鬥爭，又始終帶有民族鬥爭的形式。元朝統一全國，促進了經濟和文化的一些發展。但是，這個統治始終處在階級矛盾、統治階級內部矛盾和民族矛盾的極爲緊張的狀態中，經濟和文化的發展又受到了影響。蒙古貴族爲了鞏固自己的統治，注意到利用漢族地主階級及其知識分子，科舉考試儒家的五經四書，但科舉制度只實行了一個階段就又廢除了。因爲它的文化政策不穩定，五經四書主要是在漢族民間傳授。在這樣條件下，學術文化自然襲舊而難於振興。《詩經》研究也受到這些政治和文化條件的制約。

元代所用五經四書，沿用南宋後期的官定傳本：四書是朱熹的章句集注，《詩》是朱熹的《詩集傳》。當時人們除了朱熹的注本以外，幾乎不知道還有別的書；除了《詩集傳》外，也不知道還有別的《詩經》疏釋。元人修《宋史》，立道學傳，確定朱熹的道統；朱熹及其經解，在元代幾乎具有思想壟斷的權威性。因此，元代經學是宋學的繼續。

元儒說詩，都以《詩集傳》爲本。有幾種關於《詩經》的著述，都是對朱傳的疏解。其中值得一提的，只有劉瑾的《詩傳通釋》。這部著述在《詩經》研究史上的意義，是它嚴守宋學體系，對宋學《詩經》研究的權威著作《詩集傳》，逐篇作了比較詳細的疏解，對我們研究宋學詩說，有重要的參考價值。

馬端臨編述《文獻通考》（三百四十八卷），在唐代杜佑《通典》的基礎上，收集大量材料，根據書本的記載和學者的議論，分二十四個門類，對社會制度進行歷史的考察，並作出不少判斷。雖然不是《詩經》研究專著，而對於了解古代禮制、經籍、帝系等提供了較爲豐富的材料，對於研究《詩經》也有幫助①。

明代學術的空疏

明代的學術空疏，歷史早有定論。明代經學仍然是宋學的繼續。然而，後期封建社會深刻的不可解決的矛盾，促使這座衰頹的大廈從基礎上開始崩潰，作爲它的上層建築的封建經學，也必然走向衰落。

篡奪農民起義果實而建立的大明帝國，實行大地主階級極端的封建專制統治，是中國歷史上一個殘暴的黑暗專制王朝。朱元璋一面施行嚴刑濫殺，實行恐怖統治，一面在思想文化上也採取暴力壓制的政策。按朱元璋規定，宋代理學仍然是不能違背的官方哲學，各級學校傳授四書五經，各級考試在四書五經中出題，作文答卷只能根據朱熹的注解。後來這種考試作文逐漸形成固定的格式，叫做八股文。八股文箝制人們的思想，不允許自由思考和創新的文風，不允許發抒政治上和思想上的獨立見解。爲了嚴厲地控制思想，朱元璋製造了不少文字獄。有的文章有幾個字引起他的猜疑，作者就遭到殺身滅家的災禍。

宋學提倡氣節，「餓死事小，失節事大」，尤其講民族氣節，國亡殉國，鬥爭到底，寧死不投降。像岳飛那樣，在民族危亡時精忠報國；像文天祥那樣，表現出寧死不屈的浩然正氣。我們認爲，提倡氣節這一點，是宋學中可以肯定的積極方面。永樂皇帝朱棣篡位登基，令名儒方孝孺草詔，方孝孺擲筆於地說：「死即死，詔不可草。」朱棣將他磔殺於市，並誅殺其宗族親友數百人。方孝孺堅守儒家正統思想，注重氣節，目睹十族被誅，仍不屈以全義，實踐「殺身成仁」的教義。這種違背統治者意願，爲正義而獻身的精神，自然爲統治者所不容。於是，不少有氣節、有見識的知識分子隱逸山林。那些追逐利祿的知識分子，只按科學考試的要求背誦四書五經。後來考進士只從四書出題，而且規定以朱熹的注爲正宗，明人就只讀朱注四書，讀五經的人也不多了。空疏不學，成爲明代一代學風。

朱棣爲了實行思想統治，網羅了一批知識分子編《永樂大典》，全書二萬二千九百三十七卷，匯抄資料包括七千多種圖書。他本來的目的是顯示他的「文治」，客觀上則比較完整地保存了許多方面的資料。一四一四年，仿效唐初頒行統一學術思想的《五經正義》，命翰林院學士胡廣等四十人修《五經大全》一百二十一卷、《四書大全》三十卷、《性理大全》七十卷，由朱棣親自制序，經禮部頒行天下，作爲教學和考試所依據的定本。這些所謂「大全」，內容完全是宣揚程朱理學，著述方法是匯抄現成的資料。由於空疏不學的一代學風，這些編修官全部抄襲元人的成書。明末清初學者顧炎武對此有一段評語：

當日儒臣奉旨修《四書五經大全》，頒餐錢，給筆資，成書之曰，賜金遷秩，所費於國家者不知凡幾。將謂此書既成，可以章一代教學之功，啓百世儒林之緒，而僅取已成之書，抄謄一過。上欺朝廷，下誑士子，唐宋之時，有是事乎！豈非骨鯁之臣已空於建文之代。而制義初行，一時人士盡棄宋元以來所傳之實學，上下相蒙，以饕祿利，而莫之問也。嗚呼！經學之廢，實自此始。

（《日知錄》卷十八）

據顧炎武考：《春秋大全》全襲元人汪克寬，《詩經大全》全襲劉瑾《詩傳通釋》，《周易大全》、《書傳大全》、《禮記大全》也均蹈襲已有之成書。明人學術的空疏，達到抄襲相蒙的地步。

明代中期階級矛盾和民族矛盾深化，爲了挽救垂危的封建統治，興起了王陽明的心學。心學本來是理學的一個支派，它與理學的不同之處，在於它是主觀唯心主義，而理學是客觀唯心主義。雖然它掛著聖賢之道的招牌，實則已和佛道相結合，所以又被稱爲禪學。到了明代後期，宋學末流空講明心見性，只尚空談，不務實際，造成一代思想空虛和精神墮落，加速了明王朝的滅亡。

明初說詩，既本抄襲而來的《詩經大全》，內容仍都是對朱熹《詩集傳》的疏釋，尊崇朱熹，全無創見。在明代前期，沒有一本值得一提的研究《詩經》的著述。

僞《詩傳》及其影響

嘉靖年間（西元一五二二——一五六六年），出現了兩本轟動一時的書。一本叫做《子貢詩傳》（又名《詩傳孔氏傳》）。《論語》中曾經記載孔子弟子子貢（端木賜）向孔子問詩，孔子表揚說：「賜也，始可與言《詩》已矣，告諸往而知來者。」（《學而》）據說，這本書就是子貢記述孔子的詩說。

另一本叫《申培詩說》（又名《詩說》）。漢初傳《詩》有魯、齊、韓三家，魯詩的傳者名叫申培，漢文帝時立博士，《漢書．藝文志》說三家詩「或取《春秋》，采雜說，咸非其本義，與不得已，魯最爲近之。」魯詩著作在西晋時失傳，僅有石經魯詩殘碑一塊流傳，還不足二百字。據說，這本書就是已亡佚的申培的詩說②。

這兩本書是怎樣發現的呢？它們的文字都是篆、隸體，據說是從秘閣的石經傳摹來的。看他們的內容，有一些，既不同於漢人的詩說，也不同於宋人的詩說。在當時空疏的學術界，這兩本書像巨石投進一潭死水，引起了極大的注意，各地紛紛傳刻行世。明代後期，許多著名的儒者對它是「孔子所傳」信以爲眞，就按照它來說詩。雖有少數人懷疑，也擋不住那股崇信浪潮。

到清初，經過毛奇齡考證，證明了這兩本書都是僞托，它們的眞正的作者名叫豐坊。《明史》卷一九一《豐熙傳》附傳：「豐坊，字存禮，別號南禺外史，第嘉靖進士，除吏部主事，以吏議謫通州同知，免歸。坊博學工文，尤善書，性介僻，滑稽玩世。居吳中，以貧病死，」清姚際恒《古今僞書考》考據明人所作僞書很多，其中最突出的僞書作者就是這個豐坊。朱彝尊《經義考》說：豐坊極爲荒唐，如僞作《古書世學》六卷，竟說是箕子被封於朝鮮時帶去的古文，所附《洪範》一篇，是秦始皇時徐市帶五百童男女去日本時所作。這些無稽之談，在當時竟然都爲人信從。

明代後期僞書成風，像僞《詩傳》這樣的僞托，當代學者崇信將近百年，不能辨識，正反映明人學問空虛淺薄。豐坊玩世不恭，僞托欺世，對於明人的空疏不學，是強烈的諷刺和否定。

我們對待所謂僞書，並不一概排斥。有些古書署名的作者並不一定是眞正的作者，常常僞托是被人們崇拜的古人所作，後世就把這類著作稱爲僞書。其實，這樣的僞托自古以來屢見不鮮，如八卦托名伏羲，《本草》托名神農，《內經》托名黃帝；孔子、墨子爲了論證自己的觀點，也常常稱道堯、舜，可是孔、墨的許多觀點却是對立的。漢以後儒家的經典托名周公、孔子，如《周禮》托名周公，《古文尚書》全是僞作。托名古人或古籍，目的無非要使著作流傳，使別人接受這些觀點。即然古書有眞僞，閱讀古書就有必要加以辨別。辨僞的目的在於求眞，恢復書的本來面目，並不是對僞書內容全部否定。書的眞僞和書的價值是兩個不同的問題。眞書裡面，可能有並無價值的內容；僞書裡面，可能保存有用的資料。僞書也是某一歷史時期的產物，辨別清楚它的時代、作者和內容，可以研究和利用。

僞《詩傳》產生在明代後期宋學定爲官方統治思想的時候，朱熹《詩集傳》及其疏釋幾乎盤據了整個《詩經》傳習和研究領域。這兩本書托名古人，突破漢、宋以來傳統詩說，表現出對《詩經》重新研究的要求，它對有些詩篇的具體見解，在明人的《詩經》研究史上，不失爲一家之言。

從此，隨著人們眼光擴大，明代後期，相繼出現的一些詩說不再專崇朱熹，開始兼采諸說，或錄朱傳，或錄毛詩序說；如姚舜牧《詩經疑問》、張次仲《待軒詩記》、賀貽孫《詩觸》。有的著述乾脆非難朱說，而信從毛詩，如李先芳《讀詩私記》、朱謀㙔《詩故》、何楷《詩經世本古義》、郝敬《毛詩解》和《毛詩序說》。從這些著述來看，他們的眼界比較開闊了，但還沒有創造性的見解，所有的疏解，都沒有超出《毛詩序》和朱傳的成說，在學術研究上沒有太重要價值。

《詩經》音韻學的開闢

理學、心學空談性理，並不能挽救日益深化的社會危機。宋學末流和八股文的流弊，造成一代文化思想的空虛淺薄。明末的一些知識分子，感覺到有必要糾正空疏不學的學風，因此提倡認眞讀書。可是經過宋學幾百年的統治，有些古書已經被廢棄了，有些文字、音韻、訓詁、版本等又曾被宋人搞得很亂，提倡讀古書，就要做一些閱讀古書的準備工作。因此就開始有人講求文字學、音韻學、校勘學、目錄學、辨僞學等學問。

明末開始搞這類學問，本來的目的就是幫助讀者比較準確地閱讀和利用古籍。在學術研究的意義上講，它們是對於研究資料的研究，屬於史料學的範疇。實事求是地恢復古籍各個方面的本來面目，是治學所必要的基本工作。這類學問到清代又進一步發展，形成有極大影響的考據學派。由於所處的歷史環境不同，所起的歷史作用也不同。明末這些學問的萌興，在明代文化發展上是有進步意義的。明人的這類著作，以在史學方面成績較大。在經學方面，則考證了《古文尙書》是僞書，推倒了《周易學》中宋人的僞托。他們還開創了音韻學與校勘學。對於《詩經》的名物疏釋，他們也作了一些校正和補遺，如馮應京《六家詩名物疏》、毛晋《毛詩陸疏廣要》、陳大章《詩傳名物集覽》等。

對《詩經》研究作出突出貢獻的，是陳第《毛詩古音考》，創闢了《詩經》音韻學的研究。《詩經》是有韻的，除《周頌》有幾篇無韻詩以外，都是有韻詩。但是由於語言經過長期的歷史發展，語音發生很大變化，用今音去讀二千年前的古詩，當然不能合轍押韻，會有很多地方很不和諧。宋代距離《詩經》時代已將近兩千年，用那時的「今音」讀古詩自然格格不入。宋人不知道古音不同於今音的道理，按照宋代變化了的語音讀《詩經》，遇到不協韻的字就改變古音。他們創造了一種「叶音」說（「叶」同「協」），認爲《詩經》的語言古今一樣，所以許多地方和諧押韻，只有少數地方不和諧，要把某字臨時改讀某音以求和諧。朱熹在《詩集傳》裡就採用這種「叶音」說。例如《周南・桃夭》、《小雅・常棣》、《豳風・鴟鴞》、《小雅・雨無正》等詩裡的「家」，朱熹都注「叶古服反」（即音谷）。其實，「家」的古音本來就念「谷」不存在「叶音」臨時改讀的問題。朱熹的「叶音」說並沒有科學規律，只是爲協韻臨時改亂讀音，如《召南·行露》第二章的「家」注念「谷」，第三章的「家」又注念「公」。諸如此類的亂猜亂改，引出不少錯誤。所以，「叶音」說是缺乏歷史觀點，沒有科學性的錯誤理論。依照這個理論，不會懂得古音古韻，也不會懂得《詩經》在韻律上的藝術經驗及其成就。

趙宧光研究《說文解字》，曾經指出經書的字音在古代是協韻的，宋人按宋代的字音亂改經書的讀音是錯誤的。陳第在理論上第一個反對「叶音」說：「時有古今，地有南北，字有更革，音有轉移，亦勢所必至。」他提出包括語音在內的語言發展變化的歷史觀點，主張每字只有一個古音。這些理論都是正確的。爲了研究《詩經》本來的古音，他具體考證出一些古今語音的不同，如「馬」古讀「姥」（ㄇㄨˇ，姆），「母」古讀「米」，「京」古讀「疆」，「福」古讀「逼」，「華」古讀「敷」等。雖然他所定的某些字的讀音不完全對，但他的理論開闢了《詩經》音韻學這門學問。後來顧炎武繼承他的理論，推動這門學問在清代有了很大發展。當代語言學大師王力集明清兩代《詩經》音韻學研究之大成，又以多年的刻苦鑽研，著《詩經韻讀》③，對這門學問作了發展和提高。當然，王力的研究也還不是定論。

《詩經》音韻學的研究，對於了解《詩經》在藝術創作上的韻律是必要的，對語言文字學也有重要價值。但是我們並不主張大家用古音來讀《詩經》，因爲要全部用古音來讀，還是不可能的；而且即使能夠用古音讀下來，對於絕大多數讀者來說，又有什麼意義呢？

①馬端臨，一二五四年生，卒於十四世紀前期。他是宋末宰相馬廷鸞的兒子，他生活在元代的時間較長，其著述的完成也應在元代。應把他看作元代人，他的《文獻通考》也應列入元代。

②二書已收入商務版《叢書集成初編》一七一一冊，影印。

③王力《詩經韻讀》，一九八〇年上海古籍出版社。

清代《詩經》研究概說

整個清代二百六十餘年間，隨著末期封建社會的社會政治運動的發展，各個學派的各種學術思潮登上論壇，好像衰亡的封建社會回光返照，一切即將熄滅的火花在燃燒，出現一個異常活躍的時期。在這個時期中的《詩經》研究，名家輩出，著述如林。要清理它們的發展過程，確實不是易事。這裡只試圖勾勒一個粗略的線索。

清初三大家與《詩經》

一代新學風的開啓

整個清代的學術思想，梁啓超曾一言以蔽之，曰「以復古爲解放」。也有人概括爲「求眞」二字①。所謂「復古」，是漢學的復興；所謂「求眞」，是自由研究，講求實證。

每一個思想家，都是具有由他的前驅者傳給他，而他便由以出發的特定的思想資料作爲前提。宋學前期提倡自由研究，批判漢學，本來是一個進步。自從理學被規定爲官方哲學，宋學內容日趨僵化，宋學末流，崇尚性命義理，不務實際。心學的流弊，更是空談明心見性，空虛淺鄙。明末有見識的知識分子，目睹社會危機，國難當頭，不滿統治階級精神文化的空虛，主張經世致用，爲救亡讀書。腐朽不可救藥的明王朝，在全國性的農民革命戰爭和滿族貴族的武裝進攻下覆亡，以顧炎武（西元一六一三——一六八二年）、黃宗羲（西元一六一〇——一六九五年）、王夫之（西元一六一九——一六九二年）爲代表的具有民族氣節的知識分子，有志社會改革，從事著述講學，在思想文化上開闢了一個充滿批判戰鬥精神的新時代。

三先生是十七世紀中國後期封建社會的先進思想家。他們在社會動盪、階級矛盾和民族矛盾複雜尖銳的「天崩地解」時代，敢於面對現實，有的批判唯心論理學、心學，宣傳唯物論哲學；有的嚴辨夷夏界限，宣傳民族思想。他們提出均田、減賦、工商皆本等主張，宣傳改良人民生活的經濟改良思想。他們對當時資本主義萌芽這一新的經濟因素有了一定的認識，在某種程度上反映了新興市民階層的社會改革要求。但他們是地主階級改良派，根本立場還是要維護封建剝削關係，緩和階級矛盾，以鞏固地主階級統治。他們從前代繼承下來的思想資料，不外是經學和史學，他們治學也只可能是對這些封建社會的上層建築進行某些發展與改造。因此他們的學說又都披著經學的外殼。

顧炎武創始的浙西學派，著重在經學，而他主張的經學是實學，即實用於社會政治改革之學。他說：「止爲一人一家之事，則無關於經術政治之大，則不作也。」「凡文不關於六經之指，當世之務者，一切不爲。」（《亭林文集．與人書二》）黃宗羲創始的浙東學派，著重在史學，但他把經學和史學聯繫起來，提倡讀經治史，學以致用。他說：「明人講學，襲語錄之糟粕，不以六經爲根柢，束書而從事於遊談。故學問者必先窮經，經術所以經世。不爲迂儒，必兼讀史。讀史不多，無以證理之變化，多而不求於心，則爲俗學。」（《清史稿．黃宗羲傳》）後來章學誠很推崇浙東學派，進一步提出：「六經皆史」，「古人未嘗離事而言理，六經皆先王之政典也。」（《文史通義．易教上》）他擴大史學的範圍：「盈天地間，凡涉著作之林，皆是史學，六經特聖人取此六種之史以垂訓者耳。」（《報孫淵如書》）他們把經書當作歷史研究的資料。黃宗羲也重視詩歌創作和文學評論的社會作用，强調要爲社會鬥爭服務，「詩之道甚大，一人之性情，天下之治亂，皆所藏納。」（《黃梨洲文集．詩歷題辭》）王夫之抗清失敗後隱居故鄉石船山麓，住處自題對聯：「六經責我開生面，七尺從天乞活埋」，以無畏精神著書立說，通過遍注羣經，發揮他的哲學和社會政治的改良思想。他的現實主義的文學理論對清代文學批評和創作也有重大影響。顧、黃、王三大家的思想學說，給清初的思想學術界帶來一股活躍的生氣，浙西、浙東兩個學派發展很快。他們的學術思想和治學方法，開啓了一代新的學風。

清代考據學的創立

顧炎武倡導的治學方法，是對經書實事求是、切實研究。爲了對內容切實研究，他們都要求「復古」，即對被宋學排斥的漢學著述進行學習和研究。他們認爲兩漢離先秦較近，其經說比較接近本義，如顧炎武說：「據唐人以正宋人之失，據古經以正沈氏唐人之失。」（《亭林文集．音學五書序》）爲了實事求是，讀書不失原意，就要重視音韻訓詁；「讀九經自考文始，考文自知音始。以至諸子百家之書亦莫不然。」（同上書《答李子德書》）他主張：研究問題注重證據，無徵不信，求證又要廣徵博引，列本證旁證，不憑信孤證。顧炎武提出這樣的治學方法，是有一定科學性的，因爲他主張以客觀的態度，求實的精神，從實證出發，以大量的事實爲依據，經過反覆驗證，求得眞實的認識。

顧炎武把治經與文字、音韻、訓詁、名物、考古、校勘、歷史、地理以及天文、曆算等學科結合起來，目的是以考據爲手段釋經，探索經書的原始意義和古經所記述的眞實情況，從而研究「國家治亂之源，生民根本之計」（《日知錄》），不是爲考據而考據的。顧炎武解釋五經，就通過切實研究，作了大量的考證工作。

他的《音學五書》，奠定了清代音韻學的基礎，其中的《詩本音》十卷，是在明末陳第《毛詩古音考》之後，進一步研究《詩經》音韻的名著，完全推翻宋人的「叶韻」說，繼續考證古今語音的不同。雖然他考出的古音不完全準確，但他以正確的理論、比較精密的方法，爲《詩經》音韻學奠基。

顧炎武是清代考據學（樸學）的開創者。他的著作都和考證相結合。如他的名著《天下郡國利病書》，就是一部研究地方民生經濟的調查報告。據說他去各地民間調查研究，身後用毛驢馱著地志等書，白天調查，夜晚翻閱資料。他的《日知錄》，都是少則一二百字，多則千餘字的讀書筆記，但材料豐富，考證精密，富有創見。他自謂如採銅於山，均親自從資料中檢驗而得，積數十年而成此書。他的求實精神及其實用的歸納的科學方法，從清初開始，在學術界有很大影響，後來發展爲考據學派；在《詩經》研究領域，也產生了大批《詩經》考據學家。

黃宗羲在學術史著作、斷代哲學史《宋元學案》中，評述了宋人關於《詩經》的爭論。對於考據，黃宗羲也有重要的主張。他批判宋學的煩瑣哲學，說這些人「所讀之書，不過經生之章句」，「所窮之理，不過字義之從違」，「封己未殘，摘索不出一卷之內」（《黃梨洲文集．留別海昌同學序》），稱他們是「小儒」、「迂儒」、「僞儒」。他認爲不能脫離思想內容而陷於章句文字的考據，這個主張是正確的。但是後來考據學派的許多人還是陷入煩瑣哲學。

王夫之的《詩廣傳》和他對《詩經》藝術的研究

王夫之對《詩經》的內容和藝術形式都作了大量研究。他曾經遍注羣經，《詩經稗疏》四卷，是疏釋《詩經》的著作。《詩廣傳》五卷，是他閱讀《詩經》的雜感集。《詩繹》是他專門研究《詩經》的詩話。《夕堂永日緒論．內編》是詩論，其中也有關於《詩經》藝術的見解。前兩本書是關於《詩經》內容的；後兩本是研究《詩經》藝術形式的②。

他的兩本關於《詩經》內容的書，以《詩廣傳》的影響最大。這本書的特點，是在他讀過一些詩篇之後，用引申發揮的方法，宣傳自己的哲學、政治、經濟、倫理等觀點，發揮社會改良主張。例如，他讀《國風．陳風》各詩後發表議論，反對程朱理學和陸王心學「滅人欲存天理」之說，提出「飲食男女之欲，人人之大共」，提出「欲」，就是人們的生存要求，就是公理，應該滿足人們的這些要求。他認爲大地主階級的土地兼併造成大批農民破產，最不合理，在他的議論中提出「寬以養民」，「平天下者均天下而已」（《詩廣傳》卷四），宣傳了改良民生和均平的主張。王夫之的這類詩說，是以解釋儒經的形式，發揮當時改革派要求以某些社會改良來緩和階級矛盾的政治思想，雖然這些思想帶著明顯的地主階級烙印，較之前代封建經師的詩說，它的改良主義的觀點卻表現了自己時代的進步色彩。不過我們現在來看《詩廣傳》，與其把它看作《詩經》研究，不如看作一本政治論文集。

王夫之對《詩經》的主要貢獻，是他提出對《詩經》藝術形式的大量精闢的見解。王夫之的文學理論反覆强調「文以意爲主」。這是他對傳統的進步詩論的繼承，首先是對孔子從三百篇所總結出來的「興、觀、羣、怨」理論的繼承。歷代的文論家都曾經從不同角度論述或發展孔子的詩教理論。王夫之特別重視興、觀、羣、怨的原則，讚揚孔子的這四條原則，是對詩歌社會作用作了完美的概括，他並且進一步發展了前人的觀點：

「詩可以興，可以觀，可以羣，可以怨。」盡矣。辨漢、魏、唐、宋之雅俗得失以此，讀三百篇者，必此也。「可以」云者，隨所以而皆可也。於所興而可觀，其興也深；於所觀而可興，其觀也審。以其羣者而怨，怨愈不忘；以其怨者而羣，羣乃益摯。（《詩繹》二）

在這裡，王夫之對興、觀、羣、怨的理論作了新的發展：第一，興、觀、羣、怨是指導詩歌創作的理論，也應該是詩歌評論的標準，不但要用它研究《詩經》，也必須用它評價全部古典詩歌的「雅俗得失」。他認爲，反映時政得失，風俗盛衰，能夠感染與啓迪讀者，發揮社會作用，就是雅，就有得於詩之正；反之，就是俗，就失於詩之旨。正如他在又一篇文章中所說的：「李、杜所以稱大家者，無意之詩，十不得一二也。」（《夕堂永日緒論內編》二，以下簡稱《內編》）明確地表示他評價詩歌是以三百篇所開創的詩歌的現實主義爲重要標準。第二，前人只論述了興、觀、羣、怨四者各自獨立的作用，王夫之進而論述了四者的相互關係：在「興」之中體現「觀」的作用，在「觀」之中看到「興」的意義，在「羣」之中寄之以「怨」，在「怨」之際出之以「羣」；這就是要求在詩歌創作中興寄深遠，在生活中認眞觀察，從而以眞摯感情引起讀者內心的共鳴，如他接著上段話所作的闡明：「出於四情之外，以生起四情；遊於四情之中，情無所窒。作者用一致之思，讀者各以其情而自得。」對興、觀、羣、怨四者關係作這樣的解釋，實際是詩歌藝術的創作論。

王夫之對《詩經》研究最重要的貢獻，在於他又是清代把《詩經》作爲文學作品來進行藝術研究的第一個人，而且確實表現了一些眞知灼見，這裡只能擇要來談：

一、他指明一些詩篇情景交融。如分析《小雅．采薇》：「『昔我往矣，楊柳依依；今我來思，雨雪霏霏。』以樂景寫哀，以哀景寫樂，一倍增其哀樂。」又分析《小雅．出車》的末段「春日遲遲，卉木萋萋，倉庚喈喈，採蘩祁祁。執訊獲丑，薄言還歸。赫赫南仲，玁狁於夷。」認爲寫征人想像中的少婦遙望之情，是「善於取影」：

征人歸矣，度其婦方採蘩，而聞歸師之凱旋。故遲遲之日，萋萋之草，鳥鳴之和，皆爲助喜。而南仲之功，震於閨閣，室家之欣幸，遙想其然，而征人

之意得可知矣。乃以此而稱南仲，又影中取影，曲盡人情之極至者也。（《詩繹》五）

他總結《詩經》和其他古典詩歌中情景交融的創作經驗：「情景名爲二，而實不可離。神於詩者，妙合無垠。巧者則有情中景，景中情。」「夫景以情合，情以景生，初不相離，惟意所適。」（《內編》十四）這裡說的「妙合無垠」，就是難以分辨哪裡寫景、哪裡寫情的情景交融，要達到這種境界，只有「惟意所適」。他說「情景雖有在心在物之分，而景生情，情生景，哀樂之觸，榮悴之迎，互藏其宅。」（《詩繹》一六）情是人的主觀精神活動，景是客觀物體，感情是抽象的，客觀景物能夠觸發人們內心的思想感情，不同的思想感情，又能給景物抹上各種不同的感情色彩。他接著舉兩詩用「倬彼雲漢」句爲例：在歌頌文王的《大雅・棫樸》中，「頌作人者，增其輝光」；在釀旱的《大雅・雲漢》中，「憂旱甚者益其炎赫」，這就是「惟意所適」。

二、結合對《詩經》的分析，王夫之全面地繼承了前人關於「言」與「意」關係的觀點，「詩文俱有主賓，無主之賓，謂之烏合。」（《內編》六）運用言辭，狀物達情，都是爲了表達思想內容。在這總觀點中，他有自己的獨到見解：他主張詩歌創作要「含蓄」，表情達意，不直不露。他舉《周南・芣苢》：「采采芣苢，意在言先，亦在言後，從容涵泳，自然生其氣象。」(《詩繹》三)他認爲在《詩經》之後，只有古詩十九首和陶潛的「采菊東籬下，悠然見南山」才寫出類此有餘韻的意境。他又分析《商頌．玄鳥》、《周南．葛覃》兩詩：

句絕而語不絕，韵變而意不變，此詩家必不容昧之幾也。「天命玄鳥，降而生商。」降者，玄鳥降也，句可絕而語未終也。「薄污我私，薄澣我衣，害澣害否？歸寧父母。」意相承而韻移也。盡古今作者，未有不率繇乎此，不然氣絕神散，如斷蛇剖瓜矣。(《詩繹》十)

通過《詩經》中的一些篇章，他總結出：「意藏篇中」才是詩之聖；反之，「俗筆必於篇終結鎖，不然則迎頭便唱」(《詩繹》九)。他認爲詩要有情韻，以「字外含遠神」、「句中有餘韵」爲詩歌藝術的最高境界。他又總結出「韻意不雙轉」的創作經驗：「古詩及歌行換韻者，必須韻意不雙轉。自三百篇，以至庾、鮑七言，皆不待鈎鎖，自然蟬連不絕。此法可通於時文，使股法相承，股中換氣。」(《內編》十)他認爲這樣就可以情韻綿長。

三、他研究《詩經》的比興手法，提出幾條經驗。一條是比興必須要自然而然，「興在有意無意之間，比亦不容雕刻」(《詩繹》十六)；並且指出，從根本上說這仍然是個情景交融問題。再一條是引喻：「《小雅．鶴鳴》之詩，全用比體，不道破一句，三百篇中創調也。」

他認爲所以用引喻，本來並不是有所指斥「不敢明言，而姑爲隱語」，而是「以俯仰物理而詠嘆之，用見理隨物顯，唯人所感，皆可類通。」（《內編》三七）理是抽象的，用景物作比喻，才能形象化，使人受到感染。另一條是形容生動、狀物神似。他稱讚《小雅・庭燎》：「『庭燎有煇』，鄉晨之景，莫妙於此。晨色漸明，赤光雜煙而靉靆，但以『有煇』二字寫之」，簡至而傳神，「益嘆三百篇之不可及也！」（《詩繹》七）根據《詩經》的藝術經驗，他指出：要描寫生動，就要對客觀景物身歷目見，細緻觀察，深入體驗。他舉《衛風・氓》、《周南・桃夭》諸詩爲例，說「桑之未落，其葉沃若」是體察到「物態」；「桃之夭夭，其葉蓁蓁，」「灼灼其華」，「有蕡其實」，是體察到「物理」；所以既要觀察景物的形態，又要了解它的本質和發展的規律性，才能做到「神似」。此外，他還提到《詩經》「用複字者，亦形容之意」（《詩繹》十五），以及排偶回旋往複等手法，但均簡略。

四、**王夫之也看到了《詩經》的藝術方法對後代詩人的借鑒和繼承關係**。就比興而言，他說：「故漢、魏以遠之比興，可上通於《風》、《雅》；檜、曹而上之條理，可近繹以三唐。」（《詩繹》一）他認爲三百篇反映現實的精神「李杜亦彷佛遇之」（《內編》一）。杜甫反映社會動亂和民生痛苦的現實主義詩篇，王夫之認爲是對《小雅》、《國風》政治諷喻和社會怨誹詩的繼承。他還舉出李白、杜甫都有一些句法是從《詩經》借鑒的。

形式和內容是辯證的統一。對於文學作品藝術形式的分析，決不可能完全脫離對內容的理解。王夫之畢竟是地主階級改革派的思想家，孔孟的正統儒學還是他的基本的指導思想，對於孔子及其言論，崇奉而決不違背。他堅守孔子刪詩之說，認爲《詩經》體現著聖人敎世的宏旨，因而他在論時文的《夕堂永日緒論・外編》中說：「經義固必以章句集注爲準」，「不可背戾以浸淫於異端」。這種思想，也表現在他對《詩經》的研究上。他認爲解釋三百篇詩的義旨，還要堅持過去儒家的「風雅正變」之說，「釋經之儒，不證合於漢魏唐宋之正變，抑爲守株之兔罝。」因而，他襲用漢儒的一些詩說，如「《關雎》，興也；康王晏朝，而即爲冰鑒。」（《詩繹》二）解釋《鄘風・桑中》：「夫子存而弗刪，以見衛之政散民離，人誣其上」（《詩繹》十二）。解釋《邶風・北門》③「政散民流，誣上行私而不可止……夫子錄之，以著衛爲狄滅之因耳。」對於那些愛情詩，他也繼續儒家「哀而不傷，樂而不淫」，「發乎情止乎禮義」之說，「艷詩有述歡好者，有述怨情者，三百篇亦所不廢；顧皆流覽而達其定情，非沈迷不反，以身爲妖冶之媒也。」（《內編》四六）他認爲這些怨誹詩、愛情詩，只是作爲考察政治和民俗的參考，有價值的還是那些提倡聖道王化、得「雅之正經」的詩，並且給予崇高的褒譽：「《大雅》中理語造極精微，除是周公道得，漢以下無人能嗣其響。」（上書，四四）從這些評論可以看出，王夫之的《詩經》評論，又是儒家詩教和封建禮敎的繼承。正是這種思想的侷限性，使他對《詩經》的思想性和藝術性不能作出全面正確的說明。

清初三先生對《詩經》研究的貢獻，總的說來，就是他們以地主階級改革派的思想，批判宋明唯心主義理學心學，開啓了以復古爲口號而面向現實，從實際出發自由研究的學風。顧炎武創始了清代考據學，並創闢了《詩經》音韻學。黃宗羲把經學和史學結合起來，開始了學術史著作。王夫之不但以地主階級改良主義觀點對《詩經》內容作了引申發揮，而且是清代第一個把《詩經》作爲文學作品來研究的人，對《詩經》的藝術形式，提出一些精闢的見解。

清初漢學的復興與《詩經》

宋學漢學通學

清王朝代替明王朝，是後期封建社會封建政權的更換，建立了滿族貴族控制下的滿漢地主階級和其他民族上層的聯合統治。爲了鞏固統治，清王朝在入關之後全部接受儒學爲其統治思想，拉攏漢族地主階級知識分子，大力提倡尊孔讀經，表彰以綱常倫理爲中心的程朱理學爲官方哲學，以八股文和朱注四書爲考試和書院學校的教條，編刻大量圖書來宣揚孔孟之道，加强在文化思想領域的統治。康熙初年納蘭成德刊行《通志堂經解》④，凡一千八百九十餘卷，是宋學經說之大成。但宋學經說還有很多無根據的空論，注疏也有不少闕疑。皇帝親自出馬，網絡大批知名學者，從事編纂整理，稽古右文，考證補充。這樣，統治階級表彰理學，又造成了宋學漢學並傳，爲漢學的復興創造了條件。康熙欽定的《詩經傳說匯編》二十四卷⑤，以朱熹《詩集傳》爲綱，又一一附錄漢、唐的傳、箋、序、疏可取的訓解。這本書是用皇帝的名義頒行的以宋學爲基礎的宋學漢學通學的《詩經》著作。

清初對學術思想尚未十分嚴格地控制。顧炎武、黃宗羲、王夫之等進步思想家以對宋學的有力批判，對經書的切實研究，對社會政治改良的强烈要求，給思想學術界帶來蓬勃生氣。他們最初提倡復古，又有保存漢族傳統典章制度的意義，他們以復古爲口號，也有力地促進了漢學的復興。

顯示漢學復興的《毛詩稽古篇》

在顧、黃、王三大家之後，清初研究《詩經》的有閻若璩、毛奇齡、陳啓源諸名家。閻若璩、毛奇齡的作用都在於駁斥朱熹的詩說，打破《詩集傳》的權威性。毛奇齡還詳細地考據證明所謂《子貢詩傳》、《申培詩說》都是豐坊的托僞，一洗明人近百年崇信僞《詩傳》之風。在他們以後，陳啓源著的《毛詩稽古篇》，在《詩經》研究史上是一部比較重要的著作。它是以復興漢學爲宗旨而寫作的，用了十四年時間，曾經三易其稿。它旗幟鮮明地申明以毛詩爲本，考察唐以前古代資料，研究文字、名物、訓詁，進而推求詩義。所謂「稽古」，就是對沉寂了幾百年的漢學《詩經》研究的資料進行發掘和考察，重新來疏釋毛詩。

全書一共有三十卷，前二十四卷，依次解說各詩，文字訓詁依據《爾雅》，題解依據《詩序》，詮釋內容依據《毛傳》、《鄭箋》，名物依據陸璣的《毛詩草木鳥獸蟲魚疏》。它所依據的完全是從漢到晉的資料，以辨正朱熹的《詩集傳》爲主，兼及宋元其他諸家說。從二十五至第二十九卷爲《總詁》，是文字、音訓、名物的考證。最後《附錄》一卷，統論《風》、《雅》、《頌》三類詩的意旨。《毛詩稽古篇》表示了在《詩經》研究中，漢學與宋學已經完全分開，並且致力於用漢學推翻宋學。

清初官方推崇宋學，但又造成宋學與漢學並舉的局面，隨著對宋學的批判及對漢學的研究日益展開，漢學的復興由萌芽而逐漸取得壓倒地位。在對《詩經》的研究中，由《詩集傳》，到《詩經傳說匯編》，到《毛詩稽古篇》，就反映著這個發展過程。

考據學派和古文學的《詩經》著述

考據學派是封建文化專制主義的產物

漢代傳經本有今文、古文兩派，今文三家詩早已亡佚，古文毛詩獨傳。清代復興漢學，主要依據古文經傳，所以也是古文學的復興。漢代的古文學與清代的古文學，二者固然有學術源流上的承繼嬗遞關係，但各自打著它們時代的印記。清代的新漢學，名爲「復古」，實則有其新的內容。

清代古文學或稱新漢學，大致可分爲三個時期。康熙時代是開創時期，如前所述，漢學與宋學尚未完全分開，由萌芽而逐漸取得壓倒地位。乾隆、嘉慶時代是全盛時期，考證古代典章制度和文字、音韻、名物、訓詁的考據學極爲發達，在延續一百年的長時期中，治學講究考證，形成了學術史上有重大影響的考據學派。道光以後是衰落時期，考據學越來越陷入煩瑣哲學，學術思想的統治地位逐漸爲今文學所代替，但純古文學仍然占有自己的陣地。

新漢學是長期以對古代典籍的考據爲主體的，所以又被稱爲考據學，或樸學。顧炎武提倡考據，原來是提倡一種科學的治學方法，用來實事求是研究古代的經典文獻，目的是「引古籌今」，經世致用。他搞金石考古和考證歷史地理、古代典章制度，也有爲了在異族統治下保存漢族歷史文物制度的用意。這些本來都有一定的進步性。

到雍正、乾隆時，清王朝嚴格控制思想文化，對知識分子實行一手高壓、一手拉攏的兩手政策：一方面大興文字獄，刑罰慘酷，戮尸滅族，株連恐怖，使知識分子不敢談政治，脫離現實；一方面繼續利誘收買。乾隆時又網羅大批學者，包括許多著名漢學家，進行大規模的古籍校勘考證，整理編纂卷秩浩繁的《四庫全書》，既顯示其重視文化，又審查統制圖書，既網羅知名學者，又禁錮和束縛知識分子思想。乾隆時代六十餘年，清王朝建成多民族的統一國家，社會比較安定，政權鞏固，實行嚴格的封建文化專制主義，一面是屠刀，一面是利祿，許多知識分子鑽進古書堆中，興起對古代典章制度和對經書文字音韻、名物、訓詁的考據，並形成一代學風。所以，清代考據家很多，《皇清經解》收錄考據名著一百五十七家，二千七百二十七卷⑥，多數是乾嘉時人及其考據著作，故世稱乾嘉學派。乾嘉學派是封建文化專制主義恐怖政策的產兒，是知識分子脫離實際、逃避現實的產物。

我們不能對乾嘉學派持完全否定的態度。清代考據學以顧炎武爲先行，由乾嘉學派大發展，以戴震爲中堅，清末由王國維集其大成。時間很長，著作豐富，不僅許多成果與《詩經》研究有密切關係，而且有不少考據《詩經》的專著。這些著述大部分產生在乾嘉時期，而乾嘉學派內部有不同的趨向和學風，要評價這些著作，不能不作一些具體的分析。

吳派考據的特點

乾嘉學派可分爲趨向不同的兩派，一是惠棟創始的吳派，一是戴震創始的皖派。吳派在當時受到皇帝的大力支持。皖派在學術史上影響大。

吳派的學風有兩個特點：一是好博而尊聞。吳派認爲，什麼東西都是越古越好，凡是漢儒的舊說，包括陰陽五行在內，他們都認爲「可寶」，凡是書上有的東西，都可以考證。不少考據家，上自天文地理，下至鳥木蟲魚，從文字校勘，到聲韻轉變，廣徵博引，無所不考。這派《詩經》考據名著，擇要來說，有惠棟《毛詩古義》一卷（考證文字）；洪亮吉《毛詩天文考》一卷（考證天文）；焦循《毛詩地理釋》四卷（考證地理），又《毛詩陸璣疏考證》一卷(考證草木鳥獸蟲魚),又《毛詩補疏》五卷(補充毛鄭訓詁);徐鼎《毛詩名物圖說》九卷(考證名物)⑦。在我們閱讀《詩經》時,這許許多多考證,有的幫助我們搞明白了文字名物訓詁上的一部分問題,或提供一些參考資料;可是也有許多考據如同「屠酤計賬」,羅列大堆材料,什麼問題也不能解決,屬於煩瑣無用的考據。另一特點是不講義理。他們只管考據,對思想內容不作任何說明和發揮,所以這樣的考據,只是屬於語言文字學、史料學、博物學的範疇,對於《詩經》的內容和藝術形式,則是一無所見。

皖派對《詩經》訓詁考據的重要成就

皖派的學風與吳派不同。他們反對空談義理,但不是不談義理。戴震主張義理應求之於古經,讀經必求之於文字訓詁,訓詁明而古經明,古經明而義理也明。所以皖派的特點是注重對經典的文字音韻和訓詁進行考證,來證疏經傳,闡述經義。如戴震就以文義考證爲基礎,批判「去人欲存天理」的理學說教是「以理禍天下」的「忍向殘殺之具」,「以理殺人」甚於「酷吏以法殺人」,發揮了王夫之「理存乎欲中」的思想(《孟子字義疏證》),完成了從哲學上和政治上對理學的批判,從此劃清漢學與宋學的界線。戴震的《詩經》研究專著《毛鄭詩考證》(四卷),《某溪詩經補注》(二卷)(疏釋到《召南·騶虞》篇),都是文字注釋和釋義相結合。可以說,戴震以考據學爲基礎達到清代古文學的高峯,是乾嘉學派中成就最大的人。

他的弟子段玉裁、王念孫，及王念孫的兒子王引之，在文字音韻學方面的卓越成就，對閱讀《詩經》也作出了重要貢獻。

段玉裁《說文解字注》（十五卷），按照戴震提出的「以字考經，以經考字」，達到文字音韻學的高峯。釋詞始於《爾雅》，後漢許愼著《說文解字》，只解釋本義，對引申義和假借義沒有研究。段玉裁以三十餘年之功，引錄經史百家之書研究考證，廣徵博引，校訛字，考文理，通條貫，對《詩經》等經傳文字的大量引申義和假借義，作出可信的考證。

王念孫傳戴震的文字訓詁之學，著《廣雅疏證》（十卷）。他的兒子王引之著《經傳釋詞》（十卷），成就更高。自漢以來的文字訓詁，多是解釋實詞，對大量的虛詞較少解釋，有的就當作實詞解釋，難明本來的文義。王引之廣取古經傳，歸納研究，參照比驗，對一百六十個虛詞的意義作了詳細的解釋。

這些考據學家音韻、文字、訓詁之學的成就，大大超過了前人。經過他們兩代人幾十年的研究考證，發現了經傳中古字的假借，古音的轉變，以及大批虛詞的用法，對古語不知讀音的，明白了讀音；誤釋詞義的，得其本義。由於他們的努力，佶屈聱牙的《詩經》等古經傳，成爲一般讀者可讀可解的詩篇或文章。直到今日，這些著作還是《詩經》和古經研究的必讀書。

乾嘉學派以古文學爲主，在極其廣泛的範圍內進行精密的考證，達到了很難再向前發展的地步，日益陷入支離破碎、毫無意義的煩瑣考證。道光以後，隨著今文學派的興起，展開考據和義理之爭，考據學就逐漸衰落。

以文字、音韻、訓詁、名物、辨僞、輯佚、校勘爲主要內容的考據，屬於處理史料的重要工作。淸代考據家們在這方面的大量考證，爲我們了解《詩經》等古籍提供了豐富可信的材料。乾嘉學派使用的是形式邏輯的方法，在一定範圍內有它的科學性，但它又畢竟屬於形而上學的思維方法，正如恩格斯所指出的，這個方法「雖然在相當廣泛的、各依對象的性質而大小不同的領域中是正當的，甚至必要的，可是它每一次都遲早要達到一個界限，一超過這個界限，它就要變成片面的、狹隘的、抽象的，並且陷入不可解決的矛盾。因爲它看到一個一個的事物，忘了它們相互間的聯繫；看到它們的存在，忘了它們的產生和消失；看到它們的靜止，忘了它們的運動；因爲只見樹木，不見森林。」⑧

馬瑞辰、胡承珙、陳奐三家著述的各自特點

我們也應該看到，乾嘉考據學只是淸代古文學的主要部分，並不是全部古文學。道、咸以後，考據學衰落，仍有一些認眞治學的古文學者，接受乾嘉學派的考據成果，證疏經傳，對《詩經》進行了比較全面的研究和疏釋。下面我們簡單地介紹馬瑞辰、胡承珙、陳奐三家的

《詩經》著述，了解他們各自的不同特點。

馬瑞辰是以古文爲主、今古文通學的《詩經》專家。他的名著《毛詩傳箋通釋》（三十一卷），以鄭玄《毛詩傳箋》爲本，吸取乾嘉考據學的成果，通過對音韻的轉變、字義的引申和假借、名物考古、訓詁、世次、地理等的廣泛考證，對三百〇五篇逐篇疏釋。他著重糾正唐孔穎達《毛詩正義》疏釋的錯誤，也糾正毛鄭傳箋的失誤。除了利用乾嘉考據學派的材料，爲了求實也像鄭玄一樣，吸取今文三家詩可取的疏解，或通過個人考證，提出新的見解。

他的成就，主要在文字訓詁。例如：《邶風．凱風》篇「吹彼棘心」句「棘心」一詞，孔疏的解釋爲「棘木之心」，他考證《易》等注疏，解釋爲初生的棗樹；《邶風．靜女》篇「愛而不見」句中的「愛」字，傳、箋都作本義解，他考證是「薆」或「僾」的假借字，解釋這句的意思是「隱而不見」；《秦風．蒹葭》篇「宛在水中央」句「中央」二字，孔疏將二字連讀，他通觀詩義並考之《說文》，釋「中」爲語助詞，「央」「旁」同義。像這樣的一些解釋，都是比較確切的。固然他的疏釋也有沿襲傳箋失誤或考證不確的地方，但有不少通過考證而超出前人的見解，不失爲研究毛鄭而超出毛鄭的重要著作。

胡承珙是古文學與宋學通學的《詩經》專家，代表作是《毛詩後箋》（三十卷）。他主《毛傳》，而反對《鄭箋》，認爲鄭玄的《毛詩傳箋》在許多地方把《毛傳》解釋錯了，徵引大批考據資料來疏證《鄭箋》的錯誤。當時在學術界漢學與宋學已經分開，漢學占壓倒的地位，宋學很少人研求，而他卻在廣徵博引中吸取兩宋學者的正確疏釋，表現了他的疏證有一定的求實精神。

陳奐是專治毛詩的專家。他有多種《詩經》專著，專崇古文毛詩。代表作《詩毛氏傳疏》（三十卷），是清代研究毛詩的集大成著作。在今文學興盛的咸豐年間，他力主古文毛詩，疏《毛傳》，傳小序。《傳疏．自序》說：「讀《詩》不讀《序》，無本之教也；讀《詩》與《序》而不讀《傳》，失守之學也。文簡而義贍，語正而道精，洵乎為小學之津梁，羣書之筦鍵。」他攻擊鄭玄兼採今文三家詩說，也反對宋學。他的著作可視為專治毛詩的一家之言。

另外，古文學者紀昀（曉嵐）主持編纂《四庫全書》，其中《經部詩類》收《詩經》著作六十二部、九百四十一卷，又附錄一部、十卷，全作了考證、校勘和內容提要（外存目八十四部、九百十三卷）。這些提要和目錄對《詩經》研究也有參考和索引作用。

今文學派說詩與三家詩遺說的搜集研究

清今文學派和社會思想運動

清代今文學在乾嘉時代已露端倪，它的開啓者是常州學派。道咸時代是它的興盛時期，以龔自珍、魏源為代表。光緒以後由康有為集其大成，進入衰落時期。

就在考據學風行一時的乾嘉時代，被稱爲常州學派的一小部分地主階級知識分子，不重視名物訓詁的考證，而研究今文公羊學，發揮「微言大義」。他們不滿脫離實際的煩瑣考據的學風，在學術思想上開啓考據與義理之爭。但在當時，他們的影響還不大。

道光以後，中國封建社會進入危機重重的末世，接連不斷的農民暴動、少數民族起義和西方資本主義入侵，內憂外困，把今文學派推上思想運動的前哨。「九州生氣恃風雷，萬馬齊暗究可哀；我勸天公重抖擻，不拘一格降人才。」龔自珍的《己亥雜詩》等詩章，呼喚從死氣沉沉的黑暗現實，出現大批改革者掀起風雷，給中國大地帶來生機。他痛感「避席畏聞文字獄，著書都爲稻粱謀」（《詠史》），要求衝破文化專制和煩瑣考據的桎梏。可是，他們畢竟是地主階級的改良派，只能從封建文化中尋找思想武器。今文經傳的內容和形式，便於他們發揮「托古改制」的議論，於是受到了崇用。清代今文學派的興盛，與西漢今文學有歷史淵源關係，但歷史條件和具體內容都不相同：西漢今文學與讖緯神學相結合，是鞏固中央專制主義封建國家的思想武器；清代今文學是在封建社會行將崩潰之際，以經學形式議論時政，揭露封建社會末世的矛盾和危機，探索社會改革的方法，成爲近代改良主義的思想武器。

龔自珍、魏源都是維新運動的思想先驅。隨著中國社會半封建半殖民地化的加速進行，康有爲集清代今文學之大成，又吸收歐洲資產階級的進化論和民主主義思想，領導了戊戌維新變法運動。應該看到，清代今文學本身還保留著大量的封建糟粕。光緒以後，在資產階級民主革命的過程中，今文學派由進步轉化爲反動，並隨著封建社會的瓦解而衰亡。

龔自珍的詩說

我們了解了今文學派，也就淸楚了他們對待《詩經》的根本態度。今文學者是提倡尊孔讀經的，因爲把孔子尊爲至高無上的神聖偶像，把經書奉爲不可違悖的絕對眞理，他們用發揮「微言大義」的形式所宣傳的「托古改制」的議論，才具有最大的權威。他們的詩說，就是通過評論《詩經》，依托某一篇章而發揮治亂改制的政治思想，托言這種主張早已寫在《詩經》裡，原來是由聖人提倡的。龔自珍的《六經正名》和《五經大義終始》及其答問中關於《詩經》的評論，就是這樣說詩的代表。

渺茫的三代是龔自珍復古的理想，他認爲，「仲尼未生，先有六經；仲尼旣生，自作不明」（《六經正名》），孔子整理六經保存三代文獻，「仿古法以行之，正以救今日束縛之病」（《朋戻論》四），「何敢自矜醫國手，藥方只販古時丹」，這個藥方就是托古改制。他從西漢今文學派公羊學的微言大義中發揮「三世三統」說，拋棄了陰陽五行等迷信部分，而把它作爲一個進化的歷史規律。他通過對《大雅》中幾篇記述周人開國歷史的詩和《周頌》中幾篇頌詩，宣傳由亂而治，要經過據亂世、升平世、太平世的階段：

若夫徵之《詩》，后稷舂揄肇祀，據亂者也；公劉筵几而立宗，升平也；《周頌》有《般》、有《我將》、《般》主封禪，《我將》言宗祀，太平也。（《五經大義終始答問二》）

他說《生民》中周始祖后稷領導發展生產，敬天保民，就是據亂而治。他反覆解釋《公劉》各章，「首章曰：『匪居匪康』，據亂故也」；四章寫「俾筵俾几……乃造其曹」，建立統治秩序；五、六章寫「既景乃岡」，「其軍三單」，領導發展生產，「夾其皇澗」，「與百姓慮安」，「皆治升平之事」。他認爲《周頌》中《般》、《時邁》諸篇，反映的就是「周公旦保文武受命，成太平之業」，是「文治」。（《五經大義終始問答》四、五）龔自珍從這些詩篇引證他的「三世」史觀。其實，三代事跡渺茫難考，他是以復古的要求，提出個人的改良主張。

他認爲社會動亂的根本原因是土地兼併、貧富不均，治亂必須關心民生，辦法是平均分配土地，提出以封建宗法家族制度爲基礎實行按宗受田。爲了強調宗法制的作用，他也引證《公劉》詩：「……又曰：『君之宗之』，惟祭乃立宗，非祭則宗不顯明。是故公劉教民祭，而豳國之民，無不尊其宗者，後其支者，大宗無不收其羣宗者。」（《五經大義終始論》）這自然是迂腐的幻想。如何實現對人民的統治，他引證《大雅・皇矣》：「《詩》曰：『不識不知，順帝之則。』夫堯固甚慮民之識知，莫如使民不識知，則順我矣。」（《平均篇》）又十足地表現了封建主義的立場。

龔自珍自己曾說：「予說詩以涵詠經文爲主，於古文毛、今文三家，無所尊，無所廢。」（《己亥雜詩》自注）我們認爲，龔自珍還是屬於今文學派的，他從今文公羊學繼承了「三世三統」說，也繼續通過微言大義來宣傳托古改制。但是，他並不是純今文學，他揚棄了公羊學的迷信部分，而把經書當作三代史料，把托古改制作爲改良主義的思想武器，改造並且發展了今文學。他在箝制思想言論的文化專制統治之下提倡改革，當然要利用合法的根據，於是，他從舊的合法思想中提出新的政治口號，改造統治階級尊奉的經典作爲進行改革鬥爭的武器。他引證《詩經》所以主要是採用附會引申的方法，是完全可以理解的。他把《詩經》當作史料應用，這一點也是應該肯定的。

魏源的《詩古微》

魏源的《詩古微》，是清代今文學派的一部重要的《詩經》專著。

今文學的三家詩，自從鄭玄箋《毛傳》以後，齊詩亡於東漢，魯詩亡於晉，韓詩到北宋汴京之亂散佚，只剩下一本《韓詩外傳》。從南宋時起，就有學者開始搜輯三家詩的佚文、遺說。清代考據學興盛，輯佚成一門發達的學科，對三家詩佚文、遺說繼續搜輯。道光年間，魏源在前人輯佚的成就上，論述三家詩和毛詩的異同，發揮三家詩的微言大義。《詩古微》就是這樣一部以研究三家詩爲主的論著。全書二十卷，分上、中、下三編。卷首一卷，分別對魯詩、齊詩、韓詩、毛詩的傳授源流進行考證，據史傳各代藝文志和人物傳，考明各家詩的學者及其著述。上編六卷，分別論述四家詩的異同。詩樂、毛詩、四始以及《風》、《雅》、《頌》各編詩義集義。中編十卷是依次對十五國風、《小雅》正變、《大雅》及三頌的通論和疑難答問。下編三卷，輯錄古序並取錄王夫之《詩廣傳》。

卷首考證各家詩傳授源流，通過史傳的記載，說明魯詩自申培所傳，傳到東漢，經過十八位學者；齊詩自轅固所傳，經過十二位學者，亡於東漢；韓詩由韓嬰所傳，傳到晉時，中間經三十位學者；毛詩傳授最晚，由毛亨傳到隋時，史傳有記載的學者近七十人。據《隋志》，在隋時魯詩齊詩已經無存，韓詩毛詩尚存三十九部（四四二卷）。他說：人們都以毛詩爲古學，而毛詩要較三家詩爲後出，而且三家詩在古代傳授不斷，有很大影響。

那麼，各家詩有什麼異同呢？他在《齊魯韓毛異同論》中，徵引歷代諸家的引錄或評論，作了比較辨析。他指出，毛詩晚出，漢初的史傳及儒家諸書引詩當取三家，所以《史記》、《列女傳》、《新序》、《說苑》、《說文》、《左傳杜預注》等著述，所引詩義，也都是三家詩義，因此，這就證明三家詩都有序，而且是古序。他又認爲，就三家詩序來看，大同小異，所以「三家實則一家，積久豁然，全經一貫。」鄭玄箋《毛傳》，也兼採三家詩序。讀詩要明古義、古訓，當於三家詩求之，不可獨信《毛詩序》。

他把《詩經》各家的詩序一一集中起來，舉列各種經史著作所引詩序，也列《毛詩序》及《鄭箋》、《孔疏》、《朱傳》的題解，用來比較它們的異同和得失。他在中編長達十卷的逐篇疑難答問中，發揮三家詩的微言大義，「補苴其罅漏，張皇其幽渺」，標榜「揭周公孔子制禮作樂之用心」，「上明乎禮樂，下明乎春秋。」他認爲，明禮樂就是治平防亂；明春秋就是撥亂反治。因此可以說，《詩古微》的中心思想還是托古改制，宣傳地主階級改良派的社會政治改革觀點。

魏源在《毛詩義例篇》中認爲，毛詩可以作爲一家之言，但毛詩的本義，《毛詩序》和《鄭箋》並沒有全部傳下來。《鄭箋》和《毛傳》的訓詁、釋義都有不同之處，尤其是《毛詩序》，失去毛詩本義十分之四五。他例述《毛詩序》對《國風》各篇篇義解釋的謬誤十八處，論證《毛詩序》穿鑿附會，歪曲詩的本義。他認爲毛詩的缺點，不僅是《雅》《頌》世次的失誤，其美刺正變之說尤其謬誤。在全書中貫穿著他對美刺正變之說的批判。他還認爲，詩有六義，「毛傳止標興體，不及比賦」，言興一百十六處，無一字言比賦，並往往把比興混爲一談。

對於詩入樂不入樂的爭論，魏源提出了自己的觀點。在這個問題上，他又與大多數今文學者不同：「他認爲孔子未刪詩，而只是正樂。他說：「古者樂以詩爲體……正樂即正詩也，樂崩而詩存」（《夫子正樂論》上）。他辨析諸家的爭訟，廣徵博引，反駁了所謂三百篇有「徒詩」論、「變風變雅不入樂」論，據文獻史料考證，《詩》在春秋時全入樂，只是有正樂和散樂之分，祭祀、朝會及各種典禮使用的樂歌是正樂，房中筵賓隨意演奏的樂歌是散樂、「無算樂」。他的「詩全入樂」的觀點，在當時的爭論中是有創見的。

發揮三家詩的微言大義，魏源的主要方法也是附會引申。除了引申之外，他也輯錄三家詩派以外的古論作爲補充。如錄顧炎武引詩說詩十二段，都是提倡「衆治」、「寬刑」、關心民生經濟等治亂主張。最後又全取王夫之的《詩廣傳》，譽爲「精義卓然」，正是他對王夫之改良主義的讚賞。從這裡可以明顯看到《詩古微》的政治傾向性。

王先謙的《三家義集疏》

王先謙的《三家義集疏》（二十八卷），是搜輯三家詩遺說的集大成著作。清代學者的輯佚之學曾經盛極一時，輯錄出不少早已亡佚的古書。

對三家詩的輯佚工作，南宋末年王應麟的《詩考》（一卷）是搜輯三家詩遺說及異字異義的開山著作。明代何楷《詩經世本古義》繼續有所搜獲。清代范家相、阮元、丁晏等先後補輯《詩考》，至陳喬樅《三家詩遺說考》（十八卷），已經搜輯尋遍古書了。清代的《詩經》研究，先是清初提倡毛鄭學說來反對朱熹，乾嘉以後又提倡《毛傳》來反對《鄭箋》，道咸以後又提倡三家詩來反對《毛傳》。可是三家詩早已亡佚，於是對三家詩佚文、遺說的輯佚就興盛起來。據馬玉翰的《玉函山房輯佚書》及《皇清經解續編》所收，有近二十部、百餘卷之多。光緒年間，王先謙總結諸家搜輯的成果，可以說凡是古籍中所引錄的三家詩遺說，都已經輯錄，依次排列於各篇詩文之後，並且作了必要的疏釋，使讀者便於閱讀參考，成爲研究三家詩的基本著作。⑨

超出各派之爭的「獨立思考」一派

整個清代的學術思潮，貫穿著漢學與宋學之爭、古文學與今文學之爭、考據與義理之爭、舊學與新學之爭以及各派的各自內部之爭。在《詩經》研究領域，這些論爭是通過這一學科特有的歷史資料來進行的，各派學者絕大多數都捲進這些鬥爭的漩渦。這些鬥爭，前後相襲兩個世紀，其中超出各派鬥爭的潮流，不帶宗派門戶偏見，能夠獨立思考，自由研究，探求《詩經》各篇本義，並且有顯著成績的學者，有姚際恆、崔述、方玉潤。他們不跟著任何一派跑，所以他們也不爲任何一派提倡，在他們生活的時代，他們是不受重視的。只是到近代，人們才發現他們的價値。

姚際恆的《詩經通論》

姚際恆的《詩經通論》，寫成於康熙年間，正是漢學與宋學激烈鬥爭之時。他首先擺脫兩派門戶之見，批評這些論爭的雙方有著形而上學的傾向。他說：「前之遵《序》者，《集傳》出而盡反之，以遵《集傳》；後之駁《集傳》者，又盡反之而仍遵《序》；更端相循，靡有止極。」（《自序》）他指出漢學和宋學各有缺點和謬誤：「漢人之失在於固」，《詩序》「雖不無一二宛合，而固滯、膠結、寬泛、塡湊，諸弊叢集」；「宋人之失在於妄」，《詩集傳》「時復陽違《序》而陰從之，而且違其所是，從其所非。武斷自用，尤足惑世。」這些見解是可取的。

根據這個理論，他論詩，既不依傍《詩序》，也不附和《詩集傳》。正如他在《自序》中所說：「惟是涵泳篇章，尋繹文義，辨別前說，以從其是而黜其非」。他從詩的本義探求詩義，認眞研究詩文，考證書史，逐一檢查前人各家注疏，然後以嚴謹的態度自由立論。有一些篇章，他錄列漢學、宋學各家解釋並一一駁詰，但又提不出新解，就以「不可詳」或「不得其解」存疑。正因爲他態度嚴謹，不肯穿鑿妄斷，所以對一部分篇章的內容，確能打破前人的誤解，得出比較實事求是的創見。

在全書中，除了逐章串講詩文，通解全篇意旨，每篇還有藝術表現手法的評述。在指明詩中的比、興、賦手法，分析章法句法等方面，較之《詩集傳》略爲詳悉。

崔述的《讀風偶識》

崔述的《讀風偶識》，寫成於嘉慶年間，是研究《國風》的專著。

當時正是考據學占統治地位，學術思潮是重考據而不談義理。他反當時的潮流，闡述《國風》的意旨，發揮各篇的內容。當時也正是古文學大盛，時人本《序》而非朱。他反當時的潮流，列擧《詩序》的謬誤，進行激烈的批評，並且指出朱傳之非「不在於駁《序》說者之多，而在於從《序》說者尚不少。」

他自述論詩的基本方法：「惟知體會經文，即詞以求其意，如讀唐宋人詩然者，了然絕無新舊漢、宋之念存於胸中，惟合於詩意者則從之，不合者則違之。」他說明他所取錄的「但朱傳之合者多，衛序之合者少耳。」⑩他打破漢宋門戶之見，就詩求義，採錄並推求出一些可取的見解。

方玉潤的《詩經原始》

方玉潤的《詩經原始》，寫成於光緒初年⑪。當時今文學盛行，今文學派搜輯三家詩遺說，發揮微言大義，而三家詩說也遠非詩的本義。方玉潤受到姚際恆《詩經通論》的影響，在《自序》中說：「循文按義」，「推原詩人始意」，「不顧《序》，不顧《傳》，亦不顧《論》，惟其是者從而非者止」。書名爲《詩經原始》，就是不滿於流行的附會曲解，從詩的本義探求詩的原始意義。

他對古文學、今文學、宋學各家詩說辨析抉擇，又匯集近人說詩成果，再經過自己的鑽研，較多地採錄了姚際恆的新說。雖然他也仍然不能突破傳統的封建詩教的樊籬，卻提出一些能夠打破前人成說的新見解。梁啓超評論說：「《詩經原始》稍帶帖括氣，訓詁名物方面殊多疏舛，但論詩旨，卻有獨到處。」（《中國學者近百年學術史．十四》）方玉潤對一些詩篇的解釋確有其精當獨到之處。有的詩千年難解，他提出新解，爲現代《詩經》研究者所取。試舉三詩，以見方玉潤確能撥開傳統釋疏的層層迷霧，闡明一部分詩篇的眞實內容。

《周南．桃夭》篇，古有爭論。《大學》、《易林》引用過這篇詩，有「男爲邦君」、「國樂無憂」、「宜家教國」等語；齊詩據而比附，釋爲「武王娶邑姜」；《詩序》釋「后妃之所致，不妒忌，則男女以正，昏（婚）姻以時」；《詩集傳》釋「文王之化，自家而國……歎其女子之賢」。方玉潤排除了這些穿鑿附會的封建教義，提出：「此亦泳新婚詩，與《關雎》同爲房中樂，如後世催妝坐筵等詞，特《關雎》從男求女一面說，此從女歸男一面說，互相掩映，同爲美俗。」把這篇詩解釋爲民間婚嫁的樂歌，祝賀青年女子出嫁的詩，是正確的。

《周南．廣漢》篇，魯詩、韓詩釋爲寫漢水神女故事，比附離奇。《詩序》釋爲「文王之道被於南國，美化行乎江漢之域」，穿鑿不通。《詩集傳》釋爲「文王之化……變其淫亂之俗，故其出遊，人望見之，而知其端莊靜一」，是朱熹自己的理學觀點，不符原義。方玉潤排除上述誤解，就文義內容及藝術形式的特點，斷爲「江干樵唱」之詩，即樵子在江邊謳唱愛情的山歌。他的解釋比較平易近情。

《周南·芣苢》篇的芣苢（車前草），各本注解不一：毛傳注宜懷妊；今文注治癩；陸疏治難產；各家據而附會，穿鑿詩義。《詩序》釋：「《芣苢》，后妃之美也。和平則婦人樂有子。」韓詩釋：「傷夫有惡疾」，「芣苢雖臭惡乎，我猶採採而不已者，以興君子雖有惡疾，我猶守而不離去也。」魯詩進而杜撰一個宋女蔡妻遇夫有惡疾而矢志不改嫁的故事，劉向引到《列女傳·貞順篇》。魏源《詩古微》襲「宋女蔡妻」說。《詩集傳》釋：「化行俗美，家室和平，婦人無事，相與採芣苢而賦其事以相樂也。」明豐坊僞傳又提出「兒童鬥草」說，此外還有宜男說、隋胎說等等，千年無正解。對詩的藝術評價也不同，袁枚《隨園詩話》論此詩內容空洞、藝術單調、結構不能成章成體。姚際恆駁斥了各家對詩義的曲解，但提不出新見，以「此詩未詳」存疑。方玉潤作了新的解釋，釋爲田家婦女結伴採擷時共同謳唱的山歌。他說：「試平心靜氣，涵泳此詩。恍聽田家婦女，三三五五，於平原繡野，風和日麗中羣歌互答；餘音裊裊，若遠若近，忽斷忽續，不知其情之何以移，而神之何以曠，則此詩可不必細繹而自得其妙焉。」在藝術上，他把這篇詩和漢樂府一首只有魚戲蓮葉數句的《江南曲》相比，認爲其無所指實而情眞景眞，不失爲「千古絕唱」。

姚際恆、崔述、方玉潤三家著作，不爲當時的潮流所左右，不爲傳統傳疏所束縛，以求實的精神尋繹文義，對各家注疏逐一辨析。他們大膽懷疑，窮委竟原，謹嚴自守，又自由立論，從而打破前人一些謬誤的成說，探求了一部分詩篇的本義。開拓了《詩經》研究的一種新的學風。這種學風，現在還是可以借鑒的。

另一方面，他們都是封建社會地主階級知識分子，他們所接受的全部封建禮教的教育以及所可能接受的學術研究資料，是他們不可能逾越的時代的和階級的侷限。姚際恆攻擊《毛詩序》，攻擊《詩集傳》，卻不能打破封建社會的基本倫理系統，對於許多詩篇的解釋，不可避免地要利用原有的經史材料。地主階級的立場觀點，又使他不能對這些材料作出科學的判斷，因而在他的著作中也包含著大量的封建糟粕，附會上一些封建倫理道德的教條。《詩經通論》對情詩戀歌的解釋，在這一點上表現得較爲突出。他把正面的抒寫曲解爲反面的諷刺，那些眞摯直率的情詩，都被他解釋爲「刺淫之詩」。崔述也不能拋開封建倫理道德思想，他把情詩戀歌解釋爲「懲淫蕩之風」，對許多詩篇的解釋，仍難免穿鑿附會。這些封建思想的束縛，方玉潤同樣難以避免，也不能正確闡明大多數詩篇的本義。

封建社會的地主階級知識分子，不能突破他們本階級的思想樊籬，他們的謹嚴態度和求實精神，只能探求到一定的程度，決不能越出本階級所允許的範圍。

經學沒落與《詩經》研究的革新趨向

今古文學崩潰與封建文化的沒落

鴉片戰爭以後，在中國向半封建半殖民地迅速轉化的過程中，今文學派把經學改造爲變法維新的思想武器，領導了改良主義的政治運動。古文學派擁護舊的封建統治秩序，堅持綱常禮教，反對維新，向今文學派進行猛烈的攻擊。維新派與頑固派的鬥爭，在學術思想上的反映就是新學與舊學之爭。

今文學派後期的代表康有爲，在十九世紀後期，是從封建士大夫階級分化出來向西方國家尋找救國眞理的先進人物，他集清代今文學之大成，又在自己學說中吸取西方資產階級民主思想和進化論，改造了傳統的封建經學。他提倡讀經，但是否定全部古文經書，斥它們是「僞經」；而今文經書寥寥無幾，經過他們發揮「微言大義」，已經全非原來面貌，這就等於否定了全部經書。他狂熱地尊孔，提倡建立以孔子爲教主的新宗教，但把孔子改造成「托古改制」的改良主義祖師爺，實際上否定了本來的孔子，而塑造一個神秘玄虛的偶像。他把與封建制度對立的資本主義社會的因素，强塞在舊社會封建文化的外殼之中，這些新的因素不斷增長，舊的外殼也就崩潰了。當資產階級革命派還沒有形成政治力量，康有爲的前期學說和他領導的改良主義政治運動，還有一定的進步作用；到他的後期，資產階級民主革命運動高漲，他堅持改良主義的調和路線，就發展成反對革命的保皇黨，他的學說也成爲反動理論，受到革命派和頑固派的兩面夾擊，影響範圍越來越小。

今文學派最後的大師皮錫瑞，光緒年間著《經學歷史》及《詩經通論》等書，都是清末的今文學名著。他是搞所謂純今文學的，不討論現實社會問題，不參與政治論爭。在當時今文古文之爭中，他在自己的歷史著作中對二者褒貶分明。《詩經通論》是繼魏源之後研究三家詩及三百篇關屬問題的理論專著。可是，在資產階級民主革命的時代，他遠離時代的思潮，繼續彈奏過時的老調子，已經引不起多少反響。皮著可謂「力作」，但經學已經徹底沒落，他因襲舊的經學理論，對社會運動和學術發展都沒有多大價值。

古文學反對今文學的理論基礎是「天不變道亦不變」。他們提倡的舊學，只是宣揚「綱常實千古不變」，「君臣之義與天無極」。（蘇輿《翼教叢編》）爲了對抗變法維新的新學，他們又與宋學調和起來，形成所謂「漢宋調和」派，提出「中學爲體，西學爲用」，作爲洋務派的理論。所謂「中學爲體」，就是維護封建綱常這個體；所謂「西學爲用」，就是效法西洋的製造技術和工藝，發展軍事工業，作爲鎮壓和自衛的工具。頑固派和洋務派在思想實質上是一致的，都是把尊孔讀經，維護封建專制制度與崇洋賣國三者結合爲一體。這兩小撮當權派，在學術鬥爭上都是打著古文學的旗號來反對今文學的。他們强制人們讀經，「遊之以《詩》《書》六藝」，「誦《雅》《頌》之章」；用提倡復古來對抗革命。他們又提倡「民族自大狂」，據范文瀾《中國經學史的演變》引錄的材料，某古文學者曾說：「八大行星是中國首先發明。《詩經》不是說『嘒彼小星，三五在東』麼。三加五就是八大行星了。」⑫在這可笑的附會背後，隱藏著多麼狹隘、落後的保守思想啊！反動加愚妄無知，就是他們的公式。

夠得上稱為古文學派最後代表的是章炳麟（太炎），他反對今文學派神化孔子，反對創立孔教，反對附會引申經書的「微言大義」，而主張把《詩經》等五經當作歷史材料來研究。他受清初思想家黃宗羲民族思想的影響，成為激進的反對滿族封建皇朝的民主革命家。章炳麟主張革命，是反滿的民族思想和西方資產階級思想對他的影響。封建文化的古文學使他不能徹底革命，辛亥革命以後，他就認為推翻清朝的目的已經達到，「五四」時期，又激烈地反對白話文。魯迅說他：「既離民衆，漸入頹唐」，最後轉化為尊孔讀經派，「身衣學術之華袞，粹然成為儒宗」⑬。在民主主義革命的洪流中，他和他的古文學，完全被人民所遺忘。

經學，本來是封建主義的意識形態，它依附封建主義而萌芽、而發展、而沒落。既然封建社會已經崩潰，在中國人民革命的歷史進程中，今文學和古文學的沒落，是社會發展的必然結果。

最早的對儒家詩教的批判和《詩經》白話新注本的出現

早在辛亥革命以前，青年魯迅在一九〇三年發表的論文《中國地質略論》（《集外集拾遺》）和一九〇七年發表的文論《摩羅詩力說》中對《詩經》作了評論。他對詩篇的理解，不受傳統經傳義疏的束縛而提出新見，並把批判的鋒芒直指儒家的詩教。在近代史上，魯迅是用愛國主義和革命民主主義思想來評論《詩經》的第一個人，他否定了兩千年來封建統治階級評論《詩經》的指導理論，批判了束縛人民思想、桎梏文藝創作的儒家詩教，這是《詩經》研究史和近代文藝批評史上的一個劃時代的革命。魯迅最早的評論都寫在清朝末年，他的觀點不但遠遠超出乾嘉學派和今文學派，也超出姚際恆、崔述、方玉潤等人整整一個時代。

在魯迅寫作《摩羅詩力說》的次年，即一九〇八年（光緒三十四年），出現了第一本《詩經》白話注本。

木刻本《詩經白話注》，江陰錢榮國著，江陰禮延高等小學堂印行。全書共四卷，卷前有《例言》，每卷卷後均有著者的《附記》。《例言》說：「是編之作，在啓發童蒙，以顯淺明白爲主。務使經義雖古奧，無師可自通，故用白話。」根據現有資料，我國用白話文注解《詩經》，這是最早的一本。從《例言》中看，著者還打算作《尙書》、《易經》、《儀禮》等白話注。早在「五四」文學革命提倡白話文運動的十年以前，錢榮國已經進行用白話文普及中國古籍的工作。錢榮國的生平，現在還只能從該書自序中知道他是貢生，曾肄業於南菁書院，可能是這個禮延高等小學堂的教習⑭。從他對詩的解釋和所採用的白話形式，他是屬於那個時代既飽受封建文化的薰陶，又接受了民主新思想影響的知識分子，如他對《魏風．碩鼠》的注文：

這是時政貪殘，百姓受了困苦，因借大鼠來比方。大意説大鼠大鼠，幸勿害我生計，我慣你已久了，你奈何全不顧我？我將離你，去到那極樂地方，那極樂地方，在我甚覺相宜。何必在此呼號求救！「直」字作「宜」字解，「永號」是長久呼號。

解説簡明扼要，闡述詩義深刻透徹，與傳統經學注疏不可同日而語。與方玉潤《詩經原始》對此詩的解説相比較，他的鮮明立場，也大大超過了約早於他三十年的方玉潤。這說明在二十世紀初的民主思想啓蒙時期，《詩經》的研究和流傳，從內容到形式都要開始進入一個重大的革新時期。

「五四」新文化運動，以風捲殘雲之勢，掃蕩封建文化，經學也像已經失去根底的枯枝朽葉，被前進的中國人民廢棄了。人們以新的立場和觀點來研究封建社會的文化遺產，也重新研究《詩經》。兩千年來，被封建統治階級利用的《詩經》，被長期掩蓋或歪曲了本來面目的《詩經》，開始獲得了新生。

舊的封建文化衰亡了，但是它的屍骸還留在社會上，發出臭氣，毒害人們，「五四」以後的封建軍閥政府和遺老遺少，仍繼續提倡尊孔讀經，提倡《詩》、《書》六藝。就是在現代《詩經》研究中，不是還有封建經說的痕跡嗎？批判這些糟粕，還是我們的一項長期、艱巨的任務。

①周予同《經今古文學》，《古史辨》第二冊，三〇三頁。

②《詩廣傳》，中華書局一九六四年點校本，王孝魚點校。《詩繹》、《夕堂永日緒論・內編》，收於《淸詩話．姜齋詩話》，上海古籍出版社，一九七八年版；又有人民文學出版社本。

③《北門》一詩，實在《邶風》，據《淸詩話》（上海古籍出版社本）所收《姜齋詩話》卷下第四五條印作《衛風》，誤。

④《通志堂經解》爲納蘭成德刊行其師徐乾學所藏於傳是樓之宋元經解名著，又名《傳是樓經解》。

⑤《詩經傳說匯編》以後，乾隆又御纂《詩義折中》二十卷，擷取可採舊說，隨文詮釋，但不條例姓名，不考辨得失。二書可參閱《四庫全書總目提要．經部詩類二》。

⑥道光初年阮元選淸代漢學家名著刊行《皇淸經解》，又名《學海堂經解》。光緒初年，王先謙又搜其

所遺及道咸以來經解名著刊行《皇清經解續編》，二書凡三百八十九部，二千八百三十卷，以古文經學爲主。

⑦本文所舉乾嘉學派考據著作均收《皇清經解》，不一一作注。

⑧《馬克思恩格斯選集》第三卷四一八—四一九頁。

⑨有人說王先謙是古文學者。這個問題可以再研究。但是，三家詩是今文學，《三家義集疏》是搜輯三家詩佚文遺說的集成性著述，所以我們把這本書放在今文學的著述中。

⑩上引文，俱見本書卷一，商務版《叢書集成初編》本。這句所說的「衛序」，即指《毛詩序》，他認爲《毛詩序》是衛宏作。

⑪據向達《方玉潤著述考》，方約卒於光緒七年。

⑫《范文瀾歷史論文選集》，中國社會科學出版社，二九四頁。

⑬《且介亭雜文末編．關於太炎先生二三事》。

⑭吳德鐸《最早的〈詩經〉白話注本》，《中華文史論叢》第八輯，一九七八年。

魯迅論《詩經》

全面了解魯迅評論《詩經》的科學體系

魯迅著作中，有不少關於《詩經》的論述。這些論述有三個部分：一、從辛亥革命以前至一九二五年關於《詩經》的評論；二、一九二六年在廈門大學對於《詩經》的講述（《漢文學史綱要》）；三、散見在後期雜文和書信中對《詩經》研究有關問題的論述。

這些論述雖然都比較簡略或零散，但表現出了作者的廣博知識和精闢見解。我們把它和作者論古典文學的整個思想觀點體系結合起來研究，即可以脈胳分明地看到魯迅對於《詩經》的系統的見解。魯迅以翔實的材料爲立論基礎，從陳說的重重迷霧中披荊斬棘，破除陳言，創立新說，一些觀點至今仍閃耀著光輝。

這些論述是在他與清朝末年的封建頑固派、二十年代前期的讀經復古派和二十與三十年代的整理國故派鬥爭中進行的，其中也表現出他由愛國主義、革命民主主義到馬克思主義的發展過程。所以，我們應該把這三個部分聯貫起來研究。

解放以後的《詩經》研究曾經有過庸俗社會學和教條主義傾向。十年浩劫時期，「四人幫」採取實用主義手法，往往稱引魯迅的片段言論，割裂、歪曲魯迅的思想，時而把《詩經》全盤否定，加上嚇人的罪名；時而又對它推崇備至，戴上華美的桂冠。有時，他們摘引魯迅批判封建文化糟粕的「語錄」，「扯大旗爲虎皮」，辱罵《詩經》是「復辟經」、「復辟勢力的意識形態」①，批判《國風》「貫穿著一條復辟倒退的黑線」，《伐檀》等詩「攻擊新興的封建制」②。有時他們又不顧魯迅對《詩經》內容的具體分析，對《詩經》籠統肯定，說《詩經》是「民歌選，對中國詩的現實主義方向發生了決定性影響」、「古代人民的詩歌」、「奴隸反抗的革命文學」③。在現代《詩經》研究史中，全面了解魯迅關於《詩經》的整個科學觀點體系，是我們面前的一個重要課題。

魯迅前期關於《詩經》的評論

魯迅少年時代已經讀完四書五經，而且很早就喜愛搜集和描繪《爾雅音圖》、《毛詩品物圖考》及其他圖畫④。他說：「孔孟的書我讀得最早，最熟，然而倒似乎和我不相干。」（《墳·寫在〈墳〉後面》）魯迅對於那些聖賢的經解是不感興趣的。青年的魯迅對《詩經》中的一些詩篇就提出自己的新解。早在一九〇三年發表的論文《中國地質略論》（《集外集拾遺》），他以愛國主義的熱情，介紹我國地質分布和礦藏的豐富，歌頌「吾廣漠美麗最可愛之中國」，疾呼「中國者，中國人之中國」，「不容外族之探揀……不容外族之覬覦」，他痛心於帝國主義掠奪我國礦藏，引述《詩經．唐風．山有樞》中的詩句寫道：「然彼不憚重繭，入吾之地，狠顧而鷹睨，將胡爲者？詩曰：『子有鐘鼓，弗鼓弗考。宛其死矣，他人是保。』則未來之聖主人，以將惠臨，先稽賬目，夫何怪焉。」對《山有樞》詩的傳統解釋，《毛詩序》說：「刺晉昭公也。不能修道以正其國。有財不能用，有鐘鼓不能自樂，有朝廷不能灑掃，政荒民散，將以危亡，四鄰謀取其國家而不知。」三家詩以爲是刺晉僖侯的僞裝節儉、昏瞶吝嗇。朱熹《詩集傳》則說：「蓋言不可不及時爲樂」，解釋爲提倡及時行樂。魯迅引述這篇詩卻用以斥責封建統治者喪權賣國，「引盜入室」，號召青年振興中華，保衛主權。魯迅不受傳統經傳義疏的束縛，勇於破除陳言，提出新見。

辛亥革命前夕，青年魯迅滿懷革命激情，爲了挽救民族危亡，喚醒人民反對帝國主義和本國封建統治階級，在介紹歐洲富有民主主義革命鬥爭精神的積極浪漫主義詩人的重要論文《摩羅詩力說》中，他一方面熱情讚美這些詩人「不爲順世和樂之音」，而「立意在反抗，指歸在動作」，渴望古老的中國「別求新聲於異邦」；另一方面，批判保古主義者陶醉在古國文明的昔日光榮中「漫誇耀以自悅」，導致了民族的衰落和滅亡，猛烈抨擊桎梏人們思想、扼殺個性的孔門詩教，分析了它的產生和惡劣影響。他論述詩歌激動人心並能夠由精神力量轉化爲改變社會的物質力量，統治階級爲「永保其故態」，「詩究不可以滅盡，則又設範以囚之。」儒家的詩教正是封建統治階級製造的樊籬，用以束縛文學，束縛人們的思想。他有力地詰問道：「如中國之詩，舜云言志，而後賢立說，乃云持人性情，三百之旨，無邪所蔽。夫既言志矣，何持之云？强以無邪，即非人志。許自繇於鞭策羈縻之下，殆此事乎？」「詩言志」，是對詩歌表達人們思想、願望和感情這一特質的概括。孔子提出「詩三百，一言以蔽之，曰：『思無邪』」（《論語．爲政》）。所謂無邪，就是思想純正，即符合封建統治階級的禮義標準。漢儒發揮「無邪」詩教，爲宣揚禮義而對《詩經》內容進行種種歪曲。南朝梁代劉勰說：「詩者，持也，持人性情。三百之蔽，義歸無邪。」（《文心雕龍．明詩》）進而把它作爲文學的根本原則。魯迅認爲，這種約束從根本上違背了詩歌的本質及其創作的規律，是束縛詩歌的梏桎。他說：「然厥後文章，乃果輾轉不逾此界。其頌祝主人，悅媚豪右之作，可無俟言。即或心應虫鳥，情感林泉，發爲韻語，亦多拘於無形之囹圄，不能舒兩間之眞美；否則悲慨世事，感懷前賢，可有可無之作，聊行於世。倘其囁嚅之中，偶涉眷愛，而儒服之士，即交口非之，況言之至反常俗者乎？」魯迅在這裡說明：拘囚於「無邪」詩教，只能產生大量爲統治者歌功頌德或聊行於世的可有可無之作，抒發眞實感情和反抗世俗的詩歌是受到壓抑的。

魯迅在《忽然想到（六）》一文中，揭露保古派復古讀經的目的在於反對社會的革新和進步，使「老大的國民盡鑽在僵硬的傳統裡，不肯變革，衰朽到毫無精力了，還要互相殘殺。」接著引用《詩經》中的兩句話寫道：「於是外面的生力軍很容易地進來了，眞的『匪今斯今，振古如茲』。」「匪今斯今，振古如茲」兩句出於周王春季祭祉稷的樂歌《周頌．載芟》，原意是歌唱連年的豐收和邦家的昌盛：不單今年是這樣，自古就是這模樣。魯迅對這種欣然自得的保古思想，給予辛辣的諷刺，指出繼續古老的傳統而不肯變革，造成了民族的衰老，因而自宋以後，外族侵略者乘虛而入，這在民族歷史上也是自古如此的。

魯迅在《墳．春末閑談》中對《小雅．小宛》「螟蛉有子，蜾蠃負之」的引用和解釋，也很有意思。原章是「中原有菽，庶民采之，螟蛉有子，蜾蠃負之。教誨爾子，式穀似之。」有的經解者認爲，蜾蠃（細腰土蜂）均雌性不能生育，捉螟蛉（桑上小青蟲）當繼子，並以此作爲封建道德教育的美談。後來有人發現，細腰蜂自能生卵，捉桑蟲是塡在窩裡給孵化出的幼蜂充作食料。外國的昆蟲學家繼中國人之後，也發現了這個情況。魯迅就此發揮道：「這細腰蜂不但是普通的凶手，還是一種很殘忍的凶手，又是一個學識技術都極高明的解剖學家。她知道青蟲的神經構造和作用，用了神奇的毒針，向那運動神經球上只一螫，它便痳痺爲不死不活狀態，……直到她的子女孵化出來的時候，這食料還和被捕當日一樣的新鮮。」魯迅說，孔孟以來的那些「聖君、賢臣、聖賢、聖賢之徒，以至現在的闊人、學者、教育家」，也希望有細腰蜂那樣的「神奇的毒針」，以便對人民施行精神痲痺。

魯迅在近代史上第一個用愛國主義和民主主義思想來評論《詩經》，批判了封建統治階級評論《詩經》的指導理論和束縛人們思想的儒家詩教。魯迅早期的評論是處在清朝末年，他的觀點不但超出清代《詩經》研究的考據學派和今文學派，也超出清末自由研究《詩經》的著名學者崔述、方玉潤等人整整一個時代。

魯迅在二十年代前期所寫的一系列抨擊尊孔讀經的雜文，其鋒芒直指內外反動派及其復古思潮。在這些雜文中關於《詩經》的評論，筆鋒也是指向那些封建糟粕的。他在與復古派戰鬥的同時，也進行了文學遺產和文化資料的輯錄、鉤沈、校勘、整理工作，收集和研究大量資料，並在大學講授中國小說史和中國文學史等課程。他編著的講義《漢文學史綱要》第二篇，就比較系統地重點地講述了《詩經》。

對《詩經》一分爲二的分析

《漢文學史綱要》是魯迅在廈門大學講文學史編著的講義。他講述的內容，大體分三個部分：一、對其內容一分爲二的分析；二、對其時代、編訂、體制等問題的論述；三、對儒家溫柔敦厚詩教及所謂「淫詩」說的批判。

魯迅並不滿意這本講義，計劃用新觀點編寫一部中國文學史。別人回憶他計劃的章目，第二章是「思無邪（《詩經》）」⑤。這個計劃未及實現，只在他晚年雜文和書信中表述了一些有關《詩經》研究的意見。我們以《綱要》爲基礎，結合他後來的意見。可以更淸晰地看到他的一些基本觀點。在這些觀點中最突出、最有價値的，是他對《詩經》堅持一分爲二地分析。

關於《詩經》的性質問題，魯迅明白地指出：《詩經》「是中國的最古的詩選」（《集外集・選本》）。他在《綱要》中敍述：「詩歌之起，雖當早於記事，然葛天《八闋》、黃帝樂詞，僅存其名。」發現的古逸詩多是僞作，又往往是殘章斷句，「自商至周，詩乃圓備，存於今者三百五篇，稱爲《詩經》」。

當時胡適提出《詩經》「是一部古代歌謠的總集」⑥，是學術界流行至今的概念。這個不確切的概念，旣勾銷了《詩經》刪選編集的政治傾向和實用目的，也不區分它包括的各部分不同體裁和內容。魯迅則指出《詩經》各部分的區別，說明《頌》《雅》是宗廟和朝廷的樂歌，只有《國風》的大部分是民歌，而且經過刪改和潤色。他在《且介亭雜文・門外文談》中說：「就是《詩經》的《國風》裡的東西，好許多也是不識字的無名氏作品，因爲比較的優秀，大家口口相傳的。王官們檢出它可作行政上參考的記錄了下來，此外消滅的正不知有多少。……東晋到齊、陳的《子夜歌》和《讀曲歌》之類，唐朝的《竹枝詞》和《柳枝詞》之類，原都是無名氏的創作，經文人的採錄和潤色之後，留傳下來的。這一潤色，留傳固然留傳了，但可惜的是一定失去了許多本來面目。」魯迅說明《詩經》是經過統治階級編選和傳播的一部詩歌選集，因而具有兩重性質：「《詩經》是後來的一部經，但春秋時代，其中的有幾篇就用之於侑酒，……然而《詩經》是經，也是偉大的文學作品，……——就因爲他究竟有文采。」（《且介亭雜文二集·從幫忙到扯淡》）就這些詩來說，原來是「偉大的文學作品」，但它爲統治階級所利用，變成一部宣揚封建政治倫理道德的經書。《詩經》有文采，這是魯迅指出它不同於其他經書，而被承認爲是偉大文學作品的一個原因。

魯迅這裡所說的文采，自然是指詩的藝術性。沒有藝術形式，不成其爲文學、爲詩。魯迅認爲：「蓋詩人者，攖人心者也。凡人之心，無不有詩……，惟有而未能言，詩人爲之語，則握撥一彈，心弦立應。」（《摩羅詩力說》）詩用藝術的方法抒發人們普遍經歷的感受，把它集中化、典型化，引起人們心靈的共鳴。他在講述詩的賦、比、興時說「賦者直抒其情；比者借物言志；興者托物興辭也。是爲《詩》之三緯」。這也就是後來我們所說的形象思維。魯迅還提出《詩經》「其先雖遭秦火，而人所諷誦，不獨在竹帛，故最完。」（《綱要》）肯定了《詩經》的詩有節調、韻律，能夠諷誦、傳唱，因而能夠長期流傳。在魯迅看來，形象性和語言的音樂性，是《詩經》之成爲文學作品的原因。

魯迅評價這一部文學作品的內容，是一分爲二地進行具體分析的。他吸取傳統的《詩》六義說：「風、雅、頌以性質言：風者，閭巷之情詩；雅者，朝廷之樂歌；頌者，宗廟之樂歌也。是為《詩》之三經。」（《綱要》）但對這三個部分，他又分別作了不同於前人的評述。

關於《頌》詩，他說：「《頌》詩早已拍馬」（《偽自由書．文學上的折扣》），是「祝頌主人，悅媚豪右」（《摩羅詩力說》）的歌功頌德的作品。把它們稱為「廊廟文學」，在《集外集拾遺．幫忙文學與幫閒文學》中，指出這些文藝形態是為統治階級服務的，「就是已經走進主人的家中，非幫主人的忙，就得幫主人的閒」。在《集外集拾遺．英譯本〈短篇小說選集〉自序》中他還引了《大雅．皇矣》中的兩句，說明這些歪曲現實，粉飾太平的詩篇，對於人民生活，「大抵將他們寫得十分幸福，說是『不識不知，順帝之則』，平和得像花鳥一樣」。魯迅所痛加批判的主要是這類詩篇。

對於《大雅》、《小雅》，魯迅分析了它與《頌》詩內容有所不同；「至於二《雅》，則足見作者之情，非如《頌》詩，大率嘆美。」（《綱要》）他認為二《雅》的可取之處，是有了諷刺和暴露，抒發了作者個人的感情，和「不識不知，順帝之則」之類愚民詩相對立。他在《英譯本〈短篇小說選集〉自序》這篇文章中又說：「中國詩歌中，有時也說些下層社會的痛苦」。他在《綱要》中講述了反映戍邊征卒怨誹的名篇《小雅．采薇》和政治諷喻的名篇《大雅．瞻卬》。《采薇》描寫了服役征戰的士兵們戰鬥頻繁、生活艱辛、久離家園而思念家鄉的心情，魯迅說它「言征人遠戍，雖勞而不敢息的怨誹」。《瞻卬》暴露了幽王昏淫、暴虐掠奪、民不聊生、國家大亂的政治現實，魯迅說它較之那些「所謂怨誹而不亂，溫柔敦厚之言……然亦有甚激切者」。魯迅從二《雅》中選講這兩篇詩，著重它們的「怨誹」和「激切」，也就是重視它們對不合理現實的不滿和激憤，肯定了這一部分詩篇批評時政的現實主義傳統。

對於《國風》，魯迅指出了其中的許多詩（並非全部）原是由王官爲觀察民俗而採集的民間詩歌。他講述了其中《召南・野有死麕》、《鄭風・溱洧》、《唐風・山有樞》三篇，舉出《國風》藝術上的兩個特點：一是「《國風》之詞，乃較平易」；二是「發抒性情，亦更分明」。《野有死麕》是一曲熱烈的情歌，寫一個年輕獵人追求一個美麗的姑娘並獲得她的愛情。《溱洧》寫鄭都三月上巳節靑年男女歡樂遊會，選擇心愛的對象。《山有樞》諷刺貴族的貪吝。這些詩具有質樸的內容、平易通俗的語言和生動的抒情性，是《國風》不同於典重的《雅》《頌》的藝術特色。

由此可見，魯迅關於《詩經》的思想性和藝術性，是站在人民的立場上，把封建性的糟粕與多少帶有人民性的精華區別開來。魯迅堅持歷史的觀點，對於那些封建性的部分，他並沒有主張一把火燒掉，而認爲可以在批判的基礎上作爲歷史的材料進行研究；對於那些帶有人民性的精華部分，他也沒有對其思想性和藝術性褒譽過甚，而同樣貫穿一分爲二的觀點，指出其歷史的局限性。對於那些「拍馬」和「侑酒」之作，魯迅認爲：「幫閒文學實在是一種緊要的硏究」（《魯迅書信集・致楊霽雲》）。他提出的著名的「拿來主義」，對這個問題說得更明白。

魯迅挑選了《詩經》中的許多精華部分，稱爲「偉大的文學作品」，但對這部分也仍然一分爲二。他一方面基本上肯定了那些反映現實、「說些下層社會的痛苦」的怨誹和激切的內容，一方面又指出過這類作品內容的「局限性」。在他《而已集·革命時代的文學》中作了精闢的論述：「對於種種社會狀態，覺得不平，覺得痛苦，就叫苦，鳴不平，在世界文學中關於這類的文學頗不少。但這種叫苦鳴不平的文學對於革命沒有什麼影響，因爲叫苦鳴不平，並無力量，壓迫你們的人仍然不理……所以僅僅有叫苦鳴不平的文學時，這個民族還沒有希望，因爲止於叫苦鳴不平。」「至於富有反抗性，蘊有力量的民族，因爲叫苦沒用，他便覺悟起來，由哀音而變爲怒吼。」魯迅指出過《詩經》是由統治者爲了應用而採制編集的，他一方面肯定了《國風》中有許多「剛健和清新」「比較優秀」的民間創作，一方面又指出未經採錄「消滅的正不知有多少」，而且「經文人採錄和潤色之後……一定失去了許多本來面目。」（《且介亭雜文·門外文談》）對於《詩經》的藝術表現技巧，魯迅肯定了它的形象思維、音樂性、語言的質樸和抒情的生動，但是，他又指出人類社會的發展是進步的，文學的發展也是進步的，上古時代的文學作品有其比較單純、幼稚的一面，他在《門外文談》中說：

> 古人不及今人的地方是很多的……就是周朝的什麼「關關雎鳩，在河之洲，窈窕淑女，君子好逑」罷，它是《詩經》裡的頭一篇，所以嚇得我們只好磕

頭佩服，假如先前未曾有過這樣的一篇詩，現在的新詩人用這意思做一首白話詩，到無論什麼副刊上去投稿試試罷，我看十分之九是要被編輯者塞進字紙簍去的。漂亮的好小姐呀，是少爺的好一對兒！什麼話呢？

魯迅只主張從古代的和民間的文學中吸取養料，創作自己時代的新文學，並不主張對它們崇拜和模仿，更不把它們奉爲完美的藝術楷模。他指出後代的楚辭等詩歌吸取了《風》《雅》之旨，而其思想性和藝術性的成就超過了《詩經》。如在《綱要》第四篇講述楚辭時說：「楚辭，較之於《詩》，則其言甚長，其思甚幻，其文甚麗，其旨甚明，憑心而言，不遵矩度，故後儒之服膺詩教者，或訾而絀之，然其影響於後來之文學，乃甚或在三百篇以上。」當代的一部分《詩經》評論，有時對《詩經》的思想性和藝術性及其在文學史上的影響，缺乏全面的具體的分析，說到那些怨誹、諷喻的作品，就說是「深刻地反映了社會階級鬥爭」；說到《國風》的民歌，就說是「眞實廣泛地表現人民大衆的生活、思想、感情和願望」，「奴隸的戰歌」，「高度思想性和完美藝術形式相結合」等等；這些過份拔高的讚詞，脫離作品實際的貼標籤的形而上學方法，與魯迅論詩的歷史的辯證的方法，有著很大的距離。

有關《詩經》的時代、編訂及流傳等問題的論述

三百〇五篇產生的時代，尚無定論。魯迅在《綱要》講述這個爭論已久的問題時，從各種意見中引錄了宋代鄭樵的商周說和明代何楷《毛詩世本古義》之說。何楷以詩編年，謂上起夏少康時（《公劉》、《七月》等）而迄於周敬王之世（《下泉》）。《大雅・公劉》爲周人開國史詩之一，記述傳說中夏末時周族酋長公劉率全族遷居豳地的事跡，傳說古老難考。《曹風・下泉》的內容，是曹國貴族感傷周王室卑微，反映了西周王朝沒落的歷史變化。按曹國爲武王弟叔鐸封國，於西元前四八七年爲宋所滅，所以從內容判斷，可信這篇詩產生在曹國處於危亡的東周後期。魯迅認爲，何楷之說「亦非必其本義」，也只是可作參考的一說。

魯迅也表示了個人的看法。他引孟子「王者之跡熄而《詩》亡」，隨著周王朝的衰微停止了采風制詩，再從詩的編次考察，他認爲「《詩》以平易之《風》始，漸及典重之《雅》與《頌》；《國風》又以所尊之周室始，次乃旁及於各國」，《詩經》的年代下定於東周後期，「則大致尚可推見」。至於上起年代，魯迅舉《商頌・玄鳥》，認爲：「《商頌》五篇，事跡分明，詞亦詰屈，與《尚書》近似，用以上續舜皐陶之歌，或非誣歟？」這裡說的「事跡分明」，見《國語・魯語》：「昔正考父校商之名頌十二篇於周太師，以《那》爲首。其輯之亂曰：自古在

昔，先民有作，溫恭朝夕，執事有恪。」這一段記述的《商頌》來歷，是西周後期宋國大夫正考父校正商先王制作的頌歌。再從《玄鳥》詩的內容看，這篇詩中記述商代先王事跡，從商始祖誕生的神話開始，中述成湯受天命征服諸部落而占有九州，末述高宗武丁中興功業。把它與《周頌》祭祀先王的詩相比較，從內容看，它歌頌的祖先神是暴力神，用武力征服來建立國家，它只有赤裸裸的暴力掠奪，不似周人的祖先神披著「仁德」的外紗，這正是殷商奴隸主思想的反映；從形式看，《商頌》的文詞近於三代文獻輯錄的《尚書》，艱奧闕漏難解。魯迅選取這些論證，表明他的見解是傾向於《商頌》是商詩之說的。

總起來看，魯迅對三百〇五篇年代的看法，大致認爲是可以上溯自周人遠古留下的傳說和商代的頌歌，下迄於東周後期。當然，三百〇五篇的年代問題，現在還正在討論。全屬周詩說、《商頌》春秋作、《七月》戰國作等說，都在爭鳴，可以繼續考證研究，而魯迅的看法及其論證，仍是值得我們注意的一家之說。

《詩經》的編訂問題，也是《詩經》研究中長期爭論難決的老大難問題。魯迅在《綱要》中引錄了司馬遷的孔子刪詩說：「古者《詩》三千餘篇，及至孔子，去其重，取其可施於禮義」，同時又舉出唐孔穎達及宋鄭樵、朱熹對司馬遷說的懷疑與否定：「人言夫子刪詩，看來只是采得許多詩，夫子不曾刪去，只是刊定而已」。從宋代至近代，孔子刪詩與未刪詩兩說打了八百年筆墨官司，仍是懸案。魯迅對古典文學的研究，一向把結論建立在翔實的材料之上，對於孔子删詩問題，因爲缺乏能夠說明問題的可靠材料，他列擧幾家之說而不作評論。一九三三年他又談到這個問題：「孔子究竟删過《詩》沒有，我不能確說，但看它先「風」後「雅」而末「頌」，排得這麼整齊，恐怕至少總也費過樂師的手腳。」（《集外集・選本》）現在多數研究者仍然繼續魯迅的觀點：《詩經》是經過删選的，但古詩數目究竟有多少，是否是孔子删選或只是孔子一個人删選，則難以作出結論。

二十年代興起的古史辨學派，對於推翻過去的封建經說，開始顯現《詩經》的眞實面目，是有成績的，但他們把《詩經》和孔子分開，如顧頡剛先生說孔子「只勸人學《詩》」，錢玄同先生說《詩經》的編纂「和孔老頭兒不全相干」⑦。這些論斷失之片面。魯迅與他們的觀點不同。雖然他對孔子删《詩》與否不作結論，但對於孔子通過《詩經》推行「思無邪」與「溫柔敦厚」的詩教，則正面地展開批判。

他在《綱要》對「溫柔敦厚」的批判，是他前期批判「無邪」詩教的繼續發展。「溫柔敦厚」原出於《禮記・經解》：「孔子曰：入其國，其教可知也。其爲人也，溫柔敦厚，《詩》教也。」「溫柔敦厚」是孔子通過《詩經》教育對人的政治道德和思想修養的基本要求。魯迅說：「所謂怨誹而不亂，溫柔敦厚之言也」，「雖直抒胸臆，猶能止乎禮義，忿而不戾，怨而不怒，哀而不傷，樂而不淫，雖詩歌亦教訓也。」這就揭穿了「溫柔敦厚」的實質，是用「禮義」——封建等級制度及其道德要求來束縛人們的思想，讓人們的那些對現實政治的批判、諷刺、怨誹以及感情的流露，不越出「禮義」的範圍。然而，魯迅說：「然此特後儒之言，實則激楚之言，奔放之詞，《風》《雅》中亦常有。」他在《花邊文學．古人並不純厚》又譏刺說：

> 古之詩人，是有名的「溫柔敦厚」的，而有的竟說：「時日曷喪，予及汝偕亡！」你看夠多麼惡毒？更奇怪的是孔子「校閱」之後，竟沒有删，還說什麼「詩三百，一言以蔽之，曰：『思無邪』」哩，好像聖人也並不以爲可惡。⑧

魯迅在這些批判中說明，古書和《詩經》裡有一些激楚、奔放的詩，並不合「溫柔敦厚」之旨，所謂「溫柔敦厚」，所謂「無邪」，都是孔子及後儒們在《詩經》傳播過程中附加的曲解。

魯迅也批判了封建理學家對《詩經》中愛情詩的歪曲和扼殺。宋代朱熹曾經斥責《詩經》中的情詩爲「淫詩」，王柏更搶起板斧要把三十二篇優秀的情詩砍掉。魯迅對所謂「淫詩」問題，在《綱要》中講述說：因爲孔子說過「放鄭聲」、「惡鄭聲之亂雅樂也」，後儒「遂亦疑及《鄭風》，以爲淫逸，失其旨矣」。魯迅還引了嵇康的一段妙論：「若夫鄭聲，是音聲之至妙，妙音感人，猶美色感志，耽樂荒酒，易以喪業，自非聖人，孰能御之。」魯迅諷刺那些

「欲捐窈窕之聲」的理學家，是「自心不淨，則外物隨之」，尖銳地揭露了理學家們自己靈魂骯髒，神經過敏，並以此來壓制和摧殘文藝。

在《詩經》流傳過程中，《毛詩序》嚴重歪曲了許多詩篇的本義。魯迅在講述中也介紹了《毛詩序》的問題，他既推翻《毛詩序》出自聖賢所爲的僞托，又著重說明《毛詩序》不可信。他說：「作詩本義，遂難通曉……後來異說滋多」，從而向我們提出研究詩篇本義的繁重任務。

要使《詩經》這部古代詩選爲當代廣大讀者所接受，必須今譯，並進行新的解釋。對二十和三十年代的研究工作者開始進行的這一工作，魯迅表示關心和支持。有的作者把今譯稿寄來求教，他在一九三四年四月五日回信給張慧：「《國風》新譯尤明白生動，人皆能解，有出版之價値。」魯迅對《詩經》譯釋的要求，除了「明白生動，人皆能解」，在一些雜文和書信中還要求譯釋的準確。要達到譯釋準確，就必須正確掌握詞語。魯迅對古典文學和文字、名物、訓詁具有廣博的知識，如一九三五年一月十七日致日本友人山本初枝信談「棠棣花」詞語的解釋等，表明他經過認眞周密的研究，隨時給青年以指導。

一九三三年十月出版的《論語》半月刊第二六期上發表了劉半農的《閱卷雜詩》六首，嘲笑、挖苦投考北京大學的考生寫錯別字。魯迅立即寫《「感舊」以後（下）》（《准風月談》）尖銳地批評了劉半農從「五四」時期爲白話文而戰鬥的立場倒退，批評了他所代表的倒退的復古主義傾向。劉半農挖苦青年學生錯用了「倡」字，但他自己錯把「倡」字只訓為「娼」並以此嘲笑青年。魯迅以淵博的學識指出：「娼妓的娼，我們現在是不寫作『倡』的，但先前兩字通用，大約劉先生引據的是古書。不過要引古書，我記得《詩經》裡有一句『倡予和女』，好像至今還沒有人解作『自己也做了婊子來應和別人』的意思。」文筆飽含辛辣的諷刺，那是針對劉半農因為提倡白話運動爬了上去，「不但不再為白話戰鬥，並且將它踏在腳下，拿出古字來嘲笑後進的青年」。

從近年發現的魯迅的逸文《關於「粗人」》（一九二八年一一月一日），我們知道魯迅參加了當時的一次關於《詩經》研究的學術論爭⑨。這次論爭是關於《衛風．伯兮》一詩的解釋。原暨南大學中文系主任陳仲凡著的《中國韻文通論》，其中誤解《伯兮》篇是「寫粗人」。青年教師章鐵民、汪靜之先後在暨大校刊發表批評文章，陳仲凡也連續著文答辯。陳仲凡一錯再錯，先說「『粗人』二字原意是『粗疏的美人』，不是粗陋的意思。」又說「所謂『粗人』就是說『首如飛蓬』這幾句詩，寫的疏略不精修飾的一個女人」，末了又推諉是倉促排印排錯千餘條。最後他理虧詞窮，竟指摘這兩位青年教師「一不解再不解，一搗亂再搗亂」。這時暨大校方壓制批評，辯論移到《大江》月刊，魯迅在這時參加了這次論爭。以後論爭又轉移至《語絲》周刊和《文學周報》，先後參加這次論爭的還有劉大白、胡適等人。魯迅在他的文章中，以簡潔尖銳的文筆，引用陳仲凡的話來擊中其要害。他從對《伯兮》詩的主人公分析入手，寫道：

詩中稱丈夫爲伯，自稱爲我，明是這位太太……自述之詞。……「寫粗人」之說也是不通的，「粗疏的美人」則更爲不通之至，因爲這位太太是並不「粗疏」的。她本有「膏沐」，頭髮油光，只因老爺出征，這才懶得梳洗，隨隨便便了。但她自己是知道的，預料也許會有學者說她「粗」，所以問一句道「誰適爲容」呀？你看這是何等精細？而竟被指爲「粗疏」，和排錯講義千餘條的工人同列，豈不寃哉枉哉！

魯訊的評論，對《伯兮》詩主人公的身份和心理作了精闢的解釋，而且表現了他堅持眞理，支持青年人對於所謂「權威」、「學閥」的正確批評。我們貫徹雙百方針，開展學術問題的自由討論，魯迅堅持眞理、支持青年的原則立場，是値得我們學習的。

通過對魯迅關於《詩經》的評論的初步探討，我們認爲，魯迅是現代史上用愛國主義、革命民主主義評論《詩經》的第一個人，他賦予《詩經》評論以革命的內容，這在兩千年《詩經》研究史上是劃時代的貢獻。魯迅又是用馬克思主義立場、觀點和方法評論《詩經》的先驅者，是當代馬克思主義《詩經》研究的奠基者之一。魯迅沒有完成他用馬克思主義觀點編寫中國文學史的計劃，由於時間和材料的限制，他留下的關於論述《詩經》的遺產，有些意見未能充分發揮和論證。學術總是在不斷發展的，讓我們學習魯迅的基本觀點和方法論，在他開闢的科學的道路上，繼續探討。

---

①參見北京大學清華大學大批判組《秦始皇在歷史上的進步作用》，《北京日報》一九七三年九月一七日；小字本《論語新探》一四三頁。

②參見金實秋等《評〈詩經〉的政治傾向》，《哈爾濱師院學報》一九七七年第四期，及有關的批評文章。

③參見姚文元《論新民歌的思想特點和藝術特點》及北京大學工農兵學員《論語批注》二三頁。

④《朝華夕拾．阿長與山海經》及《魯迅年譜》，安徽人民出版社一九七九年版。

⑤參見許壽裳《亡友魯迅印象記》，人民文學出版社。

⑥胡適《談談詩經》，一九二五年在武昌大學講演，《古史辨》第三册。

⑦參見《古史辨》第三册四六、五六等頁。

⑧這裡也應該說明一下，「時日曷喪，予及汝偕亡」句，出於《尚書．湯誓》。魯迅把這句話和《詩經》攪到一起，因為魯迅的這篇雜文的主旨是評擊封建保守勢力提倡古人「純厚」而企圖消除人民對反動統治的反抗，不是專論《詩》《書》問題。魯迅信筆擧例，沒有把它們分別說清楚。對此我們可以理解。一九七九年十月福建人民出版社本廈門大學中文系編《魯迅論中國古典文學》，卻把

這段言論編錄到《魯迅論詩經》部分，這不能不說是個疏忽。

⑨參見《集外集拾遺補編資料選輯》上卷，山東師範學院編，一九七九年。

胡適和古史辨派對《詩經》的研究

胡適和古史辨派

五四新文化運動響亮地提出「打倒孔家店」的口號，向封建文化堡壘進行猛烈的衝擊。它搗毀被利用來保護封建制度的孔丘的神像，批判以封建綱常禮教和封建道德爲基本內容的儒家經學，有力地推動了中國人民的思想解放運動。作爲這個革命統一戰線的右翼，資產階級民主派的代表人物胡適，也曾經是文學革命的倡導者之一。他用資產階級的新文化反對封建的舊文化，起過進步的歷史作用。政治與學術二者有聯繫，又有區別。胡適後來從政，不等於他對新文學的思想理論建設和對古典文學的研究都沒有作用。胡適派在順應歷史潮流時提倡民主和科學，當他們能夠掌握足夠的材料，並客觀地分析這些材料時，也可以在一定範圍和一定程度上認識世界，作出一些正確的說明。即使在他們不能順應歷史潮流時，在與現實政治沒有直接聯繫的學術領域，也可以提出一些正確的或比較正確的見解。這是人類科學史證明了的問題。因此我們不應因人廢言。但是，在他們逆歷史潮流時，他們的偏見表現得就很明顯。在胡適的學術著作中也突出地表現出這些方面的缺點。

二十年代後期興起的古史辨派，是在胡適提出「整理國故」以後，由當時一部分研究古代經史典籍的學者形成的一個在國內外有廣泛影響的學派。他們對古代經史子集進行了浩繁的考證辨僞工作，並在哲學、史學、文學諸方面的研究中提出一些新的見解。在二、三十年代，他們和胡適提倡的「整理國故」運動有聯繫，但他們和胡適又有區別。他們是專門從事古史研究的專家、學者，並不參與政治活動，而且有些人的政治態度是愛國的，積極努力地繼續進行學術研究，作了不少有益的工作。一些學者以畢生之力辛勤從事文化遺產的整理研究，弄清了不少古籍的眞僞，搜輯了許多散佚的資料，而且還提出了一些有進步性的和有科學價值的見解，對清理古代文化遺產是有幫助的。

古史辨派二、三十年代對《詩經》做了大量的考證和研究，就向我們提供了這樣一些有學術價值的成果。當然，他們的有些觀點還需要繼續討論，展開學術問題上不同觀點、不同學派的爭鳴。整理他們這一部分研究遺產時，應該注意有的老專家後來又修正了這個學派過去的某些觀點。

胡適——現代資產階級《詩經》研究的開山人

胡適專題論述《詩經》的文章有《論〈詩經〉答劉大白》、《詩三百篇言字解》、《談談詩經》；在《國學季刊發刊宣言》、《白話文學史》、《中國哲學史大綱》等專著中也有論述。這些評論包括三個部分：關於《詩經》的基本概念；對《詩經》研究史的評價和對《詩經》研究方法的意見；文字文法的研究和對少數詩篇的新解。總起來看，其中有一些進步的和合理的見解，也有一些缺點和謬誤觀點。分別評述如後。

關於《詩經》的基本概念

兩千年來，這部詩集被尊奉為「五經」之一，當作古聖先賢宣揚綱常禮教和封建道德的神聖經典。這是長期封建社會中居於統治地位的《詩經》的基本概念。古代學者有的也認識到這部詩集的文學性質，承認有些詩是「里巷歌謠之作」、「男女相與詠歌，各言其情」（朱熹《詩集傳序》），進行過一些藝術的分析研究，但都未能擺脫封建說教的窠臼，依然被封建統治階級利用為思想工具。

胡適在二十年代初期，較早地徹底打破「經書」這個愚昧人民的概念，明確地提出詩三百篇不是聖賢的遺作，也「未經孔夫子編纂刪訂」，而只是「慢慢收集起來的一部古代歌謠總集」，古代經師所作的序說，完全是曲解，掩蓋了這些歌謠的原來面目。所以，他提出破除「經書」這個概念，推倒封建經學的全部解說，把三百篇當作古代歌謠重新進行研究。胡適對於《詩經》的基本概念，表現出反封建的民主思想，對於推倒愚昧人民的封建經學，具有一定的進步性和戰鬥性；對於擺脫傳統序說的束縛而重新探討三百篇的本義，也有開啓倡導的作用。他的這些觀點，至今仍然有著影響，這是他的貢獻。

資產階級的啓蒙學者都有他們的侷限性和思想方法的明顯缺點。胡適所闡述的上述概念，由於他的形而上學的方法，又表現出很大成份的主觀片面性，包含著一些含糊的以及謬誤的因素。

第一，所謂「歌謠總集」說，是個不確切的概念。現在學術界已經公認，《詩經》並不全部是歌謠，約占三百篇半數的《雅》、《頌》兩類詩，基本上全是貴族階級製作的廟堂祭祀樂歌、朝會樂歌以及士大夫們創作的政治諷喩詩和怨刺詩，論斷爲「歌謠總集」，不符合實際。再者，《詩經》時代所流傳的詩歌，並不只有三〇五篇。散見於先秦古籍中的古佚詩，至今還可以輯錄數十首，當然還有散失泯沒的，而當時流傳的民間歌謠，未被選錄「而被消滅的正不知有多少」。所以同時代的魯迅，說《詩經》是「古代詩歌選集」（《集外集・選本》），才是確切的科學概念。

第二，《詩經》的編訂和孔子删詩問題，歷來有各種歧見。但是，《詩經》研究史的大批資料說明：三百篇是西周初期至春秋中期產生的作品，「雅頌之篇，則皆成周之世朝廷郊廟樂歌之辭」，《風》「民俗歌謠之詞也……諸侯采之以貢於天子，天子受之而列於樂官，於以考其俗尚之美惡，而知其政治之得失」（《詩集傳序》），《雅》「言王政之所由興廢」，《頌》「以其成功告於神明」（《毛詩序》）。全部《詩經》是統治階級依其實用目的而製作和採集的，在長期應用流傳過程中經樂官不斷集結、加工、成集，春秋時代又經孔子按其政治標準和藝術標準進行一次重要的整理删定，從而作爲儒家的教本流傳下來。這個說法，基本上可以成爲定論。過去爭論的孔子删詩說與非删詩說，前者認爲孔子從三千古詩中去其重並按禮義標準删汰和正樂，後者認爲當時流傳的只有三百多篇詩，孔子只是整理刊定並未删詩。因爲沒有材料可以說明古詩流傳的數目和孔子删定的具體情節，這個問題很難圓滿解決。

胡適在這個問題上提出了「全新」的見解。他完全拋棄了歷史資料，爲了强調他的「歌謠總集」說，武斷《詩經》的編訂和孔子並無關係，而是採詩官把「各地散傳的歌謠」「慢慢收集起來」的，孔子只是把一本現成的詩集用來教學生。這樣，胡適就完全否定了《詩經》編訂的政治傾向性以及它爲統治階級政治服務的事實。至於一些反映民間疾苦的歌謠之所以能夠流傳，胡適還曾經論述說：「民間有了什麼可歌可泣的事，或朝廷官府有了苛稅虐政，一般平民詩人便都趕去採訪詩料……幾天之內，街頭巷口都是這種時事新歌了。於是采詩御史便東采一隻小調，西抄一隻小熱昏，編集起來送給政府。不多時，苛稅也豁免了，虐政也革除了。」(《白話文學史》)。這只是胡適的改良主義所散布的「好人政府」的幻想，它的謬誤竟至如此荒唐，已不值得我們現在費筆墨一駁了。

對《詩經》研究史和研究方法的意見

胡適把兩千年的《詩經》研究史評價爲「一筆糊塗帳」，他說：「二千年研究的結果，究竟到了什麼田地，很少人說得出的，只因爲二千年的《詩經》爛賬，至今不曾有一次總結算，宋人駁倒了漢人，清人推翻了宋人，自以爲回到了漢人。至今《詩經》的研究，音韻自音韻，訓詁自訓詁，異文自異文，序說自序說，各不相關聯。少年的學者想要研究《詩經》的，伸頭望一望，只看見一屋子的爛賬簿，嚇得吐舌縮不進去，只好嘆口氣：『算了罷！』」(《國學季刊發刊宣言》)胡適要求對兩千年的《詩經》研究進行一次清算，並且提出分異文校勘、音韻研究、字句訓詁、見解序說四大項來總結。這個意見是無可厚非的。繼承前人遺留的豐富的研究資料，檢驗它們的正確與謬誤、成敗與得失，從而在前人研究的基礎上繼續前進，這是科學研究的一般方法。科學研究就應該對過去的研究成果一一進行檢驗，吸收其中正確的合理的因素，並且發展和提高它們，建立新的學說。但是，胡適只把豐富的研究資料看作「爛賬簿」，認識不到歷史上各個學術流派的興衰有其時代的制約以及社會的歷史的根源，不同的學術觀點都是一定的經濟和政治的反映。正因爲如此，他對《詩經》研究史只能說：《毛詩》比齊魯韓三家「文明一點」，鄭玄又比毛公高明，朱熹又比鄭玄「不同一點」，清人卻沒有什麼特殊的見解。「殊不知漢人的思想比宋人的確要迂腐得多呢」（《談談詩經》）。本來漢學、宋學和清代的新漢學，是《詩經》研究史的三個發展階段，它們都有其時代的內容，脈絡分明，並在學術上有所發展提高。可是經胡適這樣一解釋，倒成了「一筆糊塗賬」了。

胡適在要求從四個方面對《詩經》研究進行總結的兩年之後，即一九二五年，他又具體地提出研究《詩經》的方法：

> 研究《詩經》大約不外下面兩條路：
>
> 〔第一〕訓詁　用小心的精密的科學的方法，來做一種新的訓詁工夫，對於《詩經》的文字和文法上都重新注解。
>
> 〔第二〕題解　大膽地推翻二千年積下來的附會的見解，完全用社會學的、歷史的、文學的眼光重新給每首詩下個解釋。
>
> 所以我們研究《詩經》，關於一字一句，都要用小心地科學方法去研究，關於一首詩的用意，要大膽地推翻前人的附會，自己有一種新的見解。

從訓詁入手，掌握文字和文法，正確解釋字句篇章，把每篇詩讀懂無誤（爲此也需要異文校勘和音韻研究），在這個基礎上，再結合歷史學和美學的研究，給每首詩作出正確的題解，這是研究《詩經》的基本方法。在兩千年的研究史上，漢儒、宋儒直到清儒，一直在訓詁和解題這「兩條路」上艱難地前進。胡適與前人不同的，是他在前人開闢的路徑上提出自己的要求：要求用科學的方法（「小心精密的研究求證」）一字一句重新注解；用新的觀點（「社會學的、歷史的、文學的眼光」）探求詩義，大膽推翻前人附會的見解，對每篇詩作出新的解題。他這兩個意見，在提法上有嚴重的缺欠：

第一，訓詁和解題只是《詩經》研究的基礎工作，在弄通文句、明瞭詩意的基礎上，必須進一步分析研究它們的思想內容、藝術經驗以及與社會歷史和文學發展等各方面的聯繫。在這個意義上，訓詁、解題，包括異文校勘、音韻研究，還只是對研究材料的處理，不是對事物本質及其規律的研究。

第二，對《詩經》再解釋，要有正確的世界觀和方法論。在訓詁上，歷代經師「皓首窮經」，致力於章句之學，結果穿鑿引申，脫離實際，被黜爲「章句小儒，破碎大道」；清代樸學家也提倡一字一句考證求眞，在文字、名物考證和音韻的研究上，取得一些有科學價值的成績，其末流則又墮入煩瑣哲學。在解題上，歷代序說紛紜，各以己見說詩，都難免附會穿鑿；宋人淸人也曾提倡從文字訓詁入手，就詩之本文理解詩意，可是仍難免謬誤。從歷史經驗來看，胡適在他的意見中沒有說明這個根本性的問題。

胡適關於研究方法的意見，從「一筆糊塗賬」說，到「大膽地推翻」說，對兩千年的《詩經》研究資料，主要是持全盤否定態度的。這不是科學方法。我們認為兩千年積累的《詩經》研究資料極為豐富，訓詁、名物考證、音韻、校勘都有積極的成果，如果離開這些資料，《詩經》在現代人面前只是一串串不可理解的文字符號。我們對待這些資料的態度，是必須積極而又審慎地接受和利用它們。它們還不完善，而且又有歧誤，我們的任務是在已有的基礎上辨別歧誤，考補闕遺，使《詩經》的注解日益精確和完善。這和胡適完全否定舊注，是根本不同的。古代的研究資料中確實有歪曲的一面或不確切的成分，但在事實、背景等方面也確實有合乎實際和比較接近實際的某些地方，離開這些實際資料，我們的研究也就會陷入無依傍的空洞議論。所以，我們對待《詩經》研究資料的態度，同我們對待一切文化遺產一樣，要實事求是地加以區別，予以批判地改造和繼承，這與胡適的「大膽推翻」說，是不同的。

對詩篇的解說

訓詁、考證、解題，都是實事求是的艱苦的研究工作，要有科學的嚴謹學風。胡適治學固然時常有所「創見」，有的見解或不乏可取之處，但總起來看，往往博而不專，浮而不深，華而不實。《詩經》這類古籍，無論是訓詁、考證或是解題，要在已有的基礎上加以改造和提高，難度是比較大的，胡適雖然提出了一套研究方法，他自己卻很少進行深入艱苦的具體研究，只是興之所至，零散地表白了一些觀點。

《論〈詩經〉答劉大白》、《詩三百篇言字解》談了幾個詞語的文法問題，可以算是他在文字和文法的訓詁方面的一點實踐，表現了他對乾嘉學派學風有一定的繼承關係。例如，「言」字是《詩經》中常見的詞語，歷來訓詁不一，胡適把這個字在《詩經》中的應用列舉出來進行比較，又與它在其他典籍中的應用加以比較，對它的語法作用提出了自己的見解。這種博證求通，就是他所說的一字一句小心精密的研究方法。這是對清代訓詁考據學科學成分的繼承。可惜他只作了一點點。

最引人注目的，是他對幾篇詩提出的新解。

《小雅．正月》本來是西周覆亡時期貴族詩人的政治諷喻詩，以憂國哀民、憤世嫉俗的熱烈感情，批評政治的腐敗和現實的黑暗，在一定程度上反映了國家的動亂、人民的苦難和階級的矛盾。《魏風．伐檀》是伐木者對不勞而獲的剝削者的諷刺和責問，充滿勞動人民的反抗精神，這是《詩經》反映當時的社會矛盾的名篇。胡適早就宣揚中國古代沒有奴隸社會，封建制度的階級也早已消滅，西周末年和春秋時期就有工人和資本家等理論，因此他對這篇詩作了如下的解釋：「這竟是近時社會黨攻擊資本家的話了」（《中國哲學史大綱．導言》）。這個解釋與他宣傳「王莽是社會主義者」同樣荒唐得可笑。

他對於《周南．葛覃》的解題，也屬於同樣的附會。《葛覃》歷來解釋不一，有人釋爲貴族婦女歸寧，有人釋爲女奴回家，胡適把它們一律「大膽地推翻」，提出自己新的解釋：「描寫女工人放假急忙要歸的情景」（《談談詩經》）。按照這個解題，不但春秋時期有了女工人，而且還享受資本家給予的休假權利呢！

《召南．小星》是稗官小吏的怨刺詩，他們連夜出差，勞苦無功，對於勞逸不均的尊卑等級制度發出不平之鳴。三家詩的解題大致接近。胡適卻解釋說：「嘒彼小星是寫妓女生活的最古記載。我們試看《老殘遊記》，可見黃河流域的妓女送鋪蓋上店陪客人的情形。再看原文，我們看她抱衾裯以宵征，就可知道她爲的何事了。」（《談談詩經》）用清末《老殘遊記》中描寫的近代妓女生活，來解釋上古詩歌，這樣找證據，不是缺乏起碼的歷史常識，信口開河，就是不問客觀事物有無聯繫，隨意取其所需了。

胡適還根據自己的藝術觀，解釋了《周南．芣苢》和《齊風．著》。他說：「《芣苢》詩沒有多深的意思，是一首民歌，我們讀了可以想見一羣女子，當著光天化日之下，在曠野中採芣苢，一邊採，一邊歌」（《談談詩經》），像這樣的民歌，「只取音節和美好聽，不必有什麼深遠的意義」（《白話文學史》）。胡適不理解以勞動爲主題的民歌反映了勞動人民熱愛勞動和純樸健康的思想感情。《著》是對貴族婦女新婚生活的素描，顯示出貴族女子的華貴以及迎親的風俗，我們如果對照《芣苢》來讀，就會看到不同階級婦女的不同生活情調。胡適卻只這樣解釋：「一個新婚女子出來的時候叫男子暫候，看看她自己裝飾好了沒有，顯出一種很艷麗細膩的情景」（《談談詩經》）。他欣賞的只是詩的藝術的技巧及其顯示的「美妙」和「細膩」的情致。

胡適是現代資產階級《詩經》研究的開山人，在現代和當代《詩經》研究中，是有重要影響的。從以上簡略的考察中可以看到：在反封建經學的鬥爭中，胡適的一部份觀點具有一定的進步性和鬥爭性，但遠遠不能說明《詩經》的眞相。他倡導用新的觀點（社會學的、歷史的、文學的）解釋《詩經》，但他的新解是用實用主義的方法推翻封建經學的附會曲解而代之以資產階級的新的附會曲解。

古史辨派對《詩經》研究的貢獻

二十年代後期國內各研究院（所）和著名大學，都吸收了一批學者研究民族古代文化遺產，這些學者中的許多人是愛國的，不參與政治活動，堅持五四時期科學與民主兩面旗幟，專心致志地從事學術研究。他們繼承乾嘉學派求實證、重考據、自由研究的學風，發揚祖國考據學的科學成份，同時又吸取清代今文學派破陳言、立新觀、宣傳革新思想的傳統，接受民主主義思想，向封建經學發起攻擊，在廣泛的文史領域，對古代哲學、史學、文學等古籍，進行浩繁的考證辨僞工作，作出了一定的貢獻。他們以顧頡剛編輯的《古史辨》而得名。

對《詩經》這部有重要歷史和文學價值的古籍，他們給予很大的注意，作了大量的考辨研究，主要成績表現於四個方面。

關於《詩經》真相的討論

古史辨派開展了《詩經》眞相的討論，對胡適提出的「概念」作了適當的修正。他們提出：「《詩經》是古代詩歌總集，包含著大量的民間創作」。這個提法比較胡適的「歌謠總集」說前進了一步。他們站在反封建的立場上，要把《詩經》研究從封建經學的蒙昧中解放出來，認爲不推倒經學，就不可能認識《詩經》的眞相，於是提出《詩經》的幸運和厄運的論題。他們辯證地說明：這個古代詩集被儒家作爲經典而提高了它的地位，得以比較完整地保存和長期流傳，這是它的幸運；同時它又被封建統治階級利用作爲愚民的工具，附以種種歪曲的解說，如同層層瓦礫掩蓋了它眞正的面目，這又是它的厄運。他們提出必須拋棄過去的封建經說，以考證爲手段，對《詩經》進行再研究。他們的觀點比較胡適的議論有較多的科學成份，在現代和當代研究中產生廣泛的影響。

關於孔子删詩問題的長期爭論，古史辨派是支持非删詩說的論點的。如馮友蘭說：「孔子並沒有删詩」（《孔子在中國歷史中之地位》，《古史辨》第二册）。顧頡剛認爲「孔子只與《詩經》有關係，但也只勸人學詩，並沒有自己删詩」（《談〈詩經〉經歷及老子與道家書》，《古史辨》第一册）。針對清代經師皮錫瑞所說：「不以經爲孔子手定，而屬之他人，經學不明，孔教不尊……故必以經爲孔子作，始可以言經學；必知孔子作經以教萬世之旨，始可以言經學」（《經學歷史》第一章），號曰「疑古」的錢玄同針鋒相對地說：「我以爲不把六經與孔丘分家，孔教總不容易打倒的」（《論〈詩〉說與羣經辨僞書》），「（《詩經》）這書的編纂，和孔老頭兒也全不相干」（《論〈詩經〉眞相書》，《古史辨》第一册）。他們對於推倒儒家經書的權威地位，開始探討《詩經》的眞相，是有成績的；但把孔子與《詩經》的編纂分開，甚至斷言「全不相干」，就缺乏論證，不夠實事求是了。

論《詩經》全爲樂歌及其編排體制

顧頡剛的考辨貢獻之一，是進一步論證了三百篇全部入樂。三百篇全是樂歌，古時已有定論。宋儒治經，興起懷疑學風，對舊說多所駁疑。南宋程大昌《詩論》提出「詩有入樂不入樂之分」，他認爲：「蓋南、雅、頌，樂名也。若入樂曲之在某宮者也……若夫邶、鄘、衛、王、鄭、齊、魏、唐、陳、檜、曹、豳，此十三國者，詩皆可採，而聲不入樂，則直以徒詩著之本土。」程大昌的論據並不可靠，而朱熹等繼而附會「風雅正變」之說，提出「變風變雅都不入樂」。所謂「風雅正變」說，源出《毛詩序》和東漢鄭玄《詩譜》，把歌頌周室先王和西周盛世的詩，稱爲「詩之正經」，而把衆多的產生於衰亂之世的諷刺詩和愛情詩，稱爲「變風」、「變雅」；「變」是不正的意思，指不合詩的正統。顧炎武《日知錄．卷三》進而提出：「二南也，《豳》之《七月》也，《小雅》正十六篇、《大雅》正十八篇，《頌》也，詩之入樂者也」，其餘謂之變風、變雅，「詩之不入樂也」。按照他們的立論，全部《詩經》只有一百篇詩入樂，一百三十四篇「變風」和七十一篇「變雅」，不是「詩之正經」，因而也不入樂。所以「風雅正變」說的實質，是推崇歌功頌德和宣揚封建教化的樂教，而認爲那些政治諷刺詩和愛情詩都是衰世變音，不能登入「大雅之堂」。

「詩全入樂」和「詩有入樂不入樂之分」兩說，進行過長期的爭論。清代一些著名學者同意前說，如馬瑞辰《毛詩傳箋通釋．詩入樂》，從詩歌的起源來論證；皮錫瑞《論詩無不入樂史漢與左氏傳可證》，一方面指出「謂詩不入樂，與史漢皆不合，亦無解於左氏之文」，一方面從中國文學史來說明古樂府、唐詩、宋詞、元曲最初皆入樂；兪正燮《癸巳存稿．詩入樂》、康有爲《新學僞經考．漢書藝文志辨僞》也都舉出有力證明，指出所謂變風變雅的那些詩，從漢至魏晉有的仍流傳有樂曲。

顧頡剛著《論詩經所錄全爲樂歌》（《古史辨》第三册），對以上諸說作了明晰的辨訂，證明三百篇全是樂歌，有的是按照已有的樂譜寫的歌詞，也有的是採自民間歌謠再經樂工配樂；有些樂歌是「正樂」，專在典禮時使用的，有些樂歌是「無算樂」，是宴會助酒和娛樂助興演唱的。經過這些辨訂，三百篇全入樂，已爲現代學者接受爲不可移易的定論。

在《詩經》研究史上，對風、雅、頌名稱的解釋及其分類，也是長期聚訟的重要問題。顧頡剛的考辨，對於研究風、雅、頌的分類，弄清《詩經》的編排體制，也有貢獻。

對「頌」的解釋，過去基本上是一致的：「頌」、「庸」古字通假，「庸」即「鏞」字，是一種大鐘，鐘聲緩長，其音莊重，至今宗教儀式仍用鐘器伴奏。《頌》詩篇章簡短，多無韻，不分章，不疊句，由大鐘伴奏，配合舞蹈，是詩、歌、舞三合一的宗教性祭祀樂歌。「雅」釋爲正，古今「雅」、「夏」通用，周王畿一帶原是夏人舊地，周人有時自稱夏人，王畿爲政治中心，其言稱爲正聲。《論語．述而》：詩、書、執禮，皆雅言也」，雅言就是標準話。宮廷和貴族用的樂歌要用正聲，雅樂就是宮廷和貴族用的正樂。這些解釋古說大體一致。

對於「風」的解釋，長期存在爭論。自古以來，對「風」名的解釋有十三種之多。《毛詩序》下了風動、風行、風教、風化、風刺、風俗六個定義，均不得正解。鄭樵釋「風」爲風土之意：「風者出於風土，大概小夫賤隸、婦人女子之言」（《六經奧論》）。朱熹又進了一步：「國者諸侯所封之域，而風者民俗歌謠之詩也」（《詩集傳》）。崔述《讀風偶識》：「風雅之分，分於詩體」。近代有些學者又釋「風」是吟詠背誦的詩：「當時之所謂風者，只是口中所謳唱罷了」（章太炎《國學概論演講》）。「風即諷字，但要訓諷誦之諷」（梁啓超《釋四詩名義》）。顧頡剛考訂過去的各種觀點，據《詩經》內證和《左傳》等記事，論證「風」是樂調：「所謂《國風》，猶之乎說『土樂』」。經過學者們反覆研究，學術界取得一致的意見：風名的本義就是地方樂調，國風就是各國的土樂，「秦風」、「魏風」、「鄭風」就如同現在說的「陝西調」、「山西調」、「河南調」。風、雅、頌三類詩是以它們各自不同的樂調來分類的，這樣的編排體制，在最初有其實用意義和科學性，只是因爲時代古遠，古樂失傳，人們對它的編排體制便不容易明白了。

三百篇在春秋時代的應用

古史辨派的有些學者，是忠實於學術的眞正的學者。顧頡剛在《詩經》研究上，並沒有跟著胡適的結論跑。他以自己考辨的成果，否定了胡適的某些謬誤的論點。按照胡適的觀點，三百篇是「歌謠總集」，是採詩官「慢慢收集起來的」，有的是爲改良政治而流布於街頭巷尾的「時事新歌」，有的「只是好聽，不必有什麼深遠的意義」等等。顧頡剛對三百篇在春秋時代的流傳和作用，進行了認眞的考證，雖然沒有指名批駁，卻在實際上推倒了胡適的結論。

清代趙翼曾經研究《詩經》在春秋時代貴族社會的廣泛應用，考察《左傳》和《國語》中記載的大量賦詩言志的事實。據他統計：《國語》引詩三十一條，其中三百篇中的詩三十條；《左傳》引詩二百十七條，其中記列國公卿引詩一百〇一條（內逸詩五條），左丘明自引詩及轉述孔子之言所引詩四十八條（內逸詩三條），此外還在語辭中雜用詩句（《陔餘叢考》）。顧頡剛在前人研究的基礎上，從《儀禮》、《禮記》、《左傳》、《國語》等古籍中徵引大批材料，參考過去的研究資料，結合《詩經》本身的內證，作了比較詳細的論證。

三百篇一部分是由王廷樂官制作，一部分由公卿列士獻詩，一部分由十五個國家和地域採集，集中到樂官整理加工。這些詩書寫於簡片，習演於樂工，在長時期流傳中又經過無數人的加工。它的編纂和流傳自然有其實用的目的：一是應用於王廷和貴族的各種典禮儀式，如祭祀、朝會、貴族宴會，都要按繁富的禮儀演奏一些相適應的樂歌，而且，據《儀禮·鄉飲酒禮》，除典禮上莊重的「正樂」，還要演奏助酒和帶娛樂性的「無算樂」。二是周代確有公卿列士向國王陳詩進諫的事實。無論是歌頌功業或批評朝政，都具有統治階級內部政治教育的目的。這些是三百篇製作和採集的本來意義。顧頡剛除了肯定這些事實，又進一步論述：到春秋時期三百篇已經廣泛流傳，應用的範圍超越了它們最初製作和採集的目的。他列舉大量事實，說明列國人士普遍地「賦詩言志」，通過指定樂工演唱某一詩篇，而表達自己的立場、觀點和情意，《詩》成爲社會交往中經常應用的表達情意的工具。這樣，詩句逐漸離開了音樂，雜用到人們的談話中，從而豐富了語言的文采和表現力。正因爲學《詩》具有典禮、政治、外交和美化語言等實際用途，也就成爲貴族士大夫和貴族子弟必須學習的科目。

在顧頡剛論證的基礎上，現代和當代學者繼續考證研究，基本清楚了《詩》的編集目的，清楚了當初實際應用中的政治性和社會性。胡適那些淺薄、片面的觀點，也就不攻自破了。

語詞音韻研究和《詩經》研究資料的輯佚

古史辨派也致力於《詩經》語詞音韻的研究，展開過討論，但成績並不突出。成績顯著的，是對《詩經》研究資料的輯佚。他們和胡適對古史研究的「大膽推翻」、全盤否定不同，他們重視歷史上不同學派學者的研究成果，提倡實事求是地全面研究各個學派的意見。他們繼承宋、清兩代學者的輯佚工作，從大量古籍中將散佚的資料輯錄，並分門別類匯總，爲研究工作提供有益的參考材料。

鄭樵、朱熹、王柏是宋學有重大影響的三位大家。鄭樵是廢序派的開山大師，他的《詩辨妄》在《詩經》研究史上是反《詩序》的重要著作，但早已散佚。人們只能從其他人的論述中得知片鱗隻爪，不得不常作空論。顧頡剛將宋代典籍中引錄《詩辨妄》的原句以及有關資料，一一輯錄成集，雖不完全，至少可使人們窺見原書的一斑，有了一些依據。朱熹在與弟子的日常談話中也發表了對《詩經》的一些評論意見，有些意見較《詩集傳》更切實而少拘束，表達了一些《詩集傳》所未能言或不敢言的見解。顧頡剛從朱熹《語類》中，將評論《詩經》的語錄輯錄成集，便於研究者檢閱。王柏是宋代懷疑學風的最後一位大家，他的《詩疑》反映了程朱理學泛濫的條件下，封建統治階級和封建禮教對於人性自由的殘酷制裁，以及對於《詩經》中眞摯而優美的抒情詩的扼殺。顧頡剛據清通志堂經解本校點出版。後來顧頡剛又將姚際恆的《詩經通論》點校，由中華書局出版。

二十至三十年代的古史辨派，繼承了祖國考據學的科學成份，進行了浩繁的古史考辨工作。他們以唯物論爲基本方法，幫助人們弄明白一部分古籍的眞僞，提供了一些比較可靠的古史研究資料，在學術界有其不可磨滅的貢獻。

郭沫若對《詩經》研究的貢獻

郭沫若在長達半個多世紀的文化活動中，在詩歌、戲劇、文藝評論、歷史、考古等方面都有傑出成就；其中，對於《詩經》研究也作出重大的貢獻。他創造性地運用馬克思主義研究中國古代歷史，這不僅對歷史科學，對現代和當代的《詩經》研究也都有深遠的意義。他是以嶄新的解釋和新詩形式翻譯《詩經》的創始者，開創了《詩經》今譯的工作；又是以歷史唯物主義觀點把《詩經》作爲古史資料進行分析，並運用於歷史科學領域的一代宗師。他關於《詩經》的時代、編訂、文學價值、史料價值以及解釋詩篇內容的許多論點，至今在國內和國際學術界仍有廣泛影響。

郭沫若有關《詩經》的著述，首尾時間長達三十餘年，主要有以下幾種：

一、一九二三年出版的《卷耳集》，是《國風》中四十首情詩戀歌的今譯，並在《序》和《跋》中表述了他早期研究《詩經》的基本觀點。

二、一九三〇年出版的《中國古代社會研究》，是逃亡日本時期的著作，廣泛地利用

《詩》、《書》、《易》及甲骨文、金文等歷史文獻資料開始探討中國古代社會形態；其第二篇《詩書時代的社會變革與其思想上之反映》，比較系統集中地研究了《詩經》中所反映的社會及其意識形態的發展變化，對許多篇章進行了新的解釋和意譯。屬於他以馬克思主義觀點研究中國古代歷史的前期著作。

三、一九四五年出版的《十批判書》和《青銅時代》，是三十年代以後十五年繼續研究古代社會的論文結集，對他前期的觀點作了進一步發展，並修正了過去部分不妥當的論點，確切地建立了關於西周奴隸社會的學說。兩書普遍徵引《詩經》作爲論證，其中《青銅時代》第三篇《由周代農事詩論到周代社會》一文中，通過對《詩經》十篇農事詩的研討，論述周代社會生產方式的演變，並且對諸詩作了白話翻譯。

四、一九五二年出版的《奴隸制時代》收輯建國後的研究論文，集中長期研究的成果，對過去的某些論點又作了重要的修正和發展，論定中國奴隸社會向封建社會的變革時期在春秋戰國之交，建立了中國古代社會分期的學說體系。書中許多文章論及《詩經》，尤其是《關於周代社會的商討》和《簡單地談談詩經》，對《詩經》的史料價值和文學價值作出全面的評價，可以認爲是郭氏幾十年研究《詩經》最後形成的基本觀點的總結。

《卷耳集》——第一本《詩經》今譯

《卷耳集》寫作的年代，正是「五四」的浪潮激盪之際。詩人郭沫若一九二一年歌唱的女神，像時代的閃電衝破黑暗的封建羅網；一九二二年的譯詩《卷耳集》，則從封建禮教的禁錮中解放我們民族被壓抑的自由之魂。《女神》以她戰鬥的英姿立足在祖國多災多難的現實，展望新的時代；《卷耳集》則回顧祖國的過去；經過詩人的再創作，復活了的青年男女又唱出追求自由幸福的優美歌聲。詩人在《序》中說：「我們的民族，原來是極自由極優美的民族。可惜束縛在幾千年來禮教的桎梏之下，簡直成了一頭死象的木乃伊了。可憐！可憐我們最古的優美的平民文學，也早變成了化石。我要向這化石中吹噓些生命進去，我想把這木乃伊的死象甦活轉來。」從民族文化遺產中發掘富有人民性的優美篇章，摒棄幾千年封建主義的曲解而賦予它們以新的生命，高聲謳歌自由和愛情的歡愉，謳歌對幸福的勇敢追求，就是這本譯詩集的基本主題。它選擇四十首情詩戀歌，貫穿反封建的精神，反映著「五四」時代青年爭取個性解放和婚姻自由的理想，跳動着思想解放的時代脈搏。它是「五四」的時代產兒。

郭沫若對這些詩篇的解釋，徹底拋棄了封建經學的傳統注疏。對於《詩經》中的愛情婚姻詩篇，封建的傳疏學說不外三種基本情況。一種是漢學毛鄭派的穿鑿附會、肆意曲解，給一些生動活潑的戀歌和深摯思念的情詩，強加上「美先王之化」、「美后妃之德」、「君臣之禮」、「朋友之義」等封建教條，把它們納入宣傳封建禮義、聖道王化的儒家思想範疇。一種是宋明理學派，朱熹承認這些詩是「里巷歌謠之作，所謂男女相與詠歌，各言其情」（《詩集傳序》），但又擺出道學面孔，斥責這些詩是「淫詩」、「男女淫棄之辭」。一種是清代的「自由思考」派，他們比前人前進了一步，承認這些詩篇抒情眞摯生動而且平易近人的藝術價值，但是不能打破封建社會的基本倫理道德系統，仍繼承前代的某些傳統觀點，把這些對熱戀或相思的正面抒寫，說成是反面的諷刺，稱爲「詩人擧其事與其言以爲刺」（姚際恒《詩經通論．序》）、「懲淫蕩之風」（崔述《讀風偶識》）、「刺淫，非淫者所自作」（方玉潤《詩經原始》卷五），給這些衝破封建禮教的詩歌立起「發乎情止乎禮義」的樊籬。封建時代的《詩經》學者，都不能擺脫儒家「思無邪」詩教的桎梏，因而兩千多年一直歪曲這類詩篇的眞正的愛情主題。郭沫若是徹底反封建的猛將，他勇敢地「離經叛道」，選擇《國風》中的四十首詩，其中有二十一首是道學家王柏要删掉的所謂「淫詩」，並高度評價它們是祖國文學遺產中優美的作品。他對於傳統的傳疏表示極大的蔑棄：「《詩經》一書爲舊解所淹沒，這是既明的事實。舊解的腐爛值不得我們去迷戀，也值不得我們去批評。我們當今的急務，是在從古詩中直接去感受它的眞美，不在與迂腐的古儒作無聊的訟辯。」他不受傳統注疏的束縛，根據詩的本文直接理解詩義，以他進步的民主思想和高超的文學鑑賞能力，對這一部分詩篇進行了全新的解釋，使它們重放光彩。他對這些愛情詩篇的評價，是《詩經》研究史上一個劃時代的貢獻。

《卷耳集》又是當時一般所謂「全盤西化」思潮的對立面產物，代表著「五四」時期對待民族文化遺產的一種正確的態度。在推翻封建舊文化，「廢棄經學」的口號下，許多人一時還不能冷靜地分析古代文化中的精華和糟粕。當時除了封建遺老遺少的復古頑固派，還有一部分資產階級學者提出「全盤接受西化」的主張。要求中國一切都要模仿歐美資本主義國家，無條件地頌揚西方資產階級文化，不加區別地唾棄一切民族文化遺產。郭沫若在《序》中說：「我的這個小小的躍試，在新人名士看來，或許會說我是『在故紙堆中討生活』」，他理直氣壯地宣布「要在故紙堆中」發掘「我們最古的優美的平民文學」。事隔一年，他在《跋》中又說：「近來青年人士對於古代文學改變了從前一概唾棄的態度，漸漸發生了研究的興趣，這是好的現象。」這些論述，明確地表明他批判地繼承祖國優秀文學遺產的正確態度，批判了資產階級「新人名士」盲目崇洋及其在人們中散播民族文化虛無主義的形而上學觀點。《卷耳集》的譯作，在當時的歷史條件下，就是反對那種錯誤思潮的有益的實踐。

爲發展新文化而批判地繼承古代文學遺產，以及對優秀的古典作品進行普及工作，其意義是非常重要的。像《詩經》這樣古老的典籍，文字深奧艱澀，自漢代以來的注解，也歧義紛繁，並且是一般讀者不易接受的文言，只有把它們變爲現代語文，才能使古老的作品獲得新生，眞正成爲廣大人民羣衆的精神財富。我們現在見到的最早的《詩經》白話注本，是一九〇八年錢榮國用淺顯明白的口語逐篇解說和注釋的《詩經白話注》①。「五四」文學革命的勝利成果之一，是白話文代替了僵死的文言，二十年代也有「文言對照」的《詩經》注本出現，都是直譯爲散文，文筆較爲拙劣，內容也殘存封建教條的影響，不能傳達原詩的思想性和藝術性。《詩經》是古詩，仍然採取詩的體裁把它翻譯爲現代詩，按照信、達、雅的要求，力求再現原詩的意境、形象和思想內容，《卷耳集》是一個創造性的嘗試。詩人譯詩，經過他的再創作，從《詩經》中譯出了一本優美的抒情詩集。這在《詩經》研究和流傳的歷史上，是前無古人的創舉。《卷耳集》於一九二三年出版後，立即引起學術界和文學界的重視，《詩經》今譯就發展了起來。

詩歌翻譯是艱苦的再創作，歷來有各種不同的譯法：有的直譯，有的意譯，有的原來辭句排列不變，有的融會全篇通盤譯述，類似重新創作。《卷耳集》基本採取後一種譯法。對這種譯述方法，他自己說明是受了印度詩人泰戈爾自譯《園丁集》的啓發，並引述泰戈爾的話說：「『……譯品不必是字字直譯，——原文有時有被省略處，有時有被義釋處。』他這種譯法，我覺得是譯詩的正宗。」

究竟這種譯法是不是「譯詩的正宗」，我們這裡不作討論。後來郭沫若從一九三五年開始譯《離騷》，到一九五三年譯完《九歌》，仍採取意譯的方法。他在《九歌》譯文後面說：

> 詩歌的翻譯是困難的，譯古代的詩歌尤其困難。古代的歌辭太簡單，賓詞每每没有主詞。名詞、代名詞的單複數，動詞的時調，也都了無分別。加上脫簡、傳寫、翻刻、蟲蛀、鼠咬，後人的任意改竄，經歷了兩千多年，也不知道有多少詞句上和文字上的强奪，增益。過於膽大，强作解人，固然容易犯錯誤；過於膽小，拘泥成文，那也永遠讀不通。因此，只要有相當的根據，只要在邏輯上、韻調上合乎情理，我倒贊成不妨稍微膽大一點。……我自己應該是屬於膽大派的一個。②

當然，他也認爲這種譯法「總不及原文的簡潔，鏗鏘」。這些話也同樣適用於他早期的《卷耳集》。後來《九歌》的譯文，在信、達、雅幾個方面都超過了《卷耳集》。《卷耳集》畢竟是早期的作品，形式上還保留著「五四」時期新詩散文化的傾向。

解詩也是不容易的。詩寓意於形象，語句凝煉、簡約、有跳躍性。《詩經》文字古奧，在漢代已難全解，自古「詩無達詁」。《卷耳集》的譯文，有些地方並不準確，或在學術界有爭議，這是不足爲怪的。有的詩並非愛情詩，詩中主人公的身份也有時判斷不妥，如《齊風．鷄鳴》中的朝臣夫妻譯成國王和王后；諸如此類，在他後來譯述《詩經》時，又作了新的解釋，改正了一些錯誤。我們認爲，譯詩既然是再創作，不妨有幾種譯文，讓讀者比較鑑賞。

《卷耳集》作爲「五四」的產兒，《詩經》的第一本今譯，有著不可磨滅的歷史意義。一九八一年《卷耳集》和《九歌》譯文合集重新出版，並受到羣衆歡迎，說明這第一本《詩經》選譯本，至今仍有傳播的價值。

馬克思主義《詩經》研究體系的創立

《中國古代社會研究》一書，寫作於一九二八至一九二九年，是在郭氏亡命日本的時期。它是中國第一部馬克思主義的中國古代史著作。當時學術界展開中國社會史性質問題的大論戰，郭沫若以馬克思主義的理論爲指標把古文字學、歷史學、考古學結合在一起，貫徹到中國古代史的研究中去，他明確說明他是繼承恩格斯《家庭、私有制和國家的起源》的觀點和方法，從分析中國的史料入手來研究中國古代社會的。在第二篇約達六、七萬字的《詩書時代的社會變革與其思想上之反映》的長篇論述中，就廣泛地運用《詩經》《尙書》中的豐富史料，來分析批判殷周的社會結構和意識形態的發展變化。

認識《詩經》有史料價值，古已有之。明代王陽明提出「五經皆史」。清代史學家章學誠論述過「六經皆先王之政典」，「文章史事固相終始」（《文史通義．易教上》）。乾嘉學派對《詩經》中的歷史材料，也進行過考據研究。但是，那些是片段的、零碎的，而且觀點是封建主義的。古史辨派最早也談論《詩經》中的某些史料，用的是形式邏輯的方法。郭沫若的出色之處，是他第一個運用歷史唯物論來系統地分析《詩經》中的豐富史料，依照時代的演變，分門別類，創立了一個理論體系。他雖然認爲「《詩經》是我國文獻中一部可靠的古書」③，却不是不加審別地或孤立地運用其中的材料，而是把它們同《書》、《易》，諸子著述以及甲骨文、金文、石碣文等研究成果結合起來，參照比驗，互爲補充。

郭沫若認爲，中國上古社會經歷過兩個變革：由原始公社制度變爲奴隸制和由奴隸制變爲封建制。他說：「這兩個變革的痕跡，在《詩經》和《書經》上表現得更加鮮明。」他結合《書》、《易》檢驗了大批詩篇，初步地提出第一個變革完成在殷周之際，第二個變革完成在東周之後的觀點。

關於研究原始社會向奴隸社會的推移，他認爲《商頌》中《烈祖》、《殷武》兩詩是春秋時期宋國作品，以其中關於農業的材料來論述殷商社會，是不足爲據的。他引述《詩經》中幾篇周人的開國史詩，提出在文王以前的幾個世代還保留著原始社會痕跡。他詳細地解說《大雅》的《生民》、《公劉》、《綿》諸詩，說明后稷時發明農業，公劉時有鐵器使用，農業發達並形成國家，到文王的祖父古公亶父時由穴居和游牧業向農業轉化；但直到這時，還是「女酋長制」的「母系社會」，甚至連文王時代「還是亞血族羣婚制」。他又從五篇農事詩中看到奴隸制生產關係：從《大雅》的《既醉》、《桑柔》等詩中看到世襲的農奴；從《豳風》的《東山》、《破斧》

看到在鞏固奴隸制國家的戰爭中奴隸的怨恨；從《邶風．擊鼓》、《唐風．鴇羽》中看到農奴與士兵的合一；從而提出奴隸制社會組織在周初完成，西周進入奴隸社會。由於他當時遠處國外，接觸的資料有限，而且對文字學和墓葬資料的研究不夠，後來進一步研究資料，就修正了自己的論點，肯定殷代也是奴隸社會，承認把奴隸制上限定於西周是錯誤的。

郭沫若對於周人開國史詩的分析，盡管最後得出的關於社會史分期的總的結論，並不妥當，但是他對這些詩篇的解說中還大有可供參考的獨創見解。如后稷的出生傳說反映著母系社會的痕跡；周人農業生產力的發達是其本身發展強大並最終戰勝殷商的根本原因；《東山》、《破斧》等是農奴被征從軍的怨恨詩等創見，對於當時的《詩經》研究，都是嶄新的、有啓發性的。

在《宗教思想的確立》一節中，對於西周奴隸制社會統治的意識形態的分析批判，更具有卓見。他論述自多神的庶物崇拜的原始宗教產生，「到奴隸制成立以後，地上權力統於一尊，於是天上的神秘便也不能不歸於一統。地上在國家成立以後，天上便會有天堂出來。」④他認爲《雅》、《頌》可以說是「宗教的典籍，如同《舊約》中的《雅歌詩篇》。」他從《大雅．生民》看到人格神的存在；從《文王》、《下武》、《大明》諸篇看到「天命維王」和「天命靡常」。結合對《尚書．洪範》的分析，他指出：肯定人格神的存在，在神的面前絕對恭順，由此建立神權政治，政權和神權合一，並使政治統治權子子孫孫繼承，這種思想貫穿在《正雅》

和《頌》詩的全部，是奴隸制時代的支配思想。對於《正雅》和《頌》基本思想這一本質的概括，是相當深刻的。

郭沫若論列《詩經》從三個方面反映了由奴隸制向封建制的變革，這就是宗教關係的動搖，社會關係的動搖，產業的發展；通過這三個方面的變化，說明「純粹的奴隸制便不能不跟著周室的東遷而完全潰敗了」。

在第一個方面：說明「《變風》、《變雅》，特別是《變雅》，差不多全部都是怨天恨人之作」，反映了原來人們敬畏的「赫赫神明」已經失去了統治的威嚴。他擧出《邶風．北門》《王風．黍離》等十二詩表現出對天帝的怨恨；論列《小雅．節南山》、《小雅．雨無正》等七詩表現出對上帝的責罵；解說《魏風．園有桃》和《王風．兎爰》表現出對天的徹底懷疑；《檜風．隰有萇楚》、《唐風．山有樞》等六詩表現出憤懣和厭世；而在《小雅．正月》等四詩中連對祖宗的崇拜也發生了動搖；在《小雅．何草不黃》、《秦風．黃鳥》等三詩中又表現了對人的價值和地位的肯定，提出人不應是被驅趕的牛馬，不應任意被屠殺殉葬。他指出，這些思想意識的變化，說明奴隸制統治思想已被否定，隨著天上天堂的崩潰，地上奴隸主的宮殿也要不可避免地倒塌。

在第二個方面：通過《變風》《變雅》裡的更多詩篇，論述中國社會結構在周室東遷後由奴隸制變爲封建制。他解說《魏風》的《伐檀》、《碩鼠》、《葛屨》、《小雅》的《何草不黃》、《北山》、《出車》、《采薇》、《黃鳥》、《大東》等九詩，反映了尖銳的階級矛盾，表明奴隸階級和一切被壓迫者階級意識的覺醒。他又分析《秦風·權輿》、《陳風·衡門》等十二詩，極有卓識地提出：《詩經》中的不少詩篇是沒落貴族階級自我哀嘆的輓歌，反映了奴隸社會的崩潰；與此相對照，《小雅·節南山》、《大雅·瞻卬》等九詩，是抒寫沒落的貴族奴隸主對有錢的庶民或漸漸取得權勢的「小人」所表現的譏諷和不滿，乃是反映新的地主階級興起。

在第三個方面：他著重考察社會生產力的發展和變革，企圖從生產力的發展說明社會結構和意識形態變化的原因。這一部分主要利用其他文獻資料，從《邶風·雄雉》、《大雅·瞻卬》等詩中看到商業、紡織業已經發展，結合其他文獻論證商業和包括製鐵在內的手工業發達。他還舉《鄭風·出其東門》、《陳風·東門之枌》，說明隨著工商業的專業化，出現了脫離生產在城市遊樂的婦女。⑤他解說《大雅·韓奕》等五篇戰事詩，說明西周宣王時期的對外戰爭，把中原發達的農業向外發展，提高了江、漢、徐、淮地區的生產力。

從以上的分析可以看到：《詩書時代的社會變革與其思想上之反映》這一論著，創立了一個用馬克思主義研究《詩經》的科學研究體系。當然，由於這時還未能準確判斷某些詩篇的時代性，解釋詩篇雜有臆斷，用來說明社會形態，在史學上就難免產生某些缺乏科學性的結論，對於某些詩篇的譯述解說，也有待於商榷。但是，郭沫若爲中國古代史，也爲《詩經》提出了一個科學的研究體系，啓發我們在上古兩個重大社會變革的歷史背景上來考察《詩經》所反映的社會生活與社會意識形態，這對於揭示《詩經》的全部思想內容，把《詩經》研究建立在科學的基礎上，確實是重大的貢獻。《詩經》共三百〇五篇，產生的年代達五六百年，研究清楚古遠世紀的內容豐富又複雜的衆多作品，決不是一時一人所能完成的任務。正如恩格斯在《反杜林論》中說的：「至於黑格爾沒有解決這個任務，在這裡是無關緊要的。他的劃時代的功績是在提出了這個任務。這不是任何個別的人所能解決的任務。雖然黑格爾和聖西門一樣是當時最博學的人，但是他畢竟受到了限制，首先是他自己的必然有限的知識的限制，其次是他那個時代的在廣度和深度方面都同樣有限的知識和見解的限制。」⑥

《十批判書》和《青銅時代》中的《詩經》研究

一個眞正的學者，從來不認爲自己的學術見解「句句是眞理」，而是以認眞負責的精神。實事求是的科學態度，不斷深入研究，以求達到對眞理的認識。郭沫若就是這樣的一位學者。一九四五年出版的《十批判書》和《青銅時代》兩書，是他繼《中國古代社會研究》之後十五年中研究古代社會的學術成果。收在《十批判書》的第一篇文章，就是《古代研究的自我批判》，批判《中國古代社會研究》一書中「好些未成熟的或甚至錯誤的判斷」。在這兩本書裡，他對古代史的分期提出了他的第二個說法，即把奴隸制的下限定在秦漢之際。不過，以後他又改正了這個看法。所以，這個問題我們可以不作論述。

《十批判書》沒有專章論析《詩經》，只是諸文中略有引徵。在《詩經》研究方面值得注意的，是《青銅時代》中的《先秦天道觀之進展》和《由周代農事詩論到周代社會》兩文。前文是他對奴隸制時代天道和神權觀念的進一步研究；後文是對《詩經》農事詩的專題研究。

在前文中，他認爲《大雅．文王之什》與《周書》的基本思想是完全一致的。從《大雅．生民之什》中的傳說，可以看到周人與殷人都信仰天神，從《周頌》前幾章來看，周統治者繼承了殷統治者「受命於天」的思想，利用天堂和上帝作爲統治愚民的工具，這是繼承。可是在《文王之什》中出現的「天命靡常」、「聿修厥德，永言配命，自求多福」等，說明天道和神權觀念又有了重大的發展，這就是：既要用天命來統治愚民，又必須「以殷爲鑑」，實行「德政」，「以德爲修身齊家治國平天下的根本義，因而上獲天佑」⑦。他深刻地指出：「德字不僅包括著主觀方面的修養，同時也包括著客觀方面的規模——後人所謂『禮』」，就是要統治者努力於政事，絲毫不鬆懈地嚴格維護奴隸社會的秩序，讓奴隸安心生產，天下不生亂子，喪亂無隙可乘，天命得以永存。但是客觀規律不以人的主觀意志爲轉移，奴隸主統治階級日益腐朽，不能永遠記住歷史的鑑戒，厲王的暴政就激起了被統治者政治上的反抗和統治階級內部的反對，於是產生了《變風》《變雅》。《板》、《蕩》、《桑柔》等政治諷喻詩的基本思想，就是站在統治者立場上的上述思想的回響。郭沫若對於《頌》《雅》中這類詩篇思想實質的分析，是深刻的。

在這篇文章中，另一極有價值的見解，是論述《詩經》經過後來編訂者的删改和加工。他說：「同在《大雅》中，《生民之什》和《文王之什》的時代是完全不同，但在詩的體裁上却幾乎是完全相同的。這是表示著《詩經》全體經過後代的纂詩者（不必是孔子）的一道通盤的潤色，以纂者的個性把全書整齊化了。請看《墨子》中所引的詩和今詩的語句多所不同，便可以證明。」

關於《從周代農事詩論到周代社會》一文，他首先說明：考察周代的社會生產方式是認識其社會制度的先決條件，在《中國古代社會研究》中對《詩經》農事詩的研討，因爲占有古代史料不充分，包含有主觀成份。他對《詩經》所收的十篇農事詩逐篇進行仔細研究，並且全部翻譯成白話。他對這十篇詩的解說，在史學界和《詩經》研究者之間曾經引起熱烈的爭論。他對各詩的突出見解如下：

《噫嘻》是「成王命田官率農夫耕種」。他根據金文資料否定了毛鄭訓「成王」爲「成王之事」，確定乃實指成王其人，從而把本詩時代定在西周初期。「駿發爾私」的「私」不是舊注所稱「私田」，而只是指各人所有的家私農具或即「耜」、「十千維偶」是一萬對人在耕作。經過他的疏釋，這篇詩描寫的西周初年農業生產情況是：農業生產是周王關心的要政，王家官吏（田官）督率大批農夫進行大規模的集體耕作。

《臣工》的時代與《噫嘻》相近，寫周王親自催耕，與田官一問一答，最後下達命令。他疏釋「保介」即王官，「衆」是農夫，這篇詩反映了土地歸周王所有，農夫是田官管理下的奴隸。

《豐年》的時代要晚些，描寫豐年「萬億及秭」，釀酒祭祀祈福，同樣表明是土地國有制的大規模耕作。

《載芟》的時代要晚得多，寫一年四季的農事活動。他認爲，「千耦其耘」與「十千維偶」同義，指耕作規模廣大；「主、伯、亞、旅」譯爲國王、公卿、大夫，「婦」譯爲「送飯娘子」。這首詩是表現開耕時國王同臣僚同來田間，强弱勞力和婦女一同下地；仍是反映土地國有與大規模耕作制度。

《良耜》的時代與《載芟》相近，內容也基本相同。「百室」即百間倉庫。「婦子」指「后妃和王子」。

《甫田》是大田，大到一年收成十千石，所以土地還屬於國有，即國王或國君所有。就詩來看，和《載芟》記述的生產方式，並沒有多大變化。郭沫若據詩中「琴瑟」一詞，認爲琴瑟出現於春秋，就論斷這篇詩的時代在東周以後。

《大田》和《甫田》大約是先後年代的作品，他認爲詩中「雨我公田，遂及我私」，表明這時除公田外已經有了私田。「……伊寡婦之利」，是產生了失去勞動力的寡婦「在做乞丐」。

《信南山》的年代也與上二詩相近。他認爲是指南山坡坦蕩無垠的王室田地。

《楚茨》的年代，據詩中祭神儀節是諸侯卿大夫之禮，以爲比以上諸詩更晚。

《七月》一詩的年代，他斷定在春秋中葉以後。主要根據是詩中所用曆法是「周正」，日本新城新藏博士《春秋長曆的研究》所發現的「周正」曆法實施於春秋中葉至戰國中葉。他又以爲，春秋中葉以後豳地是秦國統治，詩中也稱「公子」「公堂」，故此詩既不是王室的詩，也不是周人的詩，而可能是秦人統治下的詩。「九月授衣」，是天冷了，奴隸主給農奴發制服。《七月》詩中的勞動者是農奴，他認爲農奴就是奴隸。

通過對這十篇農事詩的分析，第一，明確地論斷西周是奴隸社會；第二，農業社會發展緩慢。從東周到春秋中葉，在緩慢的進展中逐漸發生變化，田地漸見分割，有了私田；但是只是奴隸社會中的「封建的萌芽胚胎」。在這裡，他修正了早先把奴隸制下限定於西周末年的觀點，認爲直到春秋仍是奴隸社會。他的這些研究，對於後來斷然把奴隸制向封建制的變革定在春秋戰國之交，是有很大作用的。

郭氏對這些農事詩的分析，在《詩經》研究者之中是不無爭議的。但是，任何人都不能否認：他研究這些古老的農事詩，探討周代社會生產方式的發展和變革，是一項有意義的開創工作。開創者的郭沫若，利用了科學考據的材料，排除大量迂腐歧誤的舊注疏，從豐富而錯雜的研究材料中清理出一個系統，並且提出許多具有科學性的見解，表現了淵博的學識和卓越的才華。後來的研究者，多是在他開闢的道路上，在他研究成果的基礎上，繼續研究、補充和修正。他的一些有價值的科學成果，至今還爲《詩經》研究和《詩經》教學所應用。

郭氏所論述的周代生產方式的整個觀點體系並不完善，對十篇農事詩的具體分析之中也有許多可以商榷之處。《詩經》農事詩是研究周代生產方式的重要材料，但需要各個學術領域提供更多的科學材料來結合研究。同時，研究清楚周代社會形態，又是研究《詩經》的重要條件。二者相輔相成。郭氏寫作《青銅時代》的時代，已有的科學研究成果還是不夠的。因此，整個觀點體系的缺陷和一些判斷的失誤，自屬難免。任何一個大學問家都與他們那個時代整個學術領域的科學水平密切聯繫，他們研究成果的價值大小，只在於在他們時代的科學基礎上，他們的創造性研究又前進了多少。從上述分析來看，郭氏是前進了一大段路的。

我們就近些年來關於對郭沫若農事詩研究的爭論來看，這些爭論具體地集中在兩個方面的問題上：各篇的年代問題和某些關鍵詞語的訓詁問題。郭氏所論列的《甫田》以下幾篇是否春秋以後的作品，對它們年代的判斷直接關係確定東周的社會形態。尤其爭論最多的是《七月》一詩，究竟是否春秋中葉以後的作品，不僅關係本詩所反映的生產方式，並關係《風》詩所產生的最遲年代。他論斷《七月》的年代，主要根據是新城新藏博士春秋曆法研究的成果。經後來學術界研究，新城新藏的研究並不能肯定春秋中葉以前沒有周正曆，同時，《七月》也並不合於周正時令。學者們考訂豳地在西周末已爲玁狁所侵占，春秋時屬西戎，《左傳・昭公四年》及孔子、孟子、荀子都曾作爲古詩引用過《七月》，證明《七月》是西周時詩篇⑧。又如「駿發爾私」和「遂及我私」的「私」是一義還是二義，該如何解釋；「十千維偶」和「千耦其耘」；《載芟》中的「主、伯、亞、旅」，《七月》中的「授衣」等等《詩經》中許多重要詞語，都需要《詩經》訓詁學和史學研究來取得一致的認識。郭沫若的研究只是這個研究的開啓，而不是這個研究的終結。

關於《詩經》史料價值和文學價值的評價

研究中國古代史分期問題，探討我國原始社會、奴隸社會與封建社會這三個先後嬗遞的社會形態的斷限時期，有助於正確理解和闡明我國歷史發展的規律，並且對於各種專史（包括文學史）、斷代史和許多歷史人物、歷史事件、歷史文獻（包括《詩經》）的研究與評價，都具有重要意義。五十年代的史學界，曾對這個問題展開熱烈的討論。郭沫若是用馬克思主義觀點、方法研究古代社會形態的開山大師，他的學術創見在史學界一直有著深刻的影響。他經過二十多年廣泛的研究，幾經改變部分觀點，終於在一九五二年出版的《奴隸制時代》一書中，完成了關於中國古代史分期的學說。他最後論斷：殷代是奴隸社會，周代也是奴隸社會，奴隸社會與封建社會的交替在春秋戰國之際，並具體確定西元前四七五年爲封建社會開始的年代⑨。這一學說提出後受到許多學者的基本贊成，並繼續深入研究，在史學界形成了關於中國古代史分期問題的一個有力的學派。多年以來，許多歷史教材都採用這個學說，對中國古代史、中國文學史的研究，有廣泛的影響。尤其是對《詩經》研究，大多數《詩經》研究論著接受了這個學說，把《詩經》作爲奴隸社會的詩篇來分析和解釋。

在中國古代史分期問題上有幾種不同的學說，另一位史學大師范文瀾氏的「西周封建說」，主張西周即進入初期封建社會，在古代社會史、學術史、文學史以及《詩經》研究，也有廣泛的影響。這是學術問題，自然可以繼續討論。然而值得注意的是：二者都運用《詩經》中的同樣史料，却得出觀點不同的結論。

郭氏與范氏在他們各自的學說中都引用了《載芟》、《良耜》、《臣工》、《甫田》、《大田》、《七月》諸詩，解釋各異，對周代社會生產方式的判斷也就不同。由此可見，《詩經》是一部有重要歷史文獻價值的古書，是毫無疑問的，問題是如何全面地看待它的史料價值和如何具體地應用這些史料。郭氏在《關於周代社會的商討》一文第二節《關於詩經的徵引》，專門論述這個問題，提出他的意見：

從時代來講，從周初至春秋末年，有五六百年之久；從地域來講，從黃河

> 流域至長江流域，包括著二十來個國家；從作者來講，《國風》取自各國民間，《雅》《頌》取自朝廷貴族；但詩的體裁大體上是一致的，用韻也是一致的，而在《國風》中竟找不到多少民間方言。……《詩經》毫無疑問是經過刪改的。古人說：「孔子刪詩」。我看不單純是孔子一人，那是經過先秦儒家不少次的刪改和琢磨的。……經過刪改的東西，必然要帶上刪改者的主觀意識和時代色彩。因此，《詩經》的引用，便必須經過嚴密的批判。⑩

在這裡，他繼續肯定《詩經》在先秦時代經過孔子或儒家其他人刪改潤色，體現著儒家的意識形態，因此提出：

> 《詩經》儘管「從來無人懷疑」，但問題實在很多。材料的純粹性有問題，每一詩的時代有問題，每一詩的解釋，甚至一句一字的解釋都可以有問題。我不是要全部否定《詩經》，而是不同意對《詩經》的全部肯定與隨意解釋。批判要嚴密，解釋要謹慎，這是歷史唯物主義者對於《詩經》乃至一般史料所必備的基本態度。

《詩經》不是純粹可信的史料，研究古代社會必須用歷史唯物主義的觀點，批判地利用包括《詩經》在內的全部歷史文獻，並盡可能發掘豐富的地下資料。這個主張，對近人梁啓超頗有影響的《詩經》「字字可信可寶」說，大大前進了一步，對《詩經》的社會史料價值，作了全面的分析。

關於《詩經》的解釋問題，郭氏强調「把當時的社會性質弄清楚了，一首詩才能夠得到正確的解釋。」他認爲解釋《詩經》當然可以見仁見智，但必須以歷史唯物主義爲標準，不能「漫無標準」「隨意解釋」。

關於《詩經》經過搜集者整理潤色、删改加工，這個觀點，在《簡單地談談詩經》一文中論述得更爲充分。這篇文章名爲「簡談」，實則提綱挈領地闡明了他對《詩經》的全面評價。

他論述《詩經》產生和成書的年代時，一方面指出《詩經》經過儒家删改，體現儒家的階級性和思想意識，一方面又肯定了儒家編集保存的功績。他一方面肯定《詩經》具有重要的社會史料價值；一方面又指明它不是照原樣保存下來，必須注意它的階級性、時代性以及舊注說的錯誤，「不可無批判地援用」⑪。他對《詩經》的評價，也採用一分爲二，對各個部分具體分析的方法：既注意各個部分的階級性質；又注意它們藝術上的特點和文學價值的高低。他指出，《雅》《頌》「主要是採自宗廟朝廷的貴族文學」，雖然「多是抒情的贊頌或詛咒」，却缺乏自然和生動的情趣，但其中《變雅》仍較有價值；「最有文學價值的是《國風》」，它主要是搜集民間歌謠的民間文學，「在內容和形式上都保留著相當樸素的人民風格」，其藝術特點，表現爲大多是調子簡單、辭句重複、反覆詠嘆的抒情小調，缺乏波瀾壯闊和悲壯的成份。對於《詩經》的文學價值，他作了如下的總結：「《風》的價值高於《雅》，《雅》高於《頌》，《變雅》高於《正雅》，作爲在『今天的寫作上借鑑』，如果是技術上的問題，《詩經》是太古遠了；但如果是方向上的問題，那倒還有很可以供我們『借鑑』的地方。首先它告訴我們：民間文藝的生命，比貴族文學或宮廷文藝的生命更豐富，更活潑。」

---

①《詩經白話注》，江陰錢榮國（緇甫）著，光緒三十四年江陰禮延高等小學堂印行。參見《中華文史論叢》第八輯（一九七八年出版）吳德鐸《最早的〈詩經〉白話注本》一文。

②《沫若文集》第二卷三四三頁，人民出版社，一九五八年本。

③引自本文，《中國古代社會研究》，人民出版社一九五三年本，九三頁，爲避免引注煩瑣，以下凡引自本文者，不再加注。

④《中國古代社會研究》，人民出版社一九五四年本，一三七—一三八頁，下引文凡引自本篇者，爲避免引注煩瑣，不再加注。

⑤郭沫若的原意在這裡只是用以說明當時工商業有所發達。他所說的「這些女兒大約也就如現代的『摩登女兒』一樣吧？」用的是個問號，是個比喻的說法。有人說這個「摩登女兒」就是「職業賣

淫者」，以「色相舞姿度生涯」。此說未免附會，並非郭氏的本義。

⑥《馬克思恩格斯選集》第三卷，六三—六四頁。

⑦《青銅時代·先秦天道觀之進展》一九五四年本，二五頁，以下凡引自本文，爲避免引注繁瑣，不再加注。

⑧楊公驥《中國文學》第一分册，第三章注釋①，對這個問題辨析較詳。請參見該書二五〇—二五一頁，吉林人民出版社一九八〇年版。

⑨一九七二年郭氏著文指出，有關夏代的文獻資料都是傳說，或春秋戰國時人們的假托，考古學界至今尚不能以地下發掘資料證明哪種文化是夏文化，主張對奴隸社會的上限「今天還不能多說」。

⑩《奴隸制時代·關於周代社會的討論》，人民出版社一九五四年本，八六—八七頁。下引文凡引自本文者，不再加注。

⑪《奴隸制時代·簡單地談談詩經》，人民出版社一九五四年本，下引文引自本文者不再加注。

聞一多——現代《詩經》研究大師

豐富的《詩經》研究遺產

聞一多先生是詩人、學者、民主戰士。詩人論《詩》，把握詩的特質，發掘詩篇的眞諦和藝術精華。學者論《詩》，學識淵厚，眼光犀利，考索賅博，立說翔實。戰士論《詩》，以熱烈的愛國主義、科學進步和民主思想，掃蕩封建經學和落後腐朽意識形態的積垢。聞一多先生研究《詩經》，兼得三者之長，成爲現代《詩經》研究大師。

聞一多的《詩經》研究著作，舊版《聞一多全集》已刊十種：

《風類詩鈔》是抗日戰爭前在清華大學講授《詩經》專題課時的舊著，校箋《國風》諸詩，篇目較全，訓解簡明，通體施注，一詞一目（疊句韻脚及重章換韻之同義、近義詞，合併立目），篇首或附一語破題之題解。卷前附《序例提綱》，是重新編次、注釋《詩經》的總計劃。

《詩經新義（二南）》，也是抗日戰爭前舊著，凡二十三篇，對《周南》、《召南》各詩中三十六個多次出現的詞語，以詞語為單位，進行詳細的考據，糾正前人的謬誤，作出新的訓詁，從而對詩義得出新的理解。

《詩經通義》已刊者為《周南》九篇、《召南》八篇、《邶風》十四篇。據北京圖書館特藏聞一多手稿縮微第二七二五號複制稿本，尚有原稿線裝四冊二七六頁，約三十餘萬字，無題，為《國風》全部及部分《小雅》之校釋，或附錄原詩，間著篇義，以詩篇為解說單位，體例與已發表之《詩經通義》相近；二本撰寫年月失考，其重名諸篇，見解或各有千秋。故已發表者當是成篇之文，原稿尚未成篇，遞年增補批注，顯見尚處積累資料階段。全稿正由聞稿整理組鈔校整理①。

《詩新台鴻字說》發表於一九三五年，對《邶風·新台》的「鴻」字，以考古學、文字學的豐富資料作出新的解釋，從而使全篇文義貫通。

《高唐神女傳說之分析》也寫於一九三五年，考據古代文學中關於神女的神話傳說，通過對《曹風·候人》的釋義、《鄘風·蝃蝀》的解釋，考察從上古傳說中的神女形象到楚辭宋玉《高唐賦》中「奔女」的重大變化，說明這種發展變化所反映的社會意識形態的變化。

《姜嫄履大人跡考》寫於一九四〇年，本文從對周人先祖原始宗教形態的研究入手，考證《大雅·生民》中記述的姜嫄「履帝武敏歆」的實際含義，說明產生這種傳說的現實生活基礎。

《說魚》作於一九四五年，是研究《詩經》中隱語的論著。他選取在《詩經》中經常運用的「魚」和「食」兩系列詞匯，從古代典籍、歷代詩歌、近代民歌中徵引數百條資料，說明這兩系列隱語的象徵意義，並且探討了在中國語言中隱語的作用及其產生的原因。

《歌與詩》是一九三九年的作品，探討歌與詩的起源，以聲抒情的歌與記事的詩二者合流，就誕生了詩三百篇。情志並重、詩史結合是《詩經》的性質。

《文學的歷史動向》是一九四三年的作品，其中論述了《詩經》在中國文學史上的地位。

《匡齋尺牘》是關於《詩經》研究的十篇通信，討論了《詩經》研究的方法以及《周南・芣苢》、《豳風・狼跋》等篇的詞語和篇義，都提出了新穎的見解。②

除以上已刊十種著作和早已佚失的《詩經長編》，據其女公子聞䎸鈔錄，北京圖書館存聞一多治《詩》遺稿尚有：「未刊者《詩經通義（十五國風與部分小雅）》、《詩經聲訓》、《詩經詞類》、《詩經雜記》、《璞堂雜記（詩類）》、《詩風辨體》、《禮記引詩》、《風詩中的代語》、《芳草强懿劑》、《說魚雜記》、《比興》、《說興》、《民歌》、《說風》等，計十四種。全部《詩》稿以《通義》容量最大，其規模僅次於佚稿《長編》，其餘諸篇，亦各具特色，匠心獨到，亟待統籌規劃，過細整理。」③

從上述篇目及內容來看，聞一多先生《詩經》研究的遺產相當豐富，包羅《詩經》的校勘、訓詁、音韻、篇義、表現方法、時代背景、研究史等各個方面，聯繫歷史學、考古學、文字學、民俗學、文藝學各個學科，不少精闢新穎的見解，爲現代和當代的《詩經》研究和教學所廣泛採用。在他生前的最後階段，他曾經計劃用歷史唯物主義觀點寫一部古代文學史。可是，一九四六年他正當四十八歲的盛年被害，他計劃重新編次、注釋《詩經》的藍圖未能實現。正像郭沫若的挽詩所說：「千古文章才未盡」。

因爲聞一多先生研究《詩經》的著作大部分還沒有整理刊行，我們進行全面的研究和評述，最好還是在新版《聞一多全集》出版以後。這裡只就已刊的著作，重點地介紹他在幾個方面的主要貢獻。

對《詩經》的總論

當代《詩經》研究者對聞一多在訓詁、篇義方面的新穎解說大多都很注意，或者見其考索獨到予以採取，或者指爲怪誕不用其說。而關於他對《詩經》的總論——論《詩經》的起源和特質、論《詩經》的研究方法及其在文化史上的地位，却注意不夠。其實，聞一多對《詩經》的總論中，有不少前人未曾論述的精闢獨到的見解，也正是他那些新穎不凡的注解和題解的總出發點。忽略這一方面的考察，就很難對他的《詩經》研究作出全面的評價。

聞一多從文學史的廣闊視野上考察詩歌的起源和發展，來研究《詩經》的產生及其特質。

在他計劃中的《上古文學史講稿》的一章《歌與詩》中，他分析「三百篇有兩個源頭，一是歌，一是詩」。歌的本質是抒情的，原始人最初因情感的激蕩而發出如「啊」、「哦」、「唉」或「嗚呼」、「噫嘻」一類的聲音，便是歌的起源。在《詩經》等古書中這感嘆的聲音大部寫作「兮」，有的寫作「猗」或「我」，都是「啊」的不同寫法。人在社會生活中，光靠感嘆的聲音並不能使別人了解自己發抒的感情，便逐漸在這類虛詞的前後加上解釋的實詞，實字用得愈多，愈精巧，情緒的傳遞就愈有效，原來那聲「啊……」便漸漸退居附庸的地位，所以歌是聲調和語言的結合，抒情「是歌的核心與原動力」。《詩經》中有大量這類帶感嘆虛字的句子以及由同樣句子組成的篇章，就表示著這種「最原始的歌的性質」。

關於詩的起源，聞一多考查了漢人訓詩爲志的涵義，證明志與詩原來是一個字。志有三個意義：一記憶、二記錄、三懷抱，這三個意義代表詩發展的三個主要階段。最初的詩產生在有文字之前，依靠記憶以口耳相傳，爲了便於記誦，所以有韻和整齊的句法，因而，在《詩經》中又稱「詩」爲「誦」。他說：「最古的詩實相當於後世的歌訣，如《百家姓》、《四言雜字》之類。就三百篇論，《七月》（一篇韻語的《夏小正》或《月令》）大致還可以代表這階段。」第二個階段是文字產生以後，用文字記載代替記憶。「古時幾乎一切文字記載皆曰誌」，韻文產生早於散文，「那麼最初的誌（記載）就沒有不是詩（韻語）的了。」詩與史的區別，只在有韻和無韻上，其功能仍是記事。第三個階段是社會發展和社會生活逐漸複雜，更適宜於記載之用的散文得到進一步發展，詩便與歌結合起來，「詩歌平等合作，『情』『事』的平均發展，是詩的第三個階段的進展，也正是三百篇的性質。」他說：

詩與歌合流真是一件大事。它的結果乃是三百篇的誕生。一部最膾炙人口的《國風》與《小雅》，也是三百篇最精采的部分，便是詩歌合作中最美滿的成績。一種《氓》、《谷風》等，以一個故事爲藍本，叙述方法也多少保存著故事的時間的連續性，可說是史傳的手法，一種如《斯干》、《小戎》、《大田》、《無羊》等，平面式的記物，與《顧命》、《考工記》、《內則》等性質相近，這些都是「詩」從它老家「史」帶來的貢獻。然而很明顯的上述各詩並非史傳或史誌，因爲其中的「事」是經過「情」的炮製然後再寫下來的。這情的部分便是「歌」的貢獻。由《擊鼓》、《綠衣》以至《蒹葭》、《月出》，是「事」的色彩由顯而隱，「情」的韻味由短而長，那正象徵著歌的成分在比例上的遞增。再進一步，「情」的成分愈加膨脹，而「事」則暗淡到不合再稱爲「事」，只可稱爲「境」，那便到達《十九首》以後的階段，而不足以代表三百篇了。

聞一多從詩歌兼有叙事與抒情的作用，論述《詩經》「於記事中言志」或「記事以言志」的特質；從詩歌源流和發展的大勢，論述《詩經》在中國詩歌發展史上的承先啓後的地位。當然，其中有些觀點還有待充實，引證也有待力求精確與豐富，但基本見解是有發明性的。

在《文學的歷史動向》這篇論著中，聞一多的視野擴展到世界文化史的遼闊天地，論述了詩三百篇在世界文化史上的地位：「對近世文明影響最大最深的四個古代民族——中國，印度，以色列，希臘——都在差不多同時猛抬頭邁開了大步。約當紀元前一千年左右，在這四個國度裡，人們都歌唱起來，並將他們的歌記錄在文字裡，給流傳到後代。」他指出，四個文化又互相吸收、融合，「四個文化猛進的開端都表現在文學上，四個國度裡同時迸出歌聲，但那聲的性質並非一致的。」《詩經》是中國文學的開端，它對世界文化的貢獻與印度、希臘不同，而與以色列相近，「唱著以人生與宗教爲主題的較短的抒情詩」。

他也論述了《詩經》在中國文化發展中的作用，他稱《詩經》的時代是中國文學史上的一個光榮、偉大的時代，用詩一樣的語言熱情洋溢地寫道：

> 中國……在他開宗的第一聲歌裡，便預告了他以後數千年間文學發展的路線。……我們的文化大體上是從這一剛開端的時期就定型了。文化定型了，文學也定型了，從此以後二千年間，詩——抒情詩，始終是我國文學的正統的類型，甚至除散文外，它是唯一的類型。賦、詞、曲，是詩的支流，一部分散

文，如贈序，碑誌等，是詩的副產品，而小說和戲劇又往往以各自不同的方式夾雜著詩。詩，不但支配了整個文學領域，還影響了造型藝術，它同化了繪畫，又裝飾了建築（如楹聯，春帖等）和許多工藝美術品。

接著他又論述了《詩經》重大的社會功能和對整個封建文化廣泛而深刻的影響：

詩似乎也沒有在第二個國度裡，像它在這裡發揮過的那樣大的社會功能。在我們這裡，一出世，它就是宗教，是政治，是教育，是社交，它是全面的生活。維繫封建精神的是禮樂，闡發禮樂意義的是詩。所以詩支持了那整個封建時代的文化。

聞一多揭示出在長期封建社會中，《詩經》是封建文化的重要代表，爲維護封建統治而服務；但這並不是三百篇本來的意義，它的眞正的形象在兩千多年中是被歪曲了的：

漢人功利觀念太深，把三百篇做了政治課本；宋人稍好點，又拉著道學不放手——一股頭巾氣；清人較爲客觀，但訓詁學不是詩；近人囊中滿是科學方

> 法，真厲害。無奈歷史——唯物史觀的與非唯物史觀的，離詩還是很遠。明明一部歌謠集，爲什麼沒人認真的把它當文藝看呢！（《匡齋尺牘》之六）

這是對封建經學家的批判，又是對清代考據學家的批判，也是對當時史學界的一種批評意見，認爲史學家們只是對《詩經》中的歷史資料進行研究和爭論，而沒有把這部詩集當作文學作品來看。

把《詩經》當作文學作品看，是聞一多這些論述的中心思想。還《詩經》以本來面目，他全部的《詩經》研究，都爲了力求達到這個目的。

怎樣才能認識《詩經》的眞正面目呢？他提出三個具體意見：一、讀懂文字；二、帶讀者到《詩經》時代；三、用文學的眼光。他的全部研究工作也是按照這三個原則進行的。

第一、讀懂文字。他說：「要解決關於《詩經》的那些抽象的、概括的問題，我想，最低限度也得先把每篇的文字看懂」，要「把一部《詩經》篇篇都讀懂了——至少比前人懂得稍透些」。他認爲今本毛詩的文字錯誤不少，因爲經過刪改和傳抄：

> 「刪」不也是一個作僞嗎？何況既然動了筆，就決不僅是刪，恐怕還有改。不但孔子。說不定孔子以後，還隨時有著肯負責任的人，隨時可以揮霍他

們的責任心，效法孔子呢。我相信，我們今天所見到的三百篇，尤其是二《南》和十三《風》，決不是原來的面目。至於時間的自然的剝蝕，字體的變遷，再加上寫官的粗心與無識——一部書從那麼荒遠的年代傳遞下來，還不知要受多少種折磨呢？

因而，聞一多在《風類詩鈔》中對《國風》各篇重新編次，並依次進行文字校勘和箋注。他所作的校勘，對他所發現的今傳毛詩的文字錯誤，或據三家詩，或據舊本，或據叶韻、或據上下文義，以夾注訂正；同時對經文中的假借字則注以正字。他的箋注，一方面繼承前人的研究成果，又在舊注的基礎上，利用考古學、語言學、民俗學，作出不少不同於前人的新穎訓詁，確實有所發現，有所豐富，有所前進。

第二，「帶讀者到《詩經》的時代」。他的用意是運用社會學的觀念，把《詩經》放在產生它的時代背景上進行研究，根據當時的社會結構、社會意識形態和人們的思想特點來理解詩義。他說：「《詩經》的作者是生在起碼二千五百年以前，用我們自己的眼光，我們自己的心理去讀《詩經》，行嗎？」用現代的社會生活和人們的心理，去解釋還保留著一些他稱之爲「遠荒」「蠻性」特徵的周人的詩歌，是不能勝任的。

第三，用文學的眼光。他認爲《國風》是民間歌謠，就把它當民歌來讀，注意民歌內容和形式的特點。所以他研究這些民歌的內容，主要是運用民俗學的方法，注意考察上古時代的社會風習，注意運用文化狀態與《詩經》時代約略相同的我國少數民族的有關資料，來推論和印證《詩經》所反映的社會生活和心理狀態。

聞一多先生對《詩經》的性質、在文化史上的地位以及研究方法的論述，確實有不少精闢、獨到的見解，對我們大有啓示。但是，勿庸爲賢者諱，他的治學方法曾經受到西方學者的影響。西方學者對神話傳說的研究，對以原始社會爲對象的文化人類學的研究，對文藝起源的研究，能夠有一些科學性的論述，在考古學、語言學等學科，也可以獲得一些重大的成就；而對文學的發展，則不能完全說明。聞先生的古典文學研究，一方面和民族文化傳統有著血肉聯繫，一方面又有西方社會學和文藝學的影響，他還不能自覺地運用歷史唯物論的整個觀點體系，所以對於《詩經》的論述也不夠全面。他對《詩經》的產生，只著重考察歌與詩這兩種藝術形式的起源、功用以及它們的合流，沒有闡明《詩經》作爲階級社會的產物，三百篇的製作和編集貫穿著統治階級的思想和意圖。他對於《詩經》研究史和《詩經》在文化史的地位和作用的論述，對於許多詩篇的分析，還缺乏深度。

《詩經》新訓詁學的創始

剛才說過，聞一多先生認為研究《詩經》，首先必須讀懂《詩經》的文字。他在《匡齋尺牘》（之三）說：「一首詩，全篇都明白，只剩一個字，僅僅一個字沒有看懂，也許那一個字就是篇中最要緊的一個字，詩的好壞，關鍵全在它。所以，每讀一首詩，必須把那裡每個字的意義都追問得透徹，不許存下絲毫的疑惑。」所以，聞一多既批評清代的《詩經》考據學家，「訓詁學不是詩」，又在這裡指出，以解釋字句為主要任務的訓詁學對於學習和研究《詩經》的重要意義。

訓詁學在我國有兩千餘年的悠久歷史，一直是古文獻研究的重要組成部分。從《詩經》訓詁學的歷史中，我們可以看到兩個特點：一、《詩經》訓詁學始終處於不斷發展的過程中。任何時代的任何大師，對《詩經》的繁多章句、萬千詞語，都未能作出全面正確的解釋。這由於《詩經》文字的形、音、義經過多次重大的發展變化，確實古奧難解，加上《詩經》所反映的生活內容相距太遼遠，許多詞語的表意更不易理解。因而後代學者經過認眞研究之後，就要在前代訓詁的基礎上，不斷修正、不斷補充，不斷前進；它從來沒有，也不能停止在一個水平上。二、《詩經》訓詁學與學術領域各門學科密切聯繫，如考古學所提供的甲骨文、金文、石鼓文以及出土文物的考證，應用於文字和名物考釋；古文字學和音韻學的研究，通過文字形、聲、義的演變探求文字的本義；歷史學關係對詩中史事的注釋；歷史地理學關係詩中地名的注釋；天文學、博物學也和詩中衆多的自然現象直接聯繫。《詩經》訓詁學隨著各種學科的發展而不斷進步，如《鄭箋》吸取了以《說文》爲標誌的東漢語言學的成果；《孔疏》吸取了以《經典釋文》爲標誌的隋唐語言學研究的成果；《詩集傳》吸取了宋代考據學的成果；清代門類廣泛的考據學的興盛，產生了大量的較前人精密的《詩經》訓詁著作。各個時代的《詩經》訓詁學的成就，旣反映各自時代的學術水平，又受到各自時代學術水平的制約。

傳統的《詩經》訓詁學，一方面積累了前人學術研究的許多寶貴成果，一方面在發展過程中存在兩個主要缺點：一、從毛亨開始的《詩經》訓詁學，對於詞語、名物、章句的考釋，雖然也弄清了一部分本義，但其根本目的是爲了講經，即把《詩經》當作政治課本來宣揚封建政治倫理觀念。爲了說教，他們常常不問詞話、章句的本義是什麼，如《毛傳》的訓詁，對一個詞語的訓解，有時繞了八個彎，輾轉比附，也要扯到政治說教上來。宋人比較地講求實證，爲了通過講經來宣揚禮敎，時常也用穿鑿附會的方法曲解一些詞語、章句。清人講究考據求實，可是到講經時，也不能避免這個毛病。二、訓詁的根本目的，是用當代明白易懂的語言，注釋古籍中深奧難解的語言文學。所以，必須簡明、確切、易懂。漢以後有些《詩經》訓詁著作，或者爲了發揮「微言大義」，無限制地比附引申，離題千里；或者爲了炫示博通，在細枝末節上搞煩瑣考證，以致駁雜臃腫。清代樸學大師以無徵不信的求實精神，運用考證的方法，對文字、音韻、名物、典故等進行廣泛、精密的考證，有不少重要的發現，但他們往往爲考據而考據，離開考據對象在詩篇思想內容和藝術表現上的實際表達作用。

聞一多繼承前人訓詁考證方法的科學成分，要求對《詩經》訓詁進行重大的改造，創始《詩經》新訓詁學。《風類詩鈔》、《詩經新義》、《詩經通義》是他的實驗。

聞一多這三本包括校箋、注疏和考釋《詩經》詞語、名物、典故、章句的著作，以及可以作爲它們重點補充的幾篇專論，首先是把《詩經》看作文學作品。他運用訓詁學的方法進行詞語名物等的考釋，是爲了使人們正確理解詩中所表達的思想感情，欣賞詩中表達思想感情的藝術手段。

在他的訓詁考證中，首先排斥封建經學所長期積累的在訓詁上的曲解或揑造。他把這種曲解或揑造，稱作「聖人的點化」，他說：

> 今天要看到《詩經》的真面目，是頗不容易的，尤其那聖人或「聖人們」賜給它的點化，最是我們的障礙。當儒家道統面前的香火正盛時，自然《詩經》的面目正因其不是真的，才更莊嚴，更神聖。但今天，我們要的恐怕是真，不是神聖。（真中自有著它的神聖在！）我們不稀罕那一分點化，雖然是聖人的。

讀詩時，我們要了解的是詩人，不是聖人。（《匡齋尺牘》之三）

他提出「要去掉那點化的痕跡」，也就是拋開那些爲進行政治說教而歪曲本義的訓詁，還《詩經》以本來面目。他主張把《詩經》當作詩，要求對《詩經》詞語名物的考據，注意古詩歌語言的特點。他說：對《詩經》的語言，除了對每個詞語要「課名責實」，考證某個詞語表示什麼具體事物，還要「顧名思義」，注意有些詞語象徵的或隱喻的意義。他直接舉《麟之趾》中的「麟」字爲例：這個字既是獸的名號，又是仁的象徵，理解這雙層涵義，才能上下文貫通，表達全詩的思想內容。他又舉古歌謠中經常運用的雙關隱語爲例：如以蓮爲憐，以藕爲偶，以思爲絲等等。他指出這一類用諧音來表情達意的語言技巧，在《詩經》中也是常常運用的。

他又指出，詩的語詞總是力求抒情生動和狀物工巧，所以，通過文字考證，在諸說均可通的情況下，要選取最能體現「詩人體物之妙」的注解。如《周南・桃夭》和《邶風・凱風》的「夭夭」一詞，《毛傳》《鄭箋》分別訓爲「少壯」、「盛貌」、「少長」，他據《說文》並驗證漢魏詩歌，訓爲「屈」：「凡木初生則柔軟而易屈」；《周南・卷耳》、《周南・芣苢》、《秦風・蒹葭》的「采采」一詞，毛、鄭都訓爲動詞，他訓爲形容詞，爲顏色鮮明之貌。像這樣許多言之有據，而又顯得語言生動形象的訓詁，不僅求眞，而且求美。

聞一多的箋注和考釋，繼承了清代樸學大師自由研究，注重實證，博徵求通的科學成分，又根據《詩經》的時代特點和文學特點，注意古代歌謠特有的修辭技巧。他運用訓詁學的方法，發掘詩篇眞實的思想感情和藝術的美。這在理論上和實踐上，對《詩經》訓詁學是一次重大的發展。我們可以擧一直被大家所稱道的兩個典型的例子：

《邶風．新台》：「魚網之設，鴻則離之」的「鴻」，舊注一直均訓爲飛鳥，全篇文義苦不貫通。聞一多對本篇的名物和詞語作了進一步的考釋，據卜辭、金文及多種古籍比較驗證，在《詩經通義》中釋籧篨、戚施、鴻爲一物：「鴻必非鴻鵠之鴻，以工聲字與龍聲字古每不分推之，鴻當爲𪓰之假。𪓰即苦𪓰，《廣雅．釋魚》曰，苦𪓰，蝦蟆也。……𪓰即蝦蟆，故得誤絓於魚網之中，又得與魚對擧以分喻美醜。下文曰『燕婉之求，得此戚施』，戚施即蝦蟆……鴻與戚施亦同物異名耳。」爲了給自己的立說取得充分的根據，他在《詩新台鴻字說》中，又引證各種文獻二十六種，作了詳細的論證。按照他的訓詁，余冠英將這首詩譯爲：

河上新台照眼明，
河水溜溜滿又平。
只道嫁個稱心漢，
縮頸子蝦蟆眞噁心。

新台高高黃河邊，
黃河平平水接天。
只道嫁個稱心漢，
癩皮疙瘩討人嫌。

下網拿魚落了空，
拿了個蝦蟆在網中。
只道嫁個稱心漢，
嫁著個縮頸子醜老公。④

通過聞一多的考釋，全篇詩義貫通，突出了主題，表現了人民對荒淫醜惡的統治者生動形象的諷刺⑤。這篇文章發表後，學術界一致公認考據精確，一直爲《詩經》研究者所採用。郭沫若也據以改正自己過去在《卷耳集》中的誤譯⑥。

聞一多在《詩經新義》和《詩經通義》中，又總是把各篇中同類同義的詞語排列在一起，通過廣徵博引的考釋和相互比較印證，探求它們的本義。一詞義明，有關各篇詩義豁然貫通。《說魚》就是這樣的力作。

在《新義》、《通義》及《高唐神女之傳說》等文中，他把在《詩經》各篇中出現的「魚」「食」兩系列詞語，都解釋爲隱語（或庾語），發現它們的特定的涵義。經過長期研究，十年後，在《說魚》一文中作了探求本源的考證。他指出，在中國語言，尤其在民歌中，從古代到現代，隱語是一種常用的藝術手段。他從古代典籍、漢魏樂府、近代民歌以及少數民族民歌中引用約九十條資料，來證明「魚」和「食」這兩系列詞語的本義：「魚」是情侶間互稱的隱語，「打魚」、「釣魚」是求偶的隱語，「烹魚」、「食魚」是合歡和結配的隱語；「貪」代表情欲的行爲，「飽」代表情欲的滿足，「飢」則代表情欲未遂。用這一理解和概括去解釋《國風》中有關的詩，隱約難明的詩義就豁然開朗。

當然，我們不是說聞一多所作的文字、音韻、名物、訓詁的考釋都是準確的。限於所掌握的資料，限於所處時代整個學術領域達到的水平，任何一個大學者，都會有失誤和不能解決的問題。我認爲，聞一多先生最重要的貢獻，在於他對《詩經》訓詁學的方法作了重大的發展，有助於創造我們這一代的《詩經》新訓詁學。在他所開創的道路上，我們掌握思維科學的新觀點新方法，把《詩經》作爲上古時代的文學作品、社會史料和文化史料，運用歷史學、考古學、語言學、文藝學、民俗學的最新科研成果，搜集更多的古文獻資料和其他資料，去粗取精，去僞存眞，由表及裡，由此及彼，探源求本，將能把《詩經》訓詁學向前大大推進。

用民俗學的方法研究《詩經》

聞一多說：「訓詁學不是詩」（《匡齋尺牘》之六），在剖析《周南・芣苢》一詩時又說：「字句縱然都看懂了，你還是不明白那首詩的好處在那裡——……藝術在那裡？美在那裡？情感在那裡？詩在那裡？」（《匡齋尺牘》之三）把《詩經》當作詩，那麼，讀詩就不只是讀懂它的字句，而是理解它反映的內容和欣賞它的藝術。所以，對於《詩經》研究來說，訓詁還只是一種手段，更重要的是要揭示各個詩篇所反映的生活內容和思想感情，以及反映這種生活、思想、感情所運用的藝術方法，分析詩的思想性和藝術性。

在全部《詩經》中，聞一多是研究《國風》的。《國風》以民歌爲主體，反映春秋中葉以前人民的生活、思想和感情。不了解周代人民的生活和心理，要深刻理解這些詩篇是困難的。除《國風》以外，《雅》《頌》中的詩，他只重點地研究了《大雅・生民》。這是記述周人開國以前歷史傳說的史詩之一，詩中有神話傳說和原始宗教的內容，不了解原始宗教形態和這些神話傳說的實質，就很難對這一詩篇作切實而深刻的解釋。所以，聞一多在研究這一詩篇的時候，主要運用以民間風俗、神話、傳說，民間歌謠爲研究對象的民俗學的方法，考證有關周代社會生活習俗、宗教形態、神話傳說和民間歌謠的資料，來與《詩經》中的這些篇章相互印證。

關於《大雅．生民》初章「姜嫄履大人跡」的神話傳說，「履帝武敏歆」句，訓爲姜嫄「踐上帝大姆脚趾印心中欣喜」乃懷孕而生后稷。他考證古代文獻中關於古帝王履跡而感生的古老傳說，不只本詩中的周人先祖后稷，同樣履跡感生的還有伏羲。爲了解釋產生這種神話傳說的社會生活基礎，他從研究周以前的原始宗教形態入手，說明履跡乃是原始宗教祭祀儀式的一部分，是一種象徵性的舞蹈。在「郊禖之祭」儀式中，由巫覡扮神尸代表上帝而舞蹈在前，祭者隨其後踐足跡而從舞。姜嫄因無子而禋祀求子，尾隨神尸之後履跡伴舞，因伴舞而欣喜，「攸介攸止」，舞畢歇息時相攜止息於幽閒之處因而有孕。在原始社會，婦女擔負著蕃衍種族的光榮義務，婦女是樂於有子的。按原始社會風俗，婦女無子向上帝求子，神尸代表上帝，這樣生下孩子就是上帝所賜。了解了這幅風俗畫，我們對詩中所記述的后稷出生的傳說，就完全理解了。隨著社會發展，後來在所謂「禮義」觀念之下，周人感到如果直說他們祖先如此出生，很不光采，便用感天而生的神話，把事實的眞相掩蓋起來。聞一多運用民俗學的方法，揭開了這篇詩所記述的古老傳說的眞實內容和意義。

對於《周南．芣苢》的解說，歷來歧義紛繁。大體說來不外兩種類型：一種是附會封建說教，《毛詩序》：「后妃之美也，和平則婦人樂有子矣。」三家詩：「傷夫有惡疾也。」《詩集傳》：「化行俗美，家室和平，婦人無事，相與採其芣苢，而賦其事以相樂也。」一種是田園詩，或勞動歌，方玉潤《詩經原始》：「無所指實……田家婦女，三三五五，於平原繡野，風和日麗中，羣歌互答。」近人多採此說，如陳子展《國風選譯》：「這是婦女們採摘車前，隨口吟詠的勞動歌。」⑦對於「芣苢」一詞的訓詁，都訓爲「車前」，而對其作用，解釋却有三種：一種是宜懷妊，一種是治難產，一種是治癩疾。

聞一多在《匡齋尺牘》（之三）對這篇詩作了考釋。他先用他的訓詁學的方法，爲全詩作了訓詁；又通過他對古代傳說的考證，採取芣苢宜子之說；再通過他對文學和音韻的考證，認爲「芣苢」與「胚胎」古音同，而「胚胎……是生命的仁子」，所以「在《詩》中這兩個字便是雙關的隱語（英語的所謂Pun）」。接著，他又用民俗學的方法來闡明他對這篇詩的理解：

> 宗法社會裡……一個女人是在爲種族傳遞並蕃衍生機的功能上面而存在著的。如果她不能證實這功能，就得被她的儕類賤視，被她的男人詛咒以致驅逐，而尤其令人膽顫的是據說還得遭神——祖宗的譴責。

所以，他認爲，「知道了芣苢是種什麼植物，知道它有什麼功用，那功用又是怎樣來的，還知道由那功用所反映的一種如何眞實的嚴肅的意義——有了這種種知識，你這才算眞懂了《芣苢》」：

現在，請你再把詩讀一遍，抓緊那節奏，然後合上眼睛，揣摩那是一個夏天，芣苢都結子了，滿山谷是採芣苢的婦女，滿山谷響著歌聲。這邊人羣中有一個新嫁的少婦，正捻著那希望的璣珠出神，羞澀忽然潮上她的靨輔，一個巧笑，急忙的把它揣在懷裡了……你瞧，還有一個傴僂的背影。她許是一個中年的磽確的女性。她在尋求一粒真實的新生的種子，一個禎祥，她在給她的命運尋求救星，因爲她急於要取得母的資格以穩固她的妻的地位。在那每一掇一捋之間，她用盡了全副的腕力和精誠，她的歌聲也便在那「掇」「捋」兩字上，用力地響應著兩個頓挫，彷彿這樣便可以幫助她摘來一顆真正靈驗的種子。但是疑慮馬上又警告她那都是枉然的。她不是又記起已往連年失望的經驗了嗎？悲哀和恐怖又回來了——失望的悲哀和失望的恐怖。動作，聲音，一齊都凝住了。淚珠在她眼裡。……

詩人說詩，以自己生動而豐富的聯想，把這篇詩的思想性和藝術性深刻而生動地顯現出來。他揭示這篇詩的本質：婦女們採芣苢所唱的歌，「是一種較潔白的，閃著靈光的母性的欲望」，「是何等驚心動魄的原始女性的呼聲」。如果不了解「古代婦女採芣苢的風俗」，「沒有點古代社會，古代女性的知識」，那就不會認識詩的畫面的深刻本質。

聞一多的說詩，對《詩經》研究的重要的貢獻，是他啓發我們運用民俗學的方法來研究《詩經》中的一些作品。我們要了解兩千五百年前周代的社會風俗和心理，就必須利用古老的神話，民間故事傳說以及歌謠中的材料進行推論，或與《詩經》中的有關內容相印證。在古代文獻中，這一類直接的材料是不多的，所以，他說：「與我血緣最近的民族，在與《詩經》時代文化程度相當時期中的歌謠，是研究《詩經》上好的參考材料。」他研究《詩經》，也注意運用文化狀態與《詩經》時代相近的我國少數民族的材料。雖然限於他當時所處的社會條件，他不可能充分地搜集和利用這些材料，而對我們却是很有啓發的。

如前所述，聞一多先生研究《詩經》，主要是研究《國風》，對於《雅》《頌》很少論述。《雅》《頌》更直接地反映《詩經》的階級屬性，其中的許多詩篇也更直接地反映當時的社會生產方式、階級關係和占支配地位的社會意識形態。撇開《雅》《頌》這兩部分，也不能全面地顯示《詩經》的本來面目。這是他研究《詩經》的明顯的缺陷。他對《雅》《頌》中大量的政治詩、社會詩，沒有予以重視；對於《國風》中反映的社會內容，沒有論述。他著重研究一些愛情婚姻詩篇，也沒有發現有的愛情和婚姻，是在溫情脈脈的面紗背後掩蓋著社會壓迫的事實。我們是不能苛求於前賢的，聞一多先生對《詩經》研究的重大貢獻，還是主要的。

①見《河北師院學報》一九八一年第三期新發表的聞一多遺著《詩經通義・衞風・碩人篇》篇後附錄聞翺所寫《鈔校後記》。

②以上十種收一九四八年開明書店版《聞一多全集》，一九五六年古籍出版社出版選刊本，《風類詩鈔》收《詩選與校箋》（選刊之四），《詩經新義》、《詩經通義》、《詩新台鴻字說》收《古典新義》（選刊之二），《姜嫄履大人跡考》、《高唐神女傳說之分析》、《歌與詩》、《文學的歷史動向》、《匡齋尺牘》收《神話與詩》（選刊之一）。

③聞翺《聞一多遺著〈詩經通義・衞風・碩人篇〉鈔校附記》，《河北師院學報》一九八一年第三期。

④余冠英《詩經選》，人民文學出版社一九五六年版五〇頁。

⑤一九四五年間聞一多先生在《說魚》一文中又說：「我從前把鴻字解釋成蝦蟆的異名，雖然考據也夠確鑿的，但與《九罭》篇的鴻字對照了看，似乎仍以訓爲鳥名爲妥。」本書著者認爲：《新台》中的鴻字是假借字，《九罭》當是本字，自然無須守其一義。

⑥郭沫若《卷耳集》注：《沫若文集》第二卷，人民出版社一九五八年版。

⑦陳子展《國風選譯》二九頁，春明出版社一九五五年版。

《詩經》研究重要書目暨版本舉要

我國《詩經》研究的遺產極爲豐富。前代著作，僅清初《四庫全書總目提要》收錄及存目，計一百四十七部、一千八百六十四卷。清代名家輩出，只在《清經解》正續編收錄者，卷帙不止萬千。近代、現代也有很多有價值的專著和論述。歷代尚有大量重要著作，前人未曾集成。對於這樣浩若煙海的著述，有志於研究《詩經》的青年同志苦無端緒，亟需提供進行初步研究的簡明書目。

書目排列，盡量以著者年代爲序，各書均作簡單提示，使能初步了解《詩經》研究的發展輪廓。

各書著者生卒年，或無可考，付闕；或尚有爭議，暫取一說。

各書版本，盡量舉列新版。

各書提示，只以一兩句話介紹該書性質。各人見解不同，僅供參考。

舉列書目，應有全面研究，去僞存眞，去粗取精，選取有代表性的重要著作，並通過它們反映《詩經》學的各個方面。個人孤陋寡聞，難免闕漏；限於水平，實難精當；拋磚引玉而已。

【先秦】

孔　丘　（西元前五五一——前四七九年）。《論語》——多種通行本，新版本：《論語譯注》，楊伯峻譯注，中華書局一九八〇年版。
傳說孔子刪訂《詩經》，《論語》記載他論詩十餘處，散見《學而》、《爲政》、《八佾》、《述而》、《子路》、《衛靈公》、《季氏》、《陽貨》諸篇。他的理論開創了儒家詩教。

孟　軻　（西元前三八九——前三〇五?年）。《孟子》——多種通行本，新版本：《孟子譯注》，楊伯峻譯注，中華書局一九六〇年版。
《孟子》七篇，引詩三十三處，《萬章》（上、下）分別提出「以意逆志」、「知人論世」的方法論，爲後世說詩的指導理論。

荀　況　（西元前三一三——前二三八?年）。《荀子》——多種通行本，新版本：《荀子簡注》，章詩同注，上海人民出版社一九七四年版。
全書論詩七處，引詩八十一處，以「引詩爲證」的方法，體現他創立的「明道徵聖宗經」的文學觀。

左丘明 《春秋左傳》。阮元刻十三經注疏本，新版本：《春秋左傳注》，楊伯峻編著，中華書局一九八一年版。

全書引詩一百三四十處，記載了春秋時期貴族社會應用三百篇的大量事實，是了解《詩經》在春秋時期流傳及其社會作用的重要材料。

又：《國語》（上、下册）引詩三十一處，也可參考。上海古籍出版社一九七八年新版。

【漢】

毛亨 《毛詩詁訓傳》（省稱《毛傳》）。通行本。漢初傳《詩》，有魯、齊、韓、毛四家。魯、齊、韓爲今文學，毛詩爲古文學。後今文三家散佚，毛詩獨傳至今。本書是最早的毛詩注本。

又：本書漢時傳授中各篇有序，總稱《詩序》，首篇之序爲古代文藝理論的重要文獻，今收錄《中國歷代文論選》，上海古籍出版社一九七九年版。

韓嬰 《韓詩外傳》。許維遹據清人校注本集校，名《韓詩外傳集釋》，中華書局一九八〇年版。

韓嬰爲韓詩最初傳授者，今文三家詩已亡，惟存此書。據考證，此書已經過後人改動。本書無關詩義，而是引詩證事。

司馬遷　（西元前一四五或一三五——？年）。《史記》——通行本，新版本：中華書局據清同治《史記集解索隱正義合刻本》點校，一九五九年版。書中《孔子世家》、《屈原賈生列傳》、《太史公自序》等篇有關於《詩經》的重要論述。

劉　向　（西元前七七——六？年）。《古列女傳》——四部叢刊影明刊本。書中大量引詩。他的《說苑》、《新序》及董仲舒《春秋繁露》（均見四部叢刊本）等書類此，或先講故事後引詩爲證，或發表議論後引詩證斷，可見漢人說詩向經學的發展。

班　固　（西元三二——九二年）。《漢書藝文志》（顏師古注）——商務印書館據《八史經籍志》點校，附清姚振宗著《拾補》，一九五五年版。書中記載了漢代《詩經》研究的一些基本情況。

許　愼　（約西元五八——一四七年）。《說文解字》——多種通行本，新版本：中華書局據同治刻本縮印，附新編檢字，一九六三年版。集漢代文字學之大成，對《詩經》文字字義作了解釋。

鄭　玄　（西元一二七——二〇〇年）。《毛詩傳箋》三十卷（省稱《鄭箋》）——四部叢刊影宋本，十三經注疏本，明嘉靖間刻本附鄭玄《詩譜》一卷，陸德明《音義》三卷。

鄭玄以毛詩爲本，爲《毛傳》作箋注，採錄《詩序》，兼取三家可取詩說，實現今、古文合流，爲兩漢《詩經》研究集成性著作。

又：《詩譜》一卷，列舉《詩經》各篇世次。此書已亡佚，宋歐陽修輯補，附其《毛詩本義》書後。現存《詩譜序》，收《中國歷代文論選（上册）》，中華書局一九六二年版。清丁晏《鄭氏詩譜考正》一卷、胡元儀《毛詩譜》一卷，均有皇清經解續編本。

【吳】

陸璣（西元二六一——三〇三年）。《毛詩草木鳥獸蟲魚疏》二卷　商務印書館《叢書集成初編》影印古經解匯函本。

這是第一本考釋《詩經》名物的專著。以後歷代學者續有考補：明毛晉《毛詩陸疏廣要》，津逮秘書本；清焦循《毛詩陸璣疏考證》，南菁書院叢書本。

【魏】

王肅（西元一九五——二五六年）。王肅標榜純古文學，攻擊鄭玄兼採今文，而爲毛詩重作注釋。他的著作均散佚，經後人輯佚，得殘篇四種：《毛詩義駁》《毛詩王氏注》《毛詩奏事》《毛詩問難》，均爲清馬國翰玉函山房輯佚書本。

又：王基、陳統等又擁鄭學而駁王學。王基《毛詩駁》、陳統《難孫氏毛詩評》，均爲玉函山房輯佚書本。

【梁】

劉勰（西元四六九—五二〇?年）。《文心雕龍》——多種通行本，新版本：《文心雕龍注》，范文瀾注，人民文學出版社一九五八年版。選譯本：《文心雕龍選譯》，周振甫譯注，中華書局一九八〇年版。

與傳統的經學研究不同，劉勰對《詩經》進行文學的研究，總結創作經驗，探討表現手法，散見《原道》、《宗經》、《辨騷》、《明詩》、《時序》、《情采》、《才略》、《比興》、《誇飾》等篇。

鍾嶸（西元四八〇—五五二年）。《詩品》——多種通行本，新版本：陳延杰注，人民文學出版社一九六一年版。

書中論列《詩經》爲我國古代文學的重要源頭，又論述了賦、比、興表現手法。

【唐】

陸德明 （西元五五〇—六三〇年）。《經典釋文》——四部叢刊影通志堂刊本。

本書綜合漢魏以來文字音訓研究成果，考述經學傳授源流，其中《毛詩釋文》，對每個字都有音切和訓義。

孔穎達 （西元五七四—六四八年）。《毛詩正義》（省稱《孔疏》）——四庫備要阮刻本七十卷，中華書局一九五七年重印。

本書以顏師古考定的《五經定本》文字爲標準本，採取漢魏至唐初《詩經》訓詁義疏，以疏不破注原則，對《毛傳》《鄭箋》再作詳細疏釋，並附編《毛詩釋文》於後。是漢學研究的集成著作。

長孫無忌 （西元五九九—六五九年）等。《隋書經籍志》——商務印書館據《八史經籍志》本點校重排，一九五五年版。

魏晉南北朝《詩經》專著多亡佚，本書收錄書目並簡要說明諸家學術源流及其演變，對先唐《詩經》學流變，尚能考見其大概。

陳子昂 （約西元六六一—七〇二年）。《與東方左史虯修竹篇序》——四部叢刊影明本《陳伯玉文集》卷一，《中國歷代文論選》選錄，上海古籍出版社一九七九年版。

陳子昂的詩歌革新理論，要求繼承由《風》《雅》到建安文學的現實主義創作精神。

李　白　（西元七〇一—七六二年）。《古風》——《李太白集》卷二，中華書局據四部備要本重排，一九六二年版。通行選本多選錄。

杜　甫　（西元七一二—七七〇年）。《戲爲六絕句》——《杜工部詩集》卷十六，中華書局據四部備要本重排，一九五七年版。通行選本多選錄。

李白、杜甫以詩論詩，其中也表達了他們對《詩經》的看法。

韓　愈　（西元七六八—八二四年）。《韓昌黎集》——四部叢刊本《昌黎先生文集》，四部備要本《昌黎先生集》，新版本：商務印書館一九五八年版。

韓愈倡導古文革新運動，本書卷十二《進學解》、卷十五《答尉遲生書》、卷十六《答李翊書》、卷十九《送孟東野序》等文章，論述繼承《詩經》傳統。

白居易　（西元七七二—八四六年）。《白氏長慶集》——文學古籍刊行社據宋本影印全四册，一九五五年版。

元、白倡導新樂府運動，標舉風雅比興旗幟，號召繼承《風》《雅》現實主義諷喻精神。見卷一《新樂府序》、《答唐生》、《采詩官》、《讀張籍古樂府》，卷四十五《與元九書》。

柳宗元（西元七七三—八一九年）。《柳河東集》——四部叢刊本《增廣注釋音辨唐柳先生集》，四部備要本《唐柳河東全集》一九五八年中華書局據宋刻本排印，一九七四年上海人民出版社新版。

柳宗元也是古文革新運動的倡導者，卷二十一《揚評事文集後序》、卷三十四《與韋中立論師道書》等文都論到《詩經》。

元　稹（西元七七九—八三一年）。《元氏長慶集》——文學古籍刊行社據明傳鈔宋本影印全二册，一九五六年版。

元、白文學主張相同。《唐故工部員外郎杜君墓誌銘並序》（卷五十六）、《樂府古題序》（卷二十三），都是論到《詩經》的重要理論文章。

成伯璵《毛詩指說》一卷。通志堂經解本。

唐代規定訓詁疏釋必須依據《毛詩正義》，束縛了《詩經》研究的發展，本書突破束縛，對《毛詩序》提出懷疑。

【宋】

歐陽修（西元一〇〇七—一〇七二年）。《毛詩本義》十六卷——通志堂經解本。

本書開始對《毛傳》《鄭箋》進行指摘，對《詩序》進行批評，開始了宋學自由研究的學風。書後附鄭玄《詩譜》補亡。

蘇　轍（西元一〇三〇——一一一二年）。《詩集傳》二十卷——明焦氏刊兩蘇經解本。對漢學僞托《詩序》爲聖賢之作，提出懷疑，他注疏《詩經》只取小序首句，對其餘文字多有批駁。

鄭　樵（西元一一〇三——一一六二年）。《詩辨妄》——原書六卷已散佚，近人顧頡剛從鄭樵《六經奧論》和其論敵周孚《非詩辨妄》中輯出二卷，景山書社一九三〇年版。鄭樵向《詩序》猛烈攻擊，稱爲「村野妄人之作」，把論點建立在考證基礎上來批駁《詩序》的謬誤，掀起廢序的運動。

程大昌（西元一一二三——一一九五年）。《詩論》一卷——商務版叢書集成初編本。程是廢序派，全書十八篇，考證研究《詩經》的體制、大小序、入樂等問題，其見解對後世很有影響。

王　質（西元一一二七——一一八九年）。《詩總聞》二十卷——商務版叢書集成初編本。王也是廢序派，他不直接攻詆《詩序》，而去序言詩，以三十年時間，按自己的理解重新解釋《詩經》，但也有很多新的穿鑿附會。

朱　熹（西元一一三〇——一二〇〇年）。《詩集傳》——多種通行本，新版本：上海古籍出版社一九八〇年新版。

本書是宋以後廣爲流傳，至今還常用的解釋《詩經》的傳本。他集中地批評了《詩序》，對其廢而不錄，批判地繼承前人的傳序箋疏，吸取當代研究成果，許多地方超過漢學，但仍受道學思想束縛，有主觀臆斷之處。

呂祖謙　（西元一一三七—一一八一年）。《呂氏家塾讀詩記》三十二卷　商務版叢書集成初編本。

呂是尊序派領袖，本書堅守毛、鄭，本序說詩，是宋代漢學家的代表作。他的後繼者戴溪撰《續呂氏家熟讀詩記》三卷，段子武撰《段氏詩義指南》一卷，均從呂說。均有叢書集成初編本。

王　柏　（西元一一九七—一二七四年）。《詩疑》二卷　商務據藝海珠塵本排印收叢書集成初編，顧頡剛據通志堂經解本點校，收《古籍考辨叢刊》第一集，中華書局一九五五年版。

王柏是朱熹三傳弟子，道學家，他認爲《詩經》應重新編定，主張删去三十二首愛情詩。

王應麟　（西元一二二三—一二九六年）。《詩考》一卷——玉海附刊本，叢書集成初編本。

這是搜輯魯、齊、韓三家詩遺說的第一本書，開闢了三家遺說搜輯工作。書後附《詩經》正文的異字異義和逸詩，雖很不完備，均有創闢意義。

王是宋代考據學家，著有《詩地理考》，玉海附刊本；考證札記《困學紀聞》二十卷，商務印書館一九五九年版。

蔡　卞　《毛詩名物解》二十卷——通志堂經解本。

本書補充陸璣的《毛詩草木鳥獸蟲魚疏》。

【元】

劉　瑾　《詩傳通釋》——元刊本。

元人《詩經》著述，基本上都是解釋朱熹《詩集傳》的，本書較詳悉。

【明】

胡　廣　（西元一三七〇——一四一八年）。《詩經大全》二十卷——明刊本。

明初胡廣等人奉敕撰《五經大全》作為官定標準本。本書全是抄襲劉瑾的《詩傳通釋》。明代學術空疏，多是抄襲或偽書。

何　楷　《詩經世本古義》——嘉慶乙酉刊本。

本書一改舊說，將三百零五篇詩按世代重行排列，不分《風》、《雅》、《頌》，以詩

豐　坊　編年，甚至認爲《公劉》、《七月》等八詩爲夏代之詩。《詩傳孔氏疏》（又名《子貢詩傳》）。《詩說》（又名《申培詩說》）——二書均有商務版叢書集成初編影印本。二書出現，轟動一時，據云係發現古秘本，分別爲端木賜（子貢）、魯申培所傳。實際是嘉慶年間豐坊所作，僞托古人。明人將近百年不能辨識，可見學術空疏。

陳　第　《毛詩古音考》。學津討源本，明辨齋叢書本。研究《詩經》本來的古音，反對宋人的「叶音」理論，創闢了《詩經》音韻學。

【清】

顧炎武　（西元一六一二——一六八二年）。《詩本音》十卷——皇清經解本。顧是清代考據學的開創者，他把治經與文字、音韻、訓詁、名物、考古、校勘、歷史、地理等學科相結合，他的音學研究奠定了清代音韻學的基礎。

王夫之　（西元一六一九——一六九二年）。《詩經稗疏》四卷——皇清經解本。《詩廣傳》五卷　王孝魚點校，中華書局一九六四年版。《姜齋詩話》三卷　人民文學出版社據船山遺書本點校，一九六一年版；又收《清詩話》，上海古籍出版社一九七八年新版。

《詩廣傳》是他閱讀《詩經》時寫下來的雜感二三七篇，宣傳自己的哲學、政治、經濟、倫理等觀點，發揮社會改良思想。《姜齋詩話》是文學理論專著，所收《詩繹》和《夕堂永日緒論．內編》，前者是專門研究《詩經》的詩話；後者是詩論，也有關於《詩經》藝術形式的論述。

王鴻緒　（西元一六四五—一七二三年）等。《詩經傳說匯編》二十卷序二卷——康熙欽定通行本。

由王鴻緒等奉敕編纂，用皇帝名義頒行，影響較廣。本書以朱熹《詩集傳》爲綱，又一一附錄漢唐傳序箋疏可取訓解，以補闕遺，顯示了宋學漢學通學。

毛奇齡　（西元一六二三—一七一六年）。《詩傳詩說駁義》五卷——西河全集本。

本書以有力的論證，證明豐坊《子貢詩傳》《申培詩說》是僞書。他還有《毛詩寫官記》、《詩札》、《國風省篇》、《白鷺洲主客說詩》（均有西河全集或皇清經解本），對朱熹《詩集傳》提出批評。

姚際恒　（西元一六四七—？年）。《詩經通論》十八卷——據道光丁酉刊本顧頡剛點校，中華書局一九五八年版。

本書極爲重要，他繼承宋學自由研究的學風，不依《詩集傳》，不循毛、鄭，自言

「惟是涵泳篇章，尋繹文義，辨別前說，以從其是而黜其非」，他是超出毛、宋兩派之爭的獨立思考派。

陳啓源 《毛詩稽古篇》三十卷——皇清經解本。

陳爲康熙時人，時宋學漢學並傳，他以毛詩爲本，反對《詩集傳》，對沈寂幾百年的漢學研究資料進行發掘和考查，顯示了漢學的復興。

惠　棟 （西元一六九七——一七五八年）。《毛詩古義》一卷——昭代叢書本。乾嘉學派分吳派和皖派。吳派學風好博而尊聞，不講義理。凡漢儒舊說，凡書上有的東西，上自天文地理，下至鳥木蟲魚，從文字校勘，到音韻轉變，廣徵博引，無所不考。

惠棟是吳派創始人，這本書是考證《詩經》文字的考據名著。

戴　震 （西元一七二三——一七七七年）。《毛鄭詩考證》四卷——皇清經解本。戴震是皖派創始人，皖派學風是考證與義理結合，通過對經典文字音韻訓詁的考證，來證疏經傳，闡述經義。這本書和他的《某溪詩經補注》，都是文字考釋和義理相結合。

趙　翼 （西元一七二七——一八一四年）。《陔餘叢考》——據乾隆刊本排印，中華書局一九六三年新版。

考證性的讀書札記，內容涉及極爲廣泛，體現吳派學風，提供了若干考據資料，也有些考據煩瑣無用。

段玉裁（西元一七三五—一八一五年）。《說文解字注》——通行本。《詩經小學》四卷皇清經解本。

段是戴震弟子，按戴震提出的「以字考經，以經考字」，對《詩經》等經傳文字的大量引申義和假借義作出可信的考證。

永瑢等撰《四庫全書總目》。中華書局影浙本參殿本粵本校，一九六五年版。

對《四庫全書》著錄或存目書籍作考訂，並概括其主要內容寫成提要，故對所錄存目之《詩經》著作有提要介紹。

章學誠（西元一七三八—一八〇一年）。《文史通義》——劉公純標點，中華書局一九六一年新版。

章學誠提出「六經皆史」，把《詩經》當作史料。

崔　述（西元一七四〇—一八一六年）。《讀風偶識》四卷——畿輔叢書本，叢書集成初編本。

崔是獨立思考派，在新漢學正盛時，進行自由研究，指出《詩序》的錯謬，以個人見解說詩。

洪亮吉　（西元一七四六——一八〇三年）。《毛詩天文考》一卷——廣雅書局本，皇清經解本。

焦　循　（西元一七六三——一八二〇年）。《毛詩地理釋》四卷——焦氏遺書本，皇清經解本。

分別考證《詩經》中天文、地理名詞。尚有李超孫《詩氏族考》、徐鼎《毛詩名物圖說》等等，都體現吳派學風。

王引之　（西元一七六六——一八三四年）。《經傳釋詞》——通行本，新版本：中華書局一九五六年版。

皖派戴震的再傳弟子。解釋了經傳中一百六十個虛詞，對閱讀《詩經》大有幫助。

俞正燮　（西元一七七五——一八四〇年）。《癸巳類稿》、《癸巳存稿》——商務印書館一九五七年校正版。

包羅萬象的考據學著作，其中有不少關於《詩經》和古時名物制度、社會風俗的考證。

胡承珙　（西元一七七六——一八二三年）。《毛詩後箋》三十卷——皇清經解續編本。

胡是古文學與宋學通學的學者，他主毛詩，徵引考據資料疏證《鄭箋》的錯誤，廣徵博引中也吸取兩宋學者見解，表現一定的求實精神。

馬瑞辰　（西元一七八二—一八五三年）。《毛詩傳箋通釋》三十一卷——皇清經解續編本，四部略要本。是以毛詩爲主的今、古文通學的著作，他本《毛詩傳箋》，吸取乾嘉考據學成果，重新疏釋《詩經》，著重糾正《孔疏》錯誤，也吸取三家詩說。在文字訓詁上成就較大，研究毛、鄭而超過毛、鄭。

陳　奐　（西元一七八六—一八六三年）。《詩毛氏傳疏》三十卷——皇清經解續編本。萬有文庫影印本。本書是清代研究毛詩的集大成著作。咸豐年間，今文學興盛，他疏《毛傳》，傳《小序》，反宋、反鄭、反三家，是專治毛詩的一家之言。

龔自珍　（西元一七九二—一八四一年）。《五經大義終始》，收《龔自珍全集》（上），中華書局一九五九年版。清今文學興起，以發揮經書微言大義的形式，宣傳社會改革思想，本書和《六經正名》都通過評論《詩經》，依托某一篇章發揮治亂改制的政治理想。

魏　源　（西元一七九四—一八五七年）。《詩古微》——皇清經解續編本。清代今文學派一部重要的《詩經》研究專著，論述三家詩與毛詩之異同，認爲應以三家爲主，毛詩只可作一家之言，並在詩入樂問題論爭中提出詩全入樂的論點。

方玉潤（西元一八一一——一八八三）。《詩經原始》十八卷　鴻濛室叢書本。

他繼承姚際恒的獨立思考的傳統，超出今文古文各派論爭而依本文涵泳詩義，採取姚說，許多見解又超出了姚。但和姚、崔一樣，未能超出封建倫理思想體系。

王先謙（西元一八四二——一九一七年）。《三家義集疏》二十八卷——乙卯虛受堂刊本。

自王應麟開闢三家詩遺說搜輯工作，清代三家遺說輯佚著述近二十部之多。本書集其大成，將各家所輯綜合，依次排列各詩詩文之後，並加疏釋，是研究三家詩的基本著作。

皮錫瑞（西元一八五〇——一九〇八年）。《詩經通論》——收於《經學通論》，中華書局一九五四年版。

皮是清最後的純今文學大師，他對《詩經》的論述，堅持儒家詩教理論，堅持孔子刪定《詩經》的觀點，反對非聖疑經，違抗近代進步思潮，反映了封建經學家的保守性。

梁啓超（西元一八七三——一九二九年）。《清代學術概論》——中華書局一九五四年版。

本書對清代學術思想的源流和演變的評述，與《詩經》學的發展關連。他較高地評價姚際恒、崔述、方玉潤的《詩經》研究。

王國維（西元一八七七——一九二七年）。《觀堂集林》——中華書局一九五九年版。

王國維是清代考據學的最後集大成學者，本書所收關於古代史料、名物、文字學、音韻學的考證論文，對《詩經》研究也有幫助。

【現代】

魯 迅 （西元一八八一——一九三六年）。《墳・摩羅詩力說》——（一九〇七年）《漢文學史綱要》（一九二六年）

《且介亭雜文・門外文談》（一九三四年）

此外，《集外集拾遺・中國地質略論》（一九〇三年）、《集外集拾遺補編・關於粗人》（一九二八年）、《忽然想到㈥》（一九二五年）、《墳・春末閑談》（一九二五年）、《集外集・選本》（一九三三年）、《且介亭雜文二集・從幫忙到扯淡》（一九三五年）、《僞自由書・文學上的折扣》（一九三三年）、《集外集・選本》（一九三三年）以及書信中都有對《詩經》的論述。

魯迅前期是用愛國主義、革命民主主義評論《詩經》的第一個人；他在後期又是當代馬克思主義《詩經》研究的奠基者之一。

胡 適 （西元一八九一——一九六二年）。《論〈詩經〉答劉大白》，發表於《古史辨》第一冊。

《國學季刊發刊宣言》、《國學季刊》第一期，一九二三年。《談談詩經》、《詩三百篇言字解》發表於《古史辨》第三册，一九二五年。

胡適是現代資產階級《詩經》研究的開山人。有一些進步的和合理的見解，也有明顯的謬誤觀點。

郭沫若

（西元一八九二——一九七八年）。《卷耳集》——收《沫若文集》第二卷，人民出版社一九五八年版。從《風》詩中翻譯四十首情詩，是第一本《詩經》今譯。

《中國古代社會研究》，人民出版社一九五三年版。書中《詩書時代的社會變革與其思想上之反映》廣泛地運用《詩經》中的史料，分析殷周社會結構和意識形態的發展變化。

《青銅時代》，人民出版社一九五四年版。書中《由周代農事詩論到周代社會》研討《詩經》十篇農事詩，並作了語譯和分析解釋。

《奴隸制時代》，人民出版社一九五四年版。書中《關於周代社會的討論》、《簡單地談談詩經》兩文，評價了《詩經》的史料價值和文學價值。

郭沫若是我國馬克思主義《詩經》研究的奠基者之一。

顧頡剛

（西元一八九三——一九八〇年），《古史辨》第一册，樸社一九二六年版。

《古史辨第三册》，樸社一九三一年版。《史林雜識》初編，中華書局一九五六年版。

顧頡剛是古史辨派的代表，他編著的《古史辨》在二、三十年代很有影響。《古史辨》第三册下編所收完全是關於《詩經》的討論。五十年代出版的《史林雜識》初編，有一些與《詩經》有關的考證，考證功力更深。

聞一多

（西元一八九九——一九四六年），《風類詩鈔》——收《詩選與校箋》，古籍出版社一九五六年版。

《詩經新義》、《詩經通義》 收《古典新義》，古籍出版社一九五六年版。

《神話與詩》 古籍出版社一九五六年版。

聞一多是現代的《詩經》研究大師，他的豐富的研究遺產尚未全部刊行，他注意研究《詩經》的藝術特點，創始《詩經》新訓詁學，倡導用民俗學方法研究《詩經》，作出重要貢獻。

高中國文趣味教學手冊(壹)

宋裕⊙編著

本書作者針對教學需要，廣泛收集相關，有趣的資料，讓全國高中的國文老師，能輕輕鬆鬆教課，而學生也能在笑聲中領略中國文化、文學的美好。

390頁／16開／平裝　定價400元

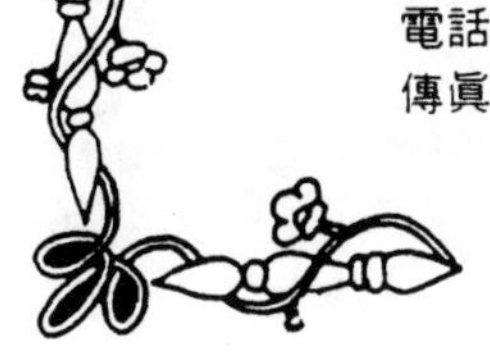

萬卷樓圖書有限公司
門市地址：台北市和平東路1段67號14樓之1
電話：02-3952992・3216565
傳眞：02-3944113　帳號：15624015

詩詞新論

陳滿銘⊙著

詩和詞是我國至為精緻、優美的兩種文學體裁，容易使人沈浸於其中，百般加以玩味而不厭。本書作者將二十多年以來，個人研究或課程講授的需要，而發表的短文，集結成文，並分為鑑賞類、析論類、作法類、教學類，以饗同好。

324頁／25開／平裝　定價280元

萬卷樓圖書有限公司
門市地址：台北市和平東路1段67號14樓之1
電話：02-3952992．3216565
傳真：02-3944113　帳號：15624015

解惑篇

王熙元・黃慶萱等⊙著

〈解惑篇〉是《國文天地》雜誌自七十四年創刊開始至八十一年六月間，頗受歡迎的專欄，闢建的目的，是請國學界具有某方面專長的學者專家，為國文老師或社會大眾解除國文方面的疑惑，現在本公司將此專欄在書本中保存及再生，因為同樣的疑惑，也許是許多人共同的疑惑，而需要求解，希望這部書能成為大家案頭的顧問、書齋的朋友，解惑的老師。

上、下冊：1040頁／25開／平裝　定價750元

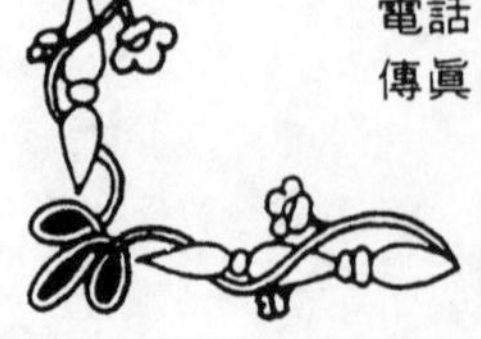

中國古典文學基本知識叢書

這套叢書是向中等以上文化程度的讀者介紹中國古典文學的基本知識，內容包括文學史上比較有影響的作家和作品，重要的文學活動和文學流派，以及文學體裁方面的基本知識。叢書的編寫力求觀點正確，內容充實，敍述簡明扼要，文字通俗易懂。

中國古典文學基本知識叢書總書目

國文天地關係企業
萬卷樓圖書目錄

⊙門市地址：台北市和平東路1段67號14樓之1⊙萬卷樓圖書有限公司（師大斜對面）

⊙電話（02）3952992・3216565　傳眞（02）3944113

⊙三民書局總經銷：電話（02）3617511・3315969　傳眞（02）3121166

文獻類

A001　與靑年朋友談治學　夏承燾等著　140元

A002　古書今讀法　胡懷琛著　120元

經學類

B001　經書淺談　楊伯峻等著　120元

哲學類

C001　海峽兩岸論五四　張忠棟等著　160元

C002　左派王學　嵇文甫著　80元

C003　自我與喜悅之道　許宗興著　200元

C004　水月小札　楊惠南著　180元

C005　宋明理學邏輯結構的演化　張立文著　380元

C006　中國近代思想史　張錫勤著　500元

C007　中國哲學範疇導論　葛榮晉著　480元

宗教類

D001　佛教與中國文化　趙樸初等著　300元

社會類

E001　山坳上的中國(暫缺)　何博傳等著　350元

E002　古代禮制風俗漫談(一)　陰法魯等著　180元

E003　古代禮制風俗漫談(二)　劉德謙等著　280元

E004　古禮今談　周　何著　150元

史學類

F001　學史入門　鄭天挺等著　200元

F002　秦漢宮廷祕史　呂蘇生著　180元

F003　魏晉南北朝宮廷祕史　羽　者著　140元

F004　隋唐宮廷祕史　魯　波著　130元

F005　宋元宮廷祕史　辛田等著　160元

F006　明淸宮廷祕史　趙雲田著　130元

F007　科舉史話　王道成著　150元

F008　中國古代名女人　莊　練著　250元

F009　西域文史論稿　柴劍虹著　360元

F010　中國文化研究年鑑(1989年)　湯一介主編　1500元

傳記類

G001　中國古代政治人物　熊鐵基等著　240元

G002　中國古代文學人物　徐公持等著　220元

G003　中國古代史學人物（上）　何茲全等著　190元

G004　中國古代史學人物（下）　何茲全等著　180元

G005　孔子的故事　李長之著　120元

G006　劉備新傳　方北辰著　180元

語文類

H001　有趣的中國字　楊振良著　130元

H002　古音之旅　竺家寧著　180元

H003　古文字學初階　李學勤著　90元

H004　語言與文化　羅常培著　180元

H005　怎樣學習《說文解字》　章季濤著　170元

H006　魯實先生、學術討論會論文集　吳　璵等著　250元

文學類

I001　靈谿詞說（絕版）　葉嘉瑩等著　320元

I002　古代抒情散文鑑賞集　吳小如等著　200元

I003　古典詩詞名篇鑑賞集　袁行霈等著　220元

I004　詩文鑑賞方法二十講　周振甫著　110元

I005　詩歌鑑賞入門　魏　怡著　200元

I006　散文鑑賞入門　魏　怡著　180元

I007　民國通俗小說鴛鴦蝴蝶派　范伯群著　200元

I008　中國文學欣賞舉隅　傅庚生著　140元

I009　中國文學批評的理論與實踐　張雙英著　210元

I010　紅樓夢群芳圖譜　戴敦邦(圖)・陳詔(文)　100元

I011-1　中外愛情詩鑑賞辭典(精裝)　錢仲聯等主編　750元

I011-2　古代愛情詩鑑賞集　錢仲聯等主編　250元

I011-3　現代愛情詩鑑賞集　錢仲聯等主編　250元

I011-4　西方愛情詩鑑賞集　錢仲聯等主編　250元

I012　絕句一百首　柴劍虹等著　200元

I013　臺大話當年　那廉君著　140元

I014　李白與中國傳統文化　葛景春著　230元

I015　詞學古今談　繆鉞等著　380元

藝術類

J001　中國古代遊藝活動　楊蔭深編著　90元

教學類

K001　名家論國中國文　黃慶萱等著　180元

K002　名家論高中國文　王熙元等著　180元

K003～8　國中國文動動腦(一)～(六)　賴素眞等著（每冊）　250元

K009～14　高中國文動動腦(一)～(六)　王淑蘭等（每冊）　250元

K015　國中國文古典詩詞曲鑑賞　黃文吉等著　180元

K016　高中國文古典詩詞曲鑑賞　張高評等著　180元

K017　作文七七法　李尙文著　150元

K018　怎樣學習古文　周振甫著　160元

K019　中學生作文例話　張定遠等著　130元

K020　中學生當場作文四十問　上海市教師寫作研究會編　110元

K021　高中國文教學活動設計　劉正幸著　100元

K022　寫作方法一百例　劉勵操著　320元

K023　國文教學論叢　陳滿銘著　360元

K024　應用文　蔡信發等著　380元

K025　古器物圖解　李澤奉等著(精)660元(平)560元

K026～28　解惑篇——中學國文疑難彙解　(每冊)250元

朱光潛文集

L001	給青年的十二封信		70元
L002	談美		80元
L003	詩論		250元
L004	談文學		120元
L005	談修養		120元

中國古典文學基本知識叢書

M001	古代詩文總集選介	張滌華著	130元
M002	怎樣閱讀古文	鮑善淳著	160元
M003	讀詩常識	吳丈蜀著	140元
M004	讀詞常識	陳振寰著	140元
M005	讀曲常識	劉致中等著	120元
M006	詩話和詞話	張葆全著	160元
M007	類書簡說	劉葉秋著	70元
M008	中國古代神話	陳天水著	80元
M009	先秦寓言	劉　燦著	80元
M010	漢魏六朝樂府詩	王運熙等著	140元
M011	漢魏六朝辭賦	曹道衡著	160元
M012	魏晉南北朝小說	劉葉秋著	80元
M013	唐詩	詹　鍈著	130元
M014	唐五代詞	黃進德著	130元
M015	唐宋古文運動	錢冬父著	80元
M016	唐宋散文	葛曉音著	130元
M017	唐人傳奇	吳志達著	130元
M018	敦煌文學	張錫厚著	120元
M019	宋詞	周篤文著	140元
M020	元明雜劇	顧學頡著	120元
M021	桐城派	王鎮遠著	140元
M022	晚清小說	時　萌著	120元
M023	詩經	周滿江著	130元
M024	屈原	郭維森著	90元
M025	司馬遷和史記	胡佩韋著	80元
M026	王充的文學理論	蔣祖怡著	80元
M027	曹氏父子和建安文學	李寶均著	90元
M028	阮籍與嵇康	徐公持著	100元
M029	陶淵明	廖仲安著	80元
M030	劉勰和文心雕龍	陸侃如等著	80元
M031	鍾嶸和詩品	梅運生著	130元
M032	鮑照和庾信	劉文忠著	130元
M033	初唐四傑與陳子昂	沈惠樂・錢偉康著	120元
M034	王維和孟浩然	王從仁著	140元
M035	李白	王運熙・李寶均著	100元
M036	杜甫	劉開揚著	100元
M037	白居易	陳友琴著	80元
M038	劉禹錫	卞孝萱、吳汝煜著	110元
M039	柳宗元	顧易生著	100元
M040	李賀	吳企明著	80元
M041	李商隱	郁賢皓、朱易安著	120元
M042	司空圖的詩歌理論	祖保泉著	80元
M043	歐陽修	郭正忠著	90元
M044	王安石	張白山著	110元
M045	柳永	謝桃坊著	100元
M046	蘇軾	王水照著	150元
M047	蘇門四學士	周義敢著	120元
M048	李清照	徐培均著	90元
M049	陸游	齊治平著	80元
M050	楊萬里和誠齋體	周啓成著	120元
M051	辛棄疾	夏承燾、游止水著	70元
M052	嚴羽和滄浪詩話	陳伯海著	120元
M053	董西廂和王西廂	孫　遜著	120元
M054	關漢卿	溫　凌著	70元
M055	高則誠和琵琶記	藍　凡著	120元
M056	李贄	敏　澤著	80元
M057	三國演義簡說	李厚基・林　驊著	110元
M058	吳承恩和西遊記	胡光舟著	150元
M059	馮夢龍和三言	繆咏禾著	110元
M060	吳敬梓和儒林外史	王俊年著	80元
M061	吳偉業	王　勉著	150元
M062	顧炎武	盧興基著	120元
M063	葉燮和原詩	蔣　凡著	150元
M064	洪昇和長生殿	王永健著	110元
M065	孔尚任和桃花扇	胡雪岡著	110元
M066	袁枚和隨園詩話	王英志著	160元
M067	龔自珍	孫文光著	120元
M068	黃遵憲	徐永瑞著	150元
M069	王國維與人間詩話	祖保泉・張曉雲著	120元
M070	劉熙載和藝概	王氣中著	120元

國學叢書

N001	詩經集註	朱熹集註	120元
N002	莊子集釋(上、下)	(清)郭慶藩編、王孝魚整理	400元
N003	蘇軾選集	王水照選注	360元
N004	詩經研究史概要	夏傳才著	280元

雜誌合訂本

001～007國文天地合訂本　第1卷～第7卷　每卷1800元

其他(成本價)

Y001	國文天地總目錄暨分類索引(1-5卷)		120元
Y002	紅樓夢人物圖卡		120元

錄音帶（請付40元　掛號費）

Z001	癡情只可酬知己	楊振良、蔡孟珍	120元
Z002	琵琶記（附小冊＊錄音帶）	蔡孟珍主唱	200元

訂購方式

- 支票、匯票請註明抬頭萬卷樓圖書有限公司，郵撥帳號：15624015
- 請利用劃撥單註明姓名、詳細地址，以免投遞錯誤。
- 本社一律掛號寄書，郵撥請加掛號費14元、5本以上本縣市50元，外縣市60元，訂戶購書9折優待。
- 函購書籍除有缺頁錯誤外，概不退換。
- 機關團體學校同業大批訂購，另有優待折扣。
- 書價如有變動，概以匯款當日售價為準。
- 國、高中動動腦抽印本每本工本費20元，郵費：單本5元、4本以上本市50元，外縣市60元。

古代禮制風俗漫談　　陰法魯　等著

你想知道清代皇帝是如何用膳，而西瓜又是何時傳入中國的嗎？本書針對日常生活與文史古籍中常爲人所忽略的文化史常識，作深入淺出、追根究底的詳細說明。

（民國 79 年 2 月初版）**定價** 第一册 180 元　第二册 280 元

中國文學欣賞舉隅　　傅庚生著

作者擷取東西方文學批評的精華，也就是運用中國傳統的文評詩話材料，加上西方科學的綜合和分析，潛心撰述，完成本書，提供了初學者入門的利器。

（民國79年四月初版）**定價** 140 元

民國通俗小說鴛鴦蝴蝶派　　范伯群著

本書作者范伯群先生獨具創見，認爲「鴛蝴派」作品在中國小說史上自有其民俗學與社會學的意義，寫成這部論著，清楚明白地說明了「鴛蝴派」的名稱來歷、範圍以及源流，並實事求是地給予正確的歷史評價，爲文學史作了一次成功的補白工作。

（民國79年三月初版）**定價** 200 元

科舉史話　　王道成著

科舉考試從隋到清，共施行了一千二百多年。本書詳細介紹了這個制度的發展始末，以及實施時嚴格的執行過程。並穿插許多令人啼笑皆非的科場案，讀後可對科舉制度有一個充分的了解。

（民國79年3月初版）**定價** 150 元

國立中央圖書館出版品預行編目資料

詩經研究史概要／夏傳才著. --初版. --臺北市；萬卷樓發行：三民總經銷，民82

面；　公分

ISBN 957-739-057-9（平裝）

1.詩經—歷史與批評

831.18　　　　82005340

詩經研究史概要

著　　者：夏傳才
發 行 人：葉曉珍
總 編 輯：許錟輝
責任編輯：曾恒源
發 行 所：萬卷樓圖書有限公司
台北市和平東路一段67號14樓之1
電話(02)3216565・3952992
FAX(02)3944113
劃撥帳號15624015
總 經 銷：三民書局有限公司
台北市復興北路386號
訂書專線(02)5006600（代表號）
FAX(02)5164000・5084000
承印廠商：晟齊實業有限公司
定　　價：300元
出版日期：民國82年7月初版
民國83年11月初版二刷
出版登記證：新聞局局版臺業字第伍陸伍伍號

ISBN 957-739-057-9